차례
힙합

차녀 힙합

집밖의 세계를 일구는 둘째의 탄생

이진송 지음

문학동네

추천의 글

차녀의 서러움이라…… 뭘 또 서럽기까지, 하는 마음으로 이 책을 펼쳐 들었다가 "맞아맞아. 딱 내 이야기네!" 하는 격한 공감에 빠져들었다. 그렇다. 나도 차녀다. 평생 "재가 아들이었으면 좋았을 텐데"라는 말을 듣고 살았던 차녀. 공주는커녕 무수리라고 자조하며 온갖 일을 떠맡지를 않나, 자기검열이 심하다 못해 내 이야기를 하는 게 다른 사람의 권리를 침해하지는 않을지 전전긍긍하는 차녀. 온전한 관심과 애정을 갈구하면서도 차마 대놓고 요구하지는 못했던 나의 어정쩡한 열망이 저자의 경쾌하고 속도 빠른 비트에 실려 '차녀성'이라는 이름을 얻고 색채를 갖게 됐다.

이 책은 실컷 멍석 깔아놓고서 내가 여기 올라갈 자격이 있는지, 나만 올라가도 되는지 살피느라 우물쭈물하던 차녀가 제대로 한판 멍석 깔고 부르는 '이 사람을 보라' 힙합 노래다. 시작도 끝도 아닌 중간에서 이리저리 치여 '덜' 중요하게 여겨진 가족 구성원이 바라본 가족은 저자 말마따나 "치열한 정치적 장소"다. 겉으로 평온해 보이는 가족 안에서도 부모의 관심이라는 제한된 자원을 둘러싸고 자식들 사이에서는 격렬한 인정 투쟁이 벌어진다. 이 책은 가족 안에서 아이가 처한 위치에 따라 다르게 치러낸 성장의 안간힘이 삶의 결에 어떻게 스며들고 어떤 무늬를 남기는지를 차녀의 관점에서 속시원하게 들려준다.

어디 비단 차녀들만의 분투겠는가. 각자 할말이 많을 세상의 장남, 장녀, 차남, 막내 들이여, 그대들도 이 책을 읽고 분발하여 자신의 이야기를 쓰시라. 우리가 얼마나 서로 같고 다른지 들려주는 이야기들이 늘어나는 만큼 가족의 풍경도 다채로워질 것이다.

_김희경(『이상한 정상가족』 저자, 전 여성가족부 차관)

헉, 나에게도 돌 사진이 없다. '글쓰는 사람 중에 차녀가 많은 것 같다'는 저자의 이론에 꼼짝없이 한 표를 보태게 됐다. 돌잔치에 나는 뭘 잡았냐는 가벼운 질문에 기억이 안 난다던 엄마의 답이 무엇을 의미하는지 시간이 한참 흐른 후에야 깨달았다. 독립하기 전까지 평생을 왼손잡이로 살았는데도 엄마는 늘 나의 오른쪽에 수저를 놨다. 하지만 먼저 투쟁해준 언니 덕에 덜 빡빡한 대학 시절을 보냈고 결혼한 언니 덕에 결혼을 하지 않겠다는 선언도 제법 부드럽게 넘어갔다. 은근한 아쉬움과 점잖은 자유로움의 조합이 차녀의 기본 공식 같은 건가보다.

어느 순서 어느 자식이라고 좋은 점 나쁜 점이 없겠느냐마는, K-차녀의 판이 깔린 것은 거의 처음인 것 같다. 그 위에서 비트를 타는 언어의 마술사 이진송…… 당신이 힙합입니다…… 이진송 작가의 재치도 차녀의 것이라고 괜히 주장하고 싶다. 쉴새없이 농담을 구사하는 이런 능청도 어쩌면 차녀의 생존 기법이라고. 물론 깔깔대며 박수를 치다가도 이 모든 일이 가부장제와 결합할 때 벌어지는 일을 생각하면 마음이 서늘하다. 그래도 어쩌겠는가, 일단은 마당놀이하는 심정으로 하하하 웃을 수밖에. 일단 웃고, 웃으면서 다음 일을 생각하자. 어쨌든 우리 모두 그저 태어났을 뿐이니까.

_김겨울(작가, 북튜버)

차례

3부 차녀들에게 MIC를

4부 집밖의 세계를 일굴 거야

프롤로그

여기여기 다 붙어라

우리집은 '딸부자'다. 나는 3녀 1남 중 둘째 딸이고, 1988년생이며, 아버지는 경상도 장남이다. 중학교 때까지는 막내로 자라다가 연달아 셋째, 넷째가 태어나 중간에 낀 아이가 되었다. 사람들은 딸이 많은 엄마를 부러워한다. 딸이랑 카페에 가서 좋겠다, 딸은 친구 같잖아요, 딸이 많으니까 엄마 마음을 잘 알아주겠네…… 친구 같지 않은 딸이면 어떡하려고? 남동생이 태어나기 전까지는, 며느리가 잘못 들어와 대를 끊는다고 친척들이 쑥덕거렸다. 사촌을 데려다가 양자 삼으라는 소리도 대수롭지 않게 했다. '또 딸'로 태어난 나는 실망스러운 '꽝'이고, 그 자체로 충분하지 않다는 메시지가 사방에서 날아들었다. 어린이였던 내가 아들 노릇을 하겠다고 결연하게 다짐할 만큼 노골적이고 집요했다.

1971년 6월, 대한가족계획사업의 공식 표어가 바뀌었다. 이전의 표어였던 "많이 낳아 고생 말고, 적게 낳아 잘 키우자"보다 좀더 구체적이고 명확하게. "딸·아들 구별 말고 둘만 낳아 잘 기르자." 자식을 낳을 수 있는 기회는 사회적으로 두 번으로 제한되는데 남아선호사상은 공고했으니, 대대적인 여아 선별 임신중단이 이루어졌다. 동시에 딸에 대한 사회적 감수성도 달라졌다. 전통적으로 딸은 출가외인으로 여겨졌으나, 이제는 동등한 자식으로 대우하면서 키우자는 분위기가 형성된 것이다. 아들을 낳을 때까지 자식을 낳던 과거와 달리, 딸만 있는 가족도 '정상가족'에 편입된 지 50여 년이 지났다. '아들 낳으면 기차 타고, 딸 낳으면 비행기 탄다'를 거쳐 최근의 '딸 바보' 열풍까지, 무슨 일이 있었을까? 그사이에 태어난 무수한 딸들의 이야기가 나는 늘 궁금했다.

농경사회에서 생산재였던 자식은 산업구조가 바뀌면서 소비재가 되었으나, 딸은 여전히 아들보다 촘촘하고 미세한 역할기대의 그물 속에 있다. 늙은 부모를 돌보는 책임감, 집안 분위기를 끌어올리는 유머감각, 아빠를 딸 바보로 만드는 애교 등 장착해야 하는 능력은 다양하다. 나의 눈길은 딸들 중에서도 특히 집안에서 중요하게 취급받지 못하는 이에게 머물렀다. '첫딸은 살림 밑천'이라고도 하지만, 그런 위로조차 건넬 수 없는 '잉여'이자 '덤'으로 여겨지는 차녀 말이다. 조금 더 범위를 좁혀보자면 나처럼 밑에 남동생이 있는, 아들을 낳기 위한 여정에 잘못 도착한 택배처럼 덩그러니 놓여 있는 '낀 딸'일 수도 있겠다.

개인은 개별적이고 고유하지만, 보편적인 프레임의 영향으로 어떤 부분에서는 놀라울 만큼 비슷한 경험을 하고 서로 공감할 수 있다. 딸과 엄마의 구질구질하게 얽힌 감정, 초등학교부터 경험하는 위계와 폭력, 헤어지면서 친구에게 보내는 '조심히 가, 집에 가면 연락해' 같은 메시지처럼. 나는 순서로도 성별로도 새롭거나 특별한 게 하나도 없어 양육자에게 그저 그런 존재로 인식되는 둘째 딸의 경험이 어떤 공감의 핑퐁을 만든다고 느꼈다. 그리고 놀라울 만큼, 장녀나 장남에 비해 둘째 딸은 자신의 성격적 특성을 '차녀라서'라고 해석하면 낯설어한다는 것도 깨달았다. 눈치를 보며 분위기를 풀려고 하는 내면의 중립기어, 뭐라도 해야 나를 봐준다는 것을 일찌감치 깨닫고 키운 관종력, 제일 좋은 것을 선뜻 요구하지 못하는 머뭇거림은 보통의 차녀들에게서 공통적으로 발견되는 기질이었다. 더군다나 나의 부모가 늘 다른 형제의 이름으로 불리는 데서 느끼는 서운함 같은 사소하고 미묘한 것은 분명히 존재하는데도 잘 이야기되지 않았다. 어쩌면 너무 사소하고 미묘해서, 치사하고 유치해서. 하지만 원래 그런 것들이 오랜 시간이 흘러도 잊히지 않는 법이다.

꼭 차별과 학대가 아니라도, 가정 내에는 차등대우가 존재한다. 양육자도 사람이기에 더 마음 가는 자식이 있고, 한국은 (그리고 전 세계는) 오랫동안 첫째가 모든 특권과 부담을 가지는 장자 독식 세계관이었으며, 경제적·정서적 자원은 칼로 자르듯 깔끔한 1/n로 나눠지지 않는다.

『차녀 힙합』은 이러한 가족 역학 관계와 사회적 맥락을 둘째 딸의 위치에서 바라본 이야기다. 모든 딸의 이야기는 될 수 없을지 몰라도, 나 같은 딸에게 '여기여기 붙으라'고 내미는 엄지손가락이다. 한 번 남은 부모의 자식 뽑기 기회를 '또 딸'로 태어나 허무하게 날려버렸다는 죄책감이 혈관을 타고 은은하게 흐르는 둘째 딸, 첫째보다 뛰어날까봐 걱정하는 양육자의 눈을 기억하는 둘째 딸, 위로는 언니 밑으로는 남동생 사이에 낀 둘째 딸, 아들 노릇을 해야 한다는 말이 귀에 딱지로 앉은 둘째 딸…… 그리고 '둘째 딸'이 아니더라도 끝없이 순서가 밀리고 중요하지 않은 존재로 소외당했던 누군가들, 여기여기 다 붙어라.

1부

차녀의 세계가
만들어지기까지

유년 시절은
누구나 조금씩
에이스 쿠키
툭 건드리면 부서져

잃어버린 돌 사진을 찾아서

"나만 없어, 돌 사진."

차녀 친구들과 모이면 하이파이브를 한다. 야 너도? 야 나도! 언젠가 기회가 된다면 인구주택총조사처럼 전국의 차녀들에게 설문을 돌리고 싶다. '당신에겐 돌 사진이 있습니까?' 그리고 뜨거운 포옹을 하고 싶다. 유 어 낫 얼론. 베이비 돈 크라이. 누군가는 그깟 돌 사진이 뭐가 중요하냐고 물을 것이다. 어른이 되어서까지 생후 1년째 되던 날의 사진 유무에 집착하는 게 썩 좋아 보이지 않을 수도 있다. 하지만 돌 사진은 그냥 사진이 아니다. 가져보지 못한 자에게 그것은, 나라는 존재가 양육자에게 어떤 의미였는지 보여주는 일종의 증표다. 사진은 특별한 날

카메라를 지참해서 찍고, 사진관에 가서 인화하는 수고를 거쳐야 가질 수 있었던 80, 90년대생, 정부의 적극적인 산아제한 정책으로 자녀를 평균 두 명, 많아야 세 명 정도 낳던 시절의 '또 딸'인 둘째는 어느 날 한껏 멋을 낸 부모와 아직 작은 베개만한 언니가 사진관에서 찍은 사진을 보다가 해맑게 묻는다.

"내 사진은?"

그리고 하나의 진실을 마주한다.

"없단다."

아, 있었는데? 아니, 없어요. 이사하면서 잃어버리지도, 집에 도둑이 들어 훔쳐가지도 않았는데 처음부터 내 돌 사진은 '그냥 없는' 거였다. 이럴 수가…… 허망한 눈동자로 사진을 들여다본다. 사진에는 그날의 분위기가 담긴다. 조명, 온도, 습도, 어딘가 낯선 젊은 부모의 얼굴과, 품에 안은 아기를 지그시 바라보는 애정어린 눈빛 같은 것들. 첫아이의 첫 생일이라니, 얼마나 특별하고 가슴 벅찼을지 굳이 상상할 필요도 없다. 나도 처음 구워본 밥통 치즈 케이크 앞에서 360도 빙빙 돌며 사진을 찍어댔으니, 모든 '처음'은 그렇게 기록하고 싶은 법이다. 얼마 전 나의 언니는 엄마가 되었다. 목을 가누기 시작하는 조카를 안고 나에게 다가오는 언니를 보며 나는 소리쳤다. "세상에, 언니 백일 때랑 얼굴이 똑같네!" 언니가 아기와 얼굴을 맞대며 웃었다. 언니보다 1년 7개월 늦게 태어난 내가 어떻게 언니의 백일 때 얼굴을 알고 있을까? 답은 간단하다. 언니의 백일 사진을 봤기 때문이다. 우리집 가족 앨범의 오프닝은 언제나 그 사진이었다. 나는 대충 서너 살쯤 되어서야 앨범에 등장한다. 감나무 집 손녀답게 그쯤 자란 애를 나무에서 따 온 줄 알았다.

이런 현상은 제법 보편적인 듯하다. 스무 살의 어느 날, 영어 과제를 하다가 'middle child', 즉 형제자매 중 가운데 순서인 아이가 주제인 칼럼을 읽은 적 있다. 한 문장 한 문장 해석될 때마다 나의 심금을 울렸다. 가운데 아이는 출생 순서상 집에서 배제되거나 무시되거나 방치될 가능성이 높기에, 사진도 가장 적고 양육자가 그들의 특성을 잘 기억하지 못한다는 내용이었다. 이걸 중간 아이 콤플렉스Middle child syndrome라고도 하더라.

무시나 방치까지는 아니더라도 돌 사진의 유무는 말해준다. 나의 첫돌은 언니의 첫 생일만큼 새삼스럽지도 기념할 만한 날도 아니었다고. 나는 이번 생이 처음인데, 부모는 내가 처음이 아니다. 감흥이 덜할 수밖에 없다. 나름대로 사랑받으며 자랐고 서른을 훌쩍 넘은 지금에야 낄낄 웃으면서 말하지만, 어릴 때는 그게 그렇게나 서러웠다. 나만 돌 사진 없어. 농경사회에서 우르르 뒤엉켜 크면 사진 따위 알 게 뭐야 싶지만, 둘 혹은 셋 중에서 '나만' 없는 건 다른 문제다. 심지어 저는 네 명 중에 저만 없거든요. 돌 사진 없는 거 보니 돌잔치도 안 한 거 아니냐고 눈을 부라리면, 아니라면서 너도 집에서 돌잔치했다고, 연필 집었다고 해명한 것도 다 수상하다. 아무리 생각해도 거짓말 같다. 콱 압수수색할까보다.

차녀는 집 안팎에서 무수한 신호를 수신한다. 너는 이 집에서 '두번째'고, 아들이 아니라서 네 의지와 무관하게 여러 영역에 걸쳐 '잉여'로 해석될 것이며, 자연스럽게 말석을 배당받을 거라는 메시지. 순서로도 성별로도 두번째인 차녀는 덤 취급을 피하기 어렵다. 그래서 작은 차이에도 민감하다. 당연하게 제 몫이 보장되는 첫째와 달리, 끊임없이 남의 그릇을 힐끔거린다. 자신의 존재를 증명하고 인정받고 싶어한다. 이러한 감정은 첫째의 부담감이나 책임감과는 또다른 형태로 발현된다.

유교 국가에서 맏딸로 사는 애환은 최근 온라인에서 꽤 화제가 되었다. 'K-장녀'라는 유행어, 〈문명특급〉의 재재와 야니가 부른 〈유교걸〉 등이 많은 이들을 웃기고 울렸다. 개인의 성격 형성에는 여러 요소가 기여하는데, 이중 출생 순서에 따른 역할 부담이나 책임감, 부모와의 관계 역시 무시할 수 없다.

이렇게 장녀가 살림 밑천, 장남이 집안의 적장자라는 이름 아래 고통받는다면 차녀는…… 글쎄, 세상은 차녀에게 별 관심이 없다. 셋째 딸은 얼굴도 안 보고 데려간다는 말이라도 있지. 첫째가 자신에게 쏟아지는 스포트라이트 때문에 중압감을 느낀다면 차녀는 어둠 속에서 대사 한 줄이라도 더 얻어보려고 발버둥치는 무명배우 같다. 밑에 동생까지 딸린 중녀라면, 나를 봐달라고 북 치고 장구 치고 꽹과리 치며 상모를 돌려야 눈길 좀 받을까 말까다. 당연하게도 차녀가 더 힘들다는 식의 불행 배틀을 하려는 건 아니다. (아, 나 또 중립 지키려고 쿠션 까네. 이것도 차녀 특성이라고 혼자 우기는 중.) 세상 모든 인간은 제 몫의 무게를 짊어지고 살아간다. 다만 둘째 자녀의 경험과 감정, 그 조금 특별하고 치열한 세계에 관한 이야기가 아직 부족하다고 생각할 뿐이다.

일반화의 위험은 있다. 집안 분위기나 환경은 다 다르고, 자식이 각양각색이듯 부모 역시 십인십색이니까. 게다가 4인으로 이루어진 '정상가족'에 제한될 수 있다는 한계도 뚜렷하다. 차차 이야기하겠지만 '어떤' 차녀인가에 따라 경험과 입지 또한 천차만별이다. 위에 언니가 있는가 오빠가 있는가, 언니와 여동생이 있는 중녀인가 언니와 남동생이 있는 낀 딸인가…… 어떤 조합이든, 공통점은 차녀는 센터가 될 수 없다는 사실이다.

오빠가 있다면 집안의 귀여운 액세서리거나 오빠 뒤치다꺼리를 해줄 솔거노비(주로 어릴 때부터 라면을 끓이기 시작한다), 언니가 있다면 실망스러운 '또 딸'(동성의, 나보다 모든 면에서 한발 앞선 경쟁자와 자라며 쌓인 설움과 새 옷에 대한 강한 집착이 있다), 낀 딸이라면 장녀와 장남 사이에 낀 새우등일 수도 아닐 수도 있다. 이 모든 경우의 수를 뚫고 감히 '차녀'에 대한 이야기를 하려는 이유는 한 가지다. 중요하지 않은 존재로 여겨졌던 '잉여'의 경험 때문에 어른이 된 지금까지도 내면에 서러운 여자아이가 울고 있는 친구들에게, 말을 걸고 싶어서.

나는 낀 딸이다. 위로는 연년생 언니가 있고 밑으로는 나이 차이가 열네 살, 열다섯 살씩 나는 여동생과 남동생이 있다. 딸을 낳는 게 아들을 낳기 위한 여정이었던 시대적 맥락 속에서 나는 오랫동안 내가 잘못 태어난 게 아닌지, 부모님이 나를 실패작이라고 생각하지 않는지, 이 집에서 나는 어떤 역할인지 고민하고 괴로워했다. 언니는 첫째고 셋째는 늦둥이며 막내는 막둥이이자 장남이다. 나? 나는…… 시끄러운 애? 4인조 그룹에 머릿수 맞추려고 들어간 사람처럼 캐릭터가 없고 존재감이 희미하니 어른들이 나를 특별히 여길 명분이라고는 없다고 생각했다. 당시로서는 드물게 '딸 바보' 소리를 듣는 양육자 밑에서 컸음에도 말이다. 왜 나는 열 살도 되기 전에 나의 출생이 실망을 동반했다는 것을 알았을까? 왜 열심히 해서 뭔가를 성취해낼 때마다 고추 타령이나 들어야 했을까? 왜 엄마 아빠에게 기차가 아닌 비행기 태워주겠다는 편지를 썼을까? 왜 내가 받은 모든 물건에서는 언니의 향기가 느껴졌을까? 어째서 나는 내가 딸이어서 엄마에게 미안하다는 감정에 시달릴까? 왜 엄마는 언니의 학부모 모임에만 가고, 아빠는 언니가 좋아하는 음식만 기억할까?

차녀들이여, 이제 우리가 MIC를 쥘 차례다. 소외된 차녀들 왼발을 한 보 앞으로.

때로는 유년 시절의 서러움을 나누고 유치할 만큼 서로 편들어주며, 때로는 언제나 '다음' 순서여서 포기해야 했던 욕망을 어루만져주며, 우리가 나고 자란 배경을 샅샅이 파헤치고 분석하며, 출생 순서에 위계와 의무를 부과하여 아동을 고통에 빠뜨린 유교 사회를 디스하며 떠들어보련다. 힙합이 별건가? 한국 사회에서 딸로 사는, 마! 이게 바로 힙합이다.

왜 차녀인가

차녀의 설움을 털어놓겠다고 하면, 마이크를 둘러싼 경쟁이 벌어질 것이다. 의사봉을 차지하려고 몸싸움을 벌이는 국회의원들처럼. 각자의 인생에는 다양한 한과 억울함이 올망졸망 매달려 있으니까. 특히 K-장녀의 사자후가 벌써 귓가에 선하다. "야! 너만 할말 있냐? 내가 더 힘들었거든?" 장녀의 고충과 부담이 없다고 생각하지 않는다. 다만 각도를 아주 약간 비틀어, 상대적으로 듣기 힘들었던 이야기를 하려는 것이다. 가정이 얼마나 치열한 정치적 장소인지, 가족 안에서 권력을 두고 어떤 소리 없는 아우성이 벌어지는지, 상대적으로 덜 중요한 존재로 여겨지는 가족 구성원이 바라보는 '가족의 세계'는 어떤 모습인지.

정말이지 가족은 어쩌면 이토록 마르지 않는 샘일까?

가족주의와 가족 이데올로기를 비판하는 작업은 오랫동안 꾸준히 이어졌다. 가부장제, 가사노동, 모성애, 부와 빈곤의 세습, 가정폭력…… 가족은 사랑으로만 이뤄진 자연스러운 무언가가 아니다. 그럼에도 불확실한 세상에서 가족은 최후의 성역이라는 인식이 우리의 머리, 가슴, 배에 아로새겨져 있다. 공사 영역을 구분하는 이분법은 가정을 사적인 영역에 위치시키고, 집을 휴식하고 내면세계를 탐구할 수 있는 안락한 곳으로 신비화하며, 여성을 '가정의 천사'로 묶어둔다. 이 도식 안에서 가족과 가정은 언제나 사랑과 보호의 안식처고, 사회는 황폐하고 치열한 적진이다. 집에서 쉴새없이 가사노동하는 어머니는 안 보이고, 밖에서 일하는 아버지의 양화대교에만 눈가가 촉촉해지는 것도 같은 맥락이다.

사회적 역학 관계에 따른 가족 이데올로기는 시대마다, 국가마다, 사회마다, 가정마다 존재한다. 가족 이데올로기는 '가족은 ~해야 한다'라는 가치를 기반으로, 모든 기준을 가족에 둔다. 인간은 (정상)가족 안에서 자라야 한다는 믿음, 재난지원금처럼 기본 수혜 단위를 가족으로 상정하거나 가족의 유지와 보호를 목적으로 하는 국가 정책 등이 이러한 가족 이데올로기의 산물이다. 사회는 생각보다 훨씬 더 넓은 영역에서 가족을 기본 단위로 설정하고 있으며 여러 형태로 가족을 모방한다. 가족 같은 회사, 삼촌 팬, 국민 엄마 배우, 국민 여동생, 자매결연, 의형제, 엄마 같은 여자, 아빠 같은 남자…… 가족 프레임은 성별과 위치에 따른 역할기대를 강화한다. 가족 안에서나 밖에서나, 우리는 가족을 생각하고 학습한다. 통상적 의미의 '집'이나 '가족'이 없는 사람은 여기에서 자연스럽게 소외된다. 미디어, 일상 대화, 주변의 사례, 모든 영역에 걸쳐 우리는 무엇이 엄마 같고 아빠 같은지, 장녀의 페이소스는 무엇이고 장남의 특권과 의무는 무엇인지 보고 듣는다.

'패밀리 문화'라는 게 있다. 특정 그룹을 형성한 사람들이 서로 가족의 역할과 호칭을 부여하고 롤플레잉을 하는 것이다. 2010년 즈음에는 친구들의 싸이월드나 페이스북에서, 나이 많은 남자 선배를 '아빠' 또는 '삼촌', 여자 선배를 '엄마'라고 부르는 걸 어렵지 않게 볼 수 있었다. 군대에는 선임이 후임을 '아들'이라고 부르는 문화가 있는데, 한 연예인은 자기가 군대에 늦게 가는 바람에 열 살 가까이 어린 선임이 자신을 '아들'이라고 부르면서 무릎을 두드리면 거기 누워서 아양을 부려야 했다는 에피소드를 방송에서 공개하기도 했다. 역할이 생기면 인간은 그에 어느 정도 맞추게 되어 있다. 개인은 역할에 따라 다른 자아를 가지기에 회사에서의 나와 집에서의 나, 그리고 친구들과 있을 때의 내가 모두 다르다. 특히 가족 안에서의 역할은 개인이 선택권을 가지기도 전에 주어지며, 퇴사와 절교처럼 관계를 끊어내기도 힘들기에 자아를 납작하게 짓눌러버리기도 한다. 바람직한 어머니상이라는 환상에 부합하지 못하면 개별적인 인간으로 평가받는 게 아니라 '나쁜 엄마'가 되어버린다.

우리는 집이라는 작은 공간, 가족이라는 좁은 인간관계에 최초로 뿌리내린다. 가정과 가족은 지극히 개인적인 동시에 지극히 사회적이다. 그 공간 안에서 관계 맺은 경험과 기억은 평생 나를 따라다닌다. 때로는 족쇄 같고 때로는 산소통 같다. 그 안에서 인간은 처음 사랑하고 최초로 상처받는다. 작고 좁은 그 사회는 헤아릴 수 없이 입체적이고 울퉁불퉁하다. 아내와 남편, 딸과 엄마, 아들과 아빠, 딸과 딸, 딸과 아들, 딸과 아빠, 아들과 엄마…… 조합에 따라 같은 가족 구성원 사이에서도 전혀 다른 관계와 감정이 만들어진다. 각자의 기대와 의무, 역할이 엇갈린다. 사랑과 증오, 돌봄과 학대, 연민과 질투, 대화와 폭력, 안정과 결핍이 다이아몬드를 에워싸고 가로지르는 보안 레이저처럼 촘촘하게 얽혀 있다. 우리는 다이아몬드를 향해 허리를 낮추고 조심조심 기어가지만 아무것도 건드리지 않기는 어렵다. 레이저광선에 닿는 순간 귀가 찢어지는 듯한 경보음이 울린다.

차녀에 포커스를 맞춰보자. 성별과 출생 순서, 그리고 가족의 특성에 따라 자식은 가족 내에서 자리를 배정받는다. 딸인지 아들인지, 첫째인지 둘째인지, 부모가 누구와 더 잘 맞는지에 따라 위치는 달라진다. 당연히 보고 듣는 것도 천차만별이다. 관점과 지위란 그런 것이니까. 부모 입장에서도 손에 떡 하나가 있으면 유독 입에 넣어주고 싶은 애가 있을 것이다. 공평하게 막대기가 하나씩 꽂힌 쌍쌍바조차 똑같이 쪼개지지 않는데, 물리적인 노즐이라고는 아무것도 없는 사랑이 어떻게 공평하게 딱 나뉘어 분사되겠는가.

이빈의 만화 『안녕 자두야』에서는 평생 아들을 편애한 엄마에게 서러움을 느낀 자두의 독백이 딸들의 심금을 울렸다. 자두의 엄마는 왜 막내아들만 좋아하냐는 자두의 항변에 늘 "열 손가락 깨물어봐라. 안 아픈 손가락 있나"라며 부인한다. 그러나 어른이 된 자두는 깨닫는다. "물론 깨물면 열 손가락 전부 아프겠지만, 반지를 끼워주는 손가락은 정해져 있다"는 사실을. 엄지는 불안할 때 빨다가 최고가 되고, 검지는 무언가를 가리키고, 중지는 혼자 움직이면 위험하고(전투상황 제외), 약지는 반지를 끼고, 새끼는 약속한다. 애정은 기울어지고 굴절될 수 있다. 엄마가 자신에게 더 나은 지위와 인정을 가져다준 아들을 지극히 사랑하고, 자신이 받았던 것과 같은 대우를 저도 모르게 딸에게 퍼붓듯이 말이다. 가족 이데올로기를 기반으로 한 사랑이기에 그렇다.

참 신기하다. 같은 일이 두 개의 몸을 다르게 통과한다. 같은 공간에 앉아 같은 것을 먹어도 판이한 감정을 느낀다. 누군가에게는 행복했던 날이 누군가에게는 가장 슬픈 날로 기억되기도 한다. 어떤 아이들은 해맑은 얼굴을 하고서도 자신에게 기울어지는 애정의 각도를 집요하게 곁눈질한다. 누군가에게는 기억조차 나지 않는 일이 누군가에게는 아직도 어제 일처럼 생생할 때도 있다. 예를 들면, 나는 모두가 엄마를 언니의 이름으로만 부르는 것이 무척 불만스러웠다. 엄마는 '은진이'거나, '진아 엄마'였다. 〈콜 미 바이 유어 네임〉이냐고요. 누구 하나 실수로라도 엄마를 내 이름으로 부르지 않았다. 나도 엄마 딸인데. 내 엄마이기도 한데. 다른 집도 마찬가지였다. 친구들끼리 놀 때면, 엄마들끼리도 모여 앉았다. 그 자리에는 각 집의 첫째 이름만 존재했다. 기혼 여성이 아이를 낳으면 개인의 정체성이 곧장 엄마로 바꿔치기당하는 구조적 문제를 짚어낸 것은 그로부터 15년쯤 흐른 뒤의 일이고, 개나리반 이진송은 타는 목마름으로 누군가 엄마를 나의 이름으로 불러주길 기다렸다. 그게 이상하다고 생각하는 사람은 나 하나뿐이었다.

어른들이 우리를 부를 때도 상황은 비슷했다. 언제나 언니의 이름이 먼저였다. 내 이름은 그 뒤의 별책부록처럼 따라 나왔다. 시골에 가서 사촌들과 몰려다니면 동네 어르신들이 우리를 쭈르르 세워놓고 한 명씩 누구의 자식인지 확인했다. 첫째들에게만 물어보았다. 그들에게는 언니가 곧 그들이 기억하는 어린 엄마였고, 엄마의 자식이 곧 언니였다. 나는 뒤에 서 있다가 저도 경자 딸인데요, 하고 끼어들었지만 아무도 용돈 한 번 안 줬다. 어떨 때는 언니 이름으로 둘을 동시에 호출했는데, 그러면 눈치껏 알아서 움직여야 했다. 밥 먹으라는 호출은 항상 "진아, 밥 먹어라"였다. 괜스레 삐져서 방에서 버티기도 했다. 난 안 불렀잖아. 난 안 먹을 거야. 나한테도 밥 먹으러 오라고 하기 전까지 여기서 꼼짝도 하지 않을 거야. 하지만 역사상 대치 상황에서는 언제나 식량을 보유한 쪽이 이겼기에 나의 저항은 번번이 패배로 끝났다.

뭐, 차별이라고 부를 수도 없는 수준이다. 그래서 그만큼 상징적이다. 가정폭력과 학대가 일어나지 않아도 상처와 결핍은 생긴다. 나는 반복적으로 학습한다. 엄마 아빠는 너무나 당연하게 언니의 것이라고. 언니는 상상도 못할 것이다. 자신의 엄마가 다른 아이의 이름으로 불리는 기분? 센터의 별에서 온 첫째는 그런 거 모른다.

가족 안에서 쌓인 경험과 감정과 기억이 조물조물 나를 만들어간다. 나는 때로는 서러워서 울음을 터뜨리고, 때로는 이기려고 덤벼들고, 어떤 것은 흘려보내며 자랐을 것이다. 스무 살 무렵 친해진 대학교 선배는 나처럼 위로 언니, 밑으로 남동생이 있는 차녀였다. 선배와 이야기하면서 우리의 성격 중 많은 부분이 가정 내 정치를 몸으로 헤쳐 가며 형성되었다는 사실을 알았다. 우리는 비슷한 경험을 하고 비슷한 감정을 느끼며 자랐다. 그 사실을 알고 나자 해방감이 들었다. 내가 피해의식에 찌든 이상한 애가 아니라, 그럴 수밖에 없는 구조와 환경 속에 있었다는 사실을 확인한 셈이었다. 우리는 불을 처음 발견한 원시인처럼 얼싸안고 춤을 추었다. 그때였다. 차녀 힙합의 비트가 내 가슴속에 흐르기 시작한 것은.

기억을 더듬어보자. 처음으로 의문을 가졌던 사소한 순간은 언제였을까. 가족은 따뜻한 거라는데, 왜 나는 어딘가 응어리가 맺혀 있을까? 사랑하면서도 믿지 못하고, 갈구하면서도 요구하지 못하는 이유는 무엇일까? 지금의 나를 이루는 경험과 감정과 기억이 어떤 경로로 왔는지 탐색하는 것은 꽤 흥미로운 작업이다. 승계(?) 서열 2위, 평생 2순위, 당근마켓이 생기기 전부터 언니의 당근이었던 차녀는 동아시아 역학 구도보다 더 격렬하게 요동치는 가족 내부의 정치 역학을 기민하게 감지하는 레이더를 가졌다.

스트릿 자매 파이터

그래도 나는 상황이 좀 나은 편이다. 언니와 연년생이어서 일방적으로 맞고 살거나 당하진 않았다. 셋째 넷째야, 우리가 천 원짜리 세 장을 주며 만 원짜리 한 장과 바꿔도 좋다고 뛰어나갔고 좀 놀려먹으면 분해서 씩씩대면서도 싸움의 각이 안 나오니 허공에 침이나 퉤퉤 뱉어댔다. 하지만 언니와 나의 나이 차이는 불과 18개월. 체급이나 언어의 수준이, 붙어볼 만했다는 뜻이다. 정말이지 징글징글하게 싸웠다. 쥐어박고, 머리를 잡아 뜯고, 깨물고, 할퀴고, 밀치고, 어떻게 하면 상대의 가슴에 대못을 박아넣을지 고민하며 입을 놀렸다. 자라고 보니 자매라고 해서 꼭 우리처럼 개싸움을 벌이는 건 아니었다. 여기에는 또 많은 조건이 필요하기 때문이다. 링에 해당하는 집안의 분위기, 각 선수의 성격 같은 것들. 이 조건이 맞으면 자매는 사소한 다툼이 육탄전으로까지 확대되는 갈등의 에스컬레이터를 탄다. 바로 언니와 내 얘기다.

두둥두둥. 핀 조명을 받으며 등장합니다. 홍 코너, 내추럴 본 퍼스트 베이비! 좀더 먹은 밥과 책임감의 어퍼컷이 강점인 K-장녀! 청 코너, 아들인 줄 알았지?! 재빠른 눈치와 피해의식의 훅이 매서운 차녀! 우리는 매일같이 가드를 바짝 올린 채 링에서 빙빙 돌며 서로를 탐색했다. 아주 조그만 불씨만으로도 순식간에 화르륵 불이 붙었다. 레디, 파이트! 종이 울리면 누구 하나가 바로 '선빵'을 날렸다. 주먹 꽉 쥐고 전력을 다해 상대에게 달려들었다.

때는 199X년 어느 날. 내가 초등학교 3학년 때쯤이었던 것 같다. 엄마는 밤중에 목이 말라 잠에서 깼다. 부엌에 가서 물을 마시는데 어디선가 끙끙거리는 소리가 들려왔다. 어린 짐승이 앓는 듯한 소리였다. 엄마는 의아해하며 그 소리를 좇아갔고, 두 딸이 잠들어 있는 방문 앞에 당도했다. 이것들이 또?! 평소 행실이 있었기에 엄마는 벼락같이 방문을 열어젖히고 불을 켰다. "이것들아 동작 그만!" 헉. 헉. 눈을 아프게 찌르는 형광등 불빛 아래, 엄마에게 들킬까봐 서로 이를 악물고 신음을 참으며 엎치락뒤치락하던 우리의 꼬락서니가 드러났다. 둘 다 머리가 산발이어서 언뜻 보면 미역이 많은 바다에서 갓 떠오른 해녀 같았을 것이다. 어둠 속에서 땀을 뻘뻘 흘리며 우리가 왜 그렇게 미친듯이 싸우고 있었는지는, 당연히 기억나지 않는다. 또 별거 아닌 걸로 틱틱대다가 이불 밑에서 주먹질 한 번 발길질 한 번 주고받았고, 일이 커졌겠지.

엄마는 우리를 거실에 세워놓고 혼쭐을 냈다. 다른 집은 이렇게 싸움이 나면 항상 첫째를 혼낸다는데, 장남과 장녀의 조합으로 이루어진 부모님은 그런 설움을 잘 알아서인지 항상 똑같이 혼냈다. 나는 억울했다. 힘에서 밀린 언니가 내 팔을 힘껏 깨물어, 피가 흐르고 있었기 때문이다. 엄마가 서 있는 위치에서는 다친 팔이 전혀 보이지 않는 듯했다. "아야야." 나는 일부러 우는 소리를 내며 팔을 살짝 비틀었다. 이것 좀 보라고. 엄마의 금쪽이가 내 팔에 이렇게 직접 치아 개수를 인증했다고. 나 아프다고. 엄마가 잠깐만 내 역성을 들어주고, 언니를 조금 더 따끔하게 혼내길 바랐다. 내가 바란 건 딱 그 정도였다. 그런데 그 보랏빛 잇자국을 본 엄마의 눈에서 불꽃이 튀었다.

"이기 뭐고!"

뭔가 심상찮은 반응이었다. 나는 좀더 엄살을 부리며 말했다. 언니가 깨물었어. 그리고 두근거리며 엄마의 눈치를 보았다.

엄마는 갑자기 자리를 박차고 일어나, 현관으로 걸어가더니 신반을 뒤지기 시작했다. 이놈의 가시나, 이놈의 가시나. 여기서부터는 보는 분에 따라 다소 폭력적인…… 시대적 감수성으로 필터링하면 아동학대에 해당하는…… 그러나 지금도 꺼냈다 하면 우리 가족이 배를 잡고 웃는 이야기가 시작되니 주의 바란다. 돌아온 엄마의 손에는, 펜치가 들려 있었다.

펜치!

갑자기 장르가 누아르로 바뀌는 순간이었다. 방금까지 〈순풍산부인과〉 아니었어요? 왜 갑자기 연장을? 지금 생각하면 드라마 퀸 기질이 있는 엄마가 우리를 제압하기 위해 펼친 일종의 퍼포먼스였다. 엄마는 엄마대로 우리의 싸움이 얼마나 지겨웠겠는가. 게다가 젊었다. 혈기왕성했다. 엄마는 펜치를 들고 성큼성큼 다가와, 언니에게 이빨을 다 뽑아버리겠다고 위협했다. 나는 완전히 겁에 질렸다. 이게 아닌데. 내가 기대한 범위를 넘어서는 결과였다. 언니가 두 손으로 입을 틀어막았다. 어디 한번 뽑아보라고 벌려줘야 이길 수 있는데, 그때는 언니도 어렸으니 당연히 그럴 생각을 못했다. 어린 시절의 방어권이란 그토록 무력하다. 입 벌리라! 엄마가 언니의 손가락 사이로 펜치를 밀어넣으며 소리쳤다. 지금도 눈앞에 생생하다. 불도 다 안 켠 어둑한 거실 한 켠에서 벌어지는 펜치 난동! 엄마는 우리가 투견처럼 싸워댈 때마다 아빠 쪽 여자들의 성질머리를 떠올렸다고 했다. 하지만 뭐, 펜치 드는 엄마 밑에서 타이슨 같은 딸들이 나왔으니 콩 심은 데 콩 나는 거 아닐까요.

선택을 해야 했다. 아무리 내 팔뚝을 쫀드기처럼 씹어놨더라도 언니가 강냉이 털리게 내버려둘 순 없었다. 언니와 나의 싸움은 그래도 체급이 좀 맞는데, 엄마는 우리보다 훨씬 큰데다 심지어 무장 상태니 이건 불공평했다. 나는 엄마의 팔에 매달리며 울음을 터뜨렸다. 엄마, 그러지 마세요. 언니한테 그러지 마세요. 방금 전까지 죽도록 밉던 언니였지만 이대로 엄마의 무면허 발치 시술의 피해자가 되게 둘 순 없었다. 엉엉엉. 나는 손이 발이 되도록 빌었다(언니는 입을 막고 있느라 못 빌었다). 엄마는 이윽고 천천히 펜치를 내려놓았다. 그리고 조용히 걸어가 공구박스에 다시 넣어두고, 내 팔에 약을 발라주었다. 엄마는 명령했다. 들어가서 자라. 네, 어머니. 우리는 순한 양처럼 방으로 돌아왔고, 사이좋게 손을 꼭 잡고 잠들었다. 아무리 쥐어뜯고 싸워도, 언니가 진짜 다치기를 원하지는 않는다는 걸 그때 알았다. 어쩌면 자매의 싸움이란 정교하게 설계하고 합의한 프로레슬링에 가까울지도. 훗날 육아 정보가 업데이트되면서, 엄마는 그때 언니에게 펜치를 들이밀 게 아니라 왜 동생을 깨물었는지 물어보고 감정을 다독여줬어야 한다고 후회했다. 물린 나보다 문 언니의 마음을 더 토닥여주고 싶어했다는 점에서, 역시 엄마는 언니밖에 모른다며 나는 나의 피해의식에 물 한 컵을 더 부어주었다.

시간이 흐르면서 우리의 육탄전은 자연스럽게 줄어들었다. 성숙해져서는 아니고, 내가 언니보다 덩치가 커지고 힘이 세진 탓이다. 중학생일 때 언니와 나는 사소한 말다툼을 벌였는데, 언니가 내 뺨을 때렸다. 그 순간 이런 생각이 머리를 스치고 지나갔다. "더이상 이렇게는 못 살아." 물론 좀 오버였다. 맞고만 살지 않았으니까. 아마 드라마 같은 데서 본 대사를 내 뇌가 재깍 찾아다가 바쳤을 것이다. 나도 똑같이 언니의 뺨을 때렸다. 언니가 놀란 얼굴을 하더니 머리채를 잡았다. 나는 그날만을 기다려왔다. 그대로 언니를 제압하고, 위에 올라탔다. 야, 이거 안 놔? 언니가 비명을 질렀다. 그러나 엄마가 챙겨주는 보양식을 비위가 약하다는 이유로 몰래 나에게 넘긴 언니의 발버둥은 간지러운 수준이었다. 카하하. 넌 죽었어. 머리채를 잡고 흔들며 나는 생애 최초의 승리를, 그 기쁨을 만끽했다.

쾅! 골프채를 든 아빠가 방에 난입하기 전까지는.

제2차 무장 부모 난입 사건이었다. 아씨. 여기가 판문점이냐고. 왜 자꾸 연장 들고 난입하는데요. 약 20여 년 전이었기에 부모가 아이를 체벌하는 일은 아주 흔했다. 우리는 엎드려뻗쳐를 한 채 허벅지를 다섯 대씩 맞는 진부한 체벌을 받았다. 나는 아직도 그 사건을 '하극상'에 대한 아빠의 강경한 조치라고 해석한다. 체벌은 주로 엄마 몫이었는데, 경상도 남자의 가오에 흠뻑 취한 아빠로서는 아들도 아닌 딸을 때린다는 게 용납되지 않았던 것이다. 그런데 그날 아빠는 처음으로 우리가 싸우는 데 끼어들어 몸소 딸들을 때렸다. 훗날 엄마의 증언을 종합해보면, 아빠는 방에서 벌어지는 아비규환을 가만히 듣고 있다가 어느 순간 참지 못하고 일어섰다고 한다. 나는 의심한다. 그 비명소리가 내 것이었다고 해도 아빠가 뛰어들어왔을까? 자신의 동생들을 두들겨패며 기강(?)을 잡았던 아빠, 막강한 장남의 권한을 부여받고 또 휘두르며 살아온 아빠에게 내가 맞는 건 일종의 서열 정리에 불과했을 것이다. 허허, 저 녀석이 또 언니한테 대들었구먼. 애들은 원래 싸우면서 크는 거지. 동생이 말을 안 들으면 언니가 그럴 수도 있지. 하지만 동생이 언니를 패는 상황은 아빠에게 용납할 수 없는 일이다. 적어도 나는 그렇게 받아들였다. 그날 아빠가 문을 열어젖혔을 때 바닥에 깔려 있던 게 나였으면 살살 해라, 하고 문을 닫았을 거잖아. 그렇잖아! (물론, 나만의 피해의식일 수 있다. 하지만 그게 이 책의 콘셉트니까 넘어가자.)

그뒤로도 언니는 나와 싸울 때 감정이 격해지면 어깨를 밀친다든가 하는 물리적 어필을 좀 했다. 하지만 내가 너 잘 걸렸다, 하는 심정으로 언니를 밀치면 내가 떠밀렸던 것보다 두 배쯤 더 세게 떠밀린 언니의 눈동자가 흔들렸다. 그리고 그 자리에 선 채 말로만 퍼부어댔다. 육탄전의 세계를 졸업하고 말로만 싸운다고 해서 싸움의 정도가 약해진 건 아니었다. 오히려 피가 더 살벌하게 튀고 공격을 받으면 영혼의 살점이 뚝뚝 뜯겨나갔다. 말이라는 게 그렇다. 보랏빛으로 멍든 잇자국은 며칠 지나지 않아 사라졌지만, 모진 말은 몇 년이 지나도 종종 생각난다. 가장 가깝고, 또 싫든 좋든 나와 어느 정도 같은 부분을 내밀하게 공유하고 있기에, 우리는 서로를 아프게 하는 방법을 누구보다 잘 알았다. 언니와 나도 따로따로는 제법 괜찮은 인간이었다. 친구도 많고, 위로는 예쁨을 밑으로는 신뢰를 받았다. 그런데 왜 붙여만 놓으면 둘 다 성격파탄자가 되는지.

게다가 나는 어릴 때부터 말이 많았다. 아빠는 따발총이라고 불렀고, 어른들끼리 하는 이야기를 여기저기 옮기고 다녀서 가족들 사이에서도 기피 대상 1호였다. 어느 날 초등학생이던 나와 놀아주던 대학생 사촌언니는 조금 질린다는 기색을 내비치더니 고개를 돌리고 혼잣말을 했다. "하…… 더럽게 시끄럽네." 나는 조금 풀이 죽었다. 내가 들었다는 걸 눈치챈 사촌언니가 미안한 마음에 다시 다정하게 대해주자 나는 또 더럽게 시끄럽게 떠들고 말았다.

언니는 여러 단계의 성격 변화를 거쳐(참고로 모든 인간이 최소 3단계의 성격 변화를 거친다는 게 나만의 지론이다) 어른이 된 지금은 나보다 더 똑 부러지는 쌈닭이지만, 어렸을 때는 좀 순하고 맹한 편이었다. 보고 배울 수 있는 언니라는 레퍼런스가 있는 나와 달리, 처음부터 모든 것을 스스로 헤쳐 나가야 했던 언니가 나보다 입이 늦게 트인 것도 어쩌면 당연하다. 빠른 년생이라서 또래보다 조금 늦된 게 아닐까 엄마는 전전긍긍했다. 내가 또래보다 현란한 말발로 언니를 궁지에 몰아넣으면, 견디다못한 언니가 주먹을 날리는 게 우리 싸움의 패턴이었다. 이때는 엄마도 내가 좀 미웠다고 한다. 난 사실 상대가 언니일 때를 제외하면 싸움을 정말 못한다. 그녀만이, 오직 그녀만이 내 가슴속 불꽃에 기름을 들이부을 수 있다.

말싸움은 보통 잘잘못을 따지는 것에서 시작해, 서로의 결백함을 주장하다가, 자신이 평소 상대를 얼마나 짜증나고 재수없다고 생각하는지 털어놓는 식으로 전개된다. 그리고 우리의 말싸움에는 꼭 이런 이벤트가 있었다. 감정이 격앙된 내가 "니는……" 하고 말하면, 언니는 번개같이 말꼬리를 잡아 "니? 니이?! 내가 니 친구가?" 하고 공격했다. "언니면 언니답게 좀 굴어라." 이게 내 레퍼토리였고, 언니는 "내가 뭘 얼마나 잘못했는데?" 하고 받아쳤다. 내겐 울음이 올라오면 말을 제대로 잇지 못하는 치명적인 약점이 있었다. 내가 딸꾹질하듯 끅끅 울며 간신히 하는 말을 언니는 비웃으며 튕겨냈다. "뭐라 씨부리노. 하나도 못 알아듣겠다." 언니는 감정에 치우쳐 독한 말을 내뱉고, 나는 집요하게 상대를 무시한다는 티를 내는 스타일이었다. 누가 더 나쁜지 따질 수 없는, 그야말로 용호상박이었다.

언니가 결혼한 후, 우리는 놀라운 사실 하나를 알게 되었다. 형부는 형과 세 살 차이가 나는데, 형에게 한 번도 맞은 적이 없단다. 이거 〈세상에 이런 일이〉에 제보해야 하는 거 아냐? 형부는 형부대로, 우리가 그렇게까지 사력을 다해 싸운 게 신기한 모양이었다. 언니와 나는 진지하게 치열했던 싸움의 역사를 고찰했다. "일단 우리집은 서열이 없어." 언니가 주변을 관찰하며 쌓은 데이터베이스를 바탕으로 말했다. 그럴듯했다. 부모님은 둘 다 그다지 권위적인 타입이 아니었고 내가 반드시 언니의 말을 '들어야' 한다고 가르치지도 않았다. "그리고 넌 한 번도 그래, 하고 넘어가질 않지." 그것도 맞는 말이었다. 언젠가 언니가 나에게 그런 부탁을 했다. "내가 딱 하나만 부탁할게. 제발 말대꾸 좀 하지 마." 나는 그 말이 끝나기가 무섭게 대꾸했다. "언니랑 나랑 겨우 한 살 차이 나는데 무슨 말대꾸야? 대화지." 언니가 삿대질을 하며 핏대를 세웠다. "이거 봐 이거 봐 이

거 봐! 이런 거! 참을 수 없어!"

……나도 참을 수 없거든. 지금 생각하면 나는 어릴 때부터 뭐든 납득이 되어야 받아들이는 아이였다. 그런데 '언니니까' '동생이니까'는 내가 생각하기에 합당한 이유가 아니었다. 이런 성격이 장유유서의 나라에서 두번째로 태어났으니 하루도 조용할 날이 없었다.

언니가 결혼하고, 서로 얼굴을 보는 일이 1년에 고작 몇 번으로 줄어들면서 우리의 스트릿 파이팅도 소강상태에 접어들었다. 앞으로도 부딪칠 일이 전혀 없지는 않겠지만 지금은 조금 잠잠한 상태다. 이제는 안다. 우리는 서로의 가장 안 좋은 부분을 끌어내는 조합이다. 같이 먹으면 궁합이 상극이라는 오이와 당근 같은 존재라서 한 그릇에 담으면 안 된다. 그 사실을 알고 난 뒤로는 좀더 서로를 조심조심 대하는 방법을 탐색하고 있다. 남한테 그러진 않으니까, 서로에게도 그러지 않도록. 미친 듯이 싸우다가도 나는 너랑 이러고 싶지 않아, 한마디에 갑자기 질질 울면서 둘이 끌어안고 말았던 순간이 떠오를 때마다 이불 속에서 발차기를 한다. 아, 언니와 나는 모든 순간, 서로의 모든 말과 행동에 너무 진심이었다. 그러니 안 싸우고 배길 수가 있나.

자매라는 서바이벌

카카오톡 메시지를 쓴다.

—펌을 하고 싶사옵니다.

답장이 온다.

—안 돼.

굴하지 않고 다시 읍소한다.

—그러면 오랜만에 앞머리를 내볼까?

답장은 더 빠르다.

—절대 안 돼.

세상에는 많은 언니 보유자가 있다. 나로 말할 것 같으면, 언니 없는 여자들이 보통 부러워하는 타입의 언니를 가졌다. 내가 갖고 싶은 걸 사주는 언니? 나를 엄마처럼 돌봐주는 언니? 아니, 가장 인기 있는 언니는 바로 '옷장 공유할 맛이 나는' 언니다. 패션 감각이 뛰어나고 잘 꾸미고 다녀서 나에게도 콩고물이 좀 떨어지는 언니 말이다. 옷을 둘러싸고 벌어지는, 아편전쟁을 방불케 하는 싸움은 자매의 숙명이다.

나는 아직도 옷을 사거나 머리를 바꿀 때면 언니에게 '결재'를 올린다. 내가 스타일을 바꾸면 친구들이 으레 물어본다. "언니가 허락해줬어?" 나의 트레이드마크라고도 할 수 있는 단발머리 역시 언니가 정했다. 언니는 나의 비주얼 디렉터로 3n년째 무급 노동중이다. 뭐가 예뻐 보이는지도 모르고 잘만 살아가는 여자 위에 태어난 죄다. 미용실에 가면 언니가 시킨 대로 줄줄 읊는다. "층 없이, 일자로 잘라주세요." 층 있는 단발과 층 없는 단발의 차이를 알아보지 못하고, 미용실에서 커트를 망쳐놔도 모른다. 언니와 나는 중학생 때 같은 과외 선생님에게 수학을 배웠다. 그 수학 과외 교실은 공부를 하는 곳이라기보다는 작은 개그 콘서트장에 가까웠는데, 선생님이 신들린 말발을 뽐냈기 때문이다. 어느 날 선생님은 언니를 물끄러미 보다가 이렇게 말했다. "니만 예쁘게 입고 다니지 말고, 어? 니 동생도 좀 어떻게 해줘봐라." 선생님은 당시 사춘기라면 사춘기인 나의 옷차림을 두고 '거지같다'고 표현해도 모욕감을 안기지 않고 웃기게 말하는 재주가 있었다.

"거지같이 입고 다니지 마라."

언니가 말했다.

"그게 뭔데…… 어떻게 하는 건데……"

나는 당황했다. 알아야 그렇게 안 입지. 세상에 '거지같이 입어야지~' 하고 옷장을 여는 사람은 없다. 게다가 거지같다는 건 혐오 발언이다. 패션 세계에는 뭐 그런 룩이 있다고도 하던데…… 그런지 룩인지 뭔지…… 여하튼 나는 아니었다. 깨끗이 씻기만 하면 되는 거 아닌가. 물론 그 무렵의 여중생이란 방금 샤워를 마치고 나와도 머리를 터는 동안 얼굴의 모든 모공에서 피지를 분수처럼 뿜어내긴 하지만. 중학생이 되면서 엄마는 우리의 코디에서 어느 정도 손을 뗀 참이었는데, 언니가 버스를 타고 다른 시까지 넘어가서 쇼핑할 만큼 옷에 열정적이었던 데 반해 나는 일찌감치 패션계에서 도태했다. 언니에게 옷을 사줄 때면 엄마는 항상 말했다. "같이 입는 거야, 송아랑." 하지만 송아는 같은 옷도 좀더 후줄근하게 입는 재주가 있었다!

애초에 모든 종류의 꾸미기에 재능이 없던 나는, 못생긴 건 어쩔 수 없다며 포기했다. 언니는 그런 나를 앉혀놓고 눈썹 깎는 칼로 앞머리를 내줬고, 속눈썹 사이사이 점막을 아이라이너로 채우는 법을 알려주고, 비용이 합리적인 피부과와 커트 솜씨가 끝내주는 미용실을 추천해주고, 엉망으로 맨 목도리를 고쳐주었으며, 내 책의 표지를 골라주었다. 덕분에 나는 좀 덜 추레하게 다녔고, 언니랑 같이 살 때는 옷을 잘 입는다는 오해도 받았다. 하지만 그만큼 언니는 나에게 자주 상처를 입히기도 했다. 살 좀 빼라, 화장 좀 해라, 피부가 그게 뭐냐, 그런 옷을 돈 주고 샀냐…… (당연하지. 그럼 훔쳐왔겠냐?) 직접적인 공격은 언니가 했지만, 그 공격을 가능하게 한 건 당연하게도 내가 발 딛고 살아가는 현실이다. 어째서 외모 비교는 유독 자매에게 더 가혹할까? 언니는 체구가 좀 작고 여리여리한 편이라, 기골이 장대하고 먹성이 좋은 나는 자연스럽게 아씨 옆 장군감이 되었다.

언니는 예쁘고, 센스가 있었다. 혼자서 옷을 사면 언니의 평가가 두려워 감췄고, 어쩌다 언니가 내가 산 옷을 입고 나가면 인정받은 기분이 들었다. 언니의 감각은 자신을 치장하는 데만 한정되지 않고 여기저기 뻗어나갔다. 선물을 살 때, 식당을 고를 때, 함께 살 집을 알아볼 때 등등. 반면 나는 뭘 해도 좀 구렸다. 얼마나 구리냐면, 우리집 에피소드 톱3 안에 드는 이야기를 안 할 수가 없다. 나는 당시 아홉 살이던 동생에게조차 패션을 지적받았다. 그때 나는 여행을 떠난 부모님을 대신해 동생들을 돌보러 창원에 갔다. 동생들을 데리고 외출하려는데 셋째가 중얼거렸다. "언니는 그 가방이 좀 안 어울리는 것 같다." 면세점에서 산 버버리 가방 하나를 365일 메고 다니던 나는 상냥하게 웃으며 물었다. "그럼 언니는 어떤 게 어울리는데?" 동생이 머뭇거렸다. "언니는 좀……" 좀? 나는 업어 키운 금쪽이에게 어린이다운 천진난만한 칭찬을 기대하며 내려다보았다. "초라한 게 어울리는 것 같다." 아마 수수하다는 말을 하고 싶었던 것 같은데, 그때는 그게 아홉 살 인생 최대의 어휘력이었을 것이다.

타고나길 덜 떨어지는 분야가 있고, 나는 아무리 노력해도 안 되는데 하필 바로 옆에 그걸로 반짝반짝 빛나는 사람이 있다. 재만 아니었으면 나의 구림이 좀 덜 두드러졌을 것 같은데, 왜 하필 저 인간은 내 언니여서 해가 져도 집에 가지 않고 자다가 깨면 내 옆에서 코를 골고 있는가. 언니는 인기마저 그럭저럭 있어서, 같은 중학교에 입학했더니 언니를 아는 남학생들 몇몇이 나를 보러 왔다. 그리고 에이, 하고 돌아갔다. 안드로이드였으면 얼굴에 붙은 라벨 넘버가 AC8이었을 것 같은 자식들이 잘도 그런 짓을 했다.

그렇다. 언니에 대한 내 감정 중 많은 부분은 열등감이었다. 이런 내 마음을 안다면 언니가 조금 놀랄지도 모르겠다. 자매가 철없던 시절 개싸움, 말 그대로 기술도 없고 윤리도 없는 개싸움하던 이야기까지 글로 써서 팔아먹는 동생이 자신에게 열등감을 품었다는 사실을 말이다. 나는 언니 기준, 저 잘난 맛에 사는 기세등등한 년이고 언니가 나에게 느끼는 감정의 중요한 부분 역시 열등감이기 때문이다. 동성의 또래, 그리하여 비교 가능한 존재가 가장 가까이 있다는 것. 잘 때도 먹을 때도 웃을 때도 울 때도 쉴 때도 쌀 때도 그 존재가 내 시야에 얼쩡거리며 신경을 살살 긁는다는 것. 그 존재와, 어린 시절 유일한 에너지 공급원이자 삶의 전부인 부모의 사랑과 인정을 두고 치열한 경쟁을 벌여야 한다는 것. 의도하든 의도하지 않든 굶주린 괴물처럼 입을 벌리고 상대의 자존감을 바각바각 갉아먹고, 또 그만큼 파먹힌다는 것. 세상 모든 자매는 태생적으로 생존자일 수밖에 없다. 자매들이여, 우리가 살아온 모든 과정이, 엠넷은 명함도 못 내미는 서바이벌이었다.

나에게 최초의 열등감은 색연필 세트의 모습으로 왔다. 여섯 살쯤이었을 것이다. 언니와 나는 똑같은 색연필 세트를 선물로 받았다. 자매니까. 똑같은 걸 안 주면 싸우고, 더 좋은 것을 언니가 가지니까. 크레파스의 뭉뚝함과는 차원이 다른, 연필깎이로 깎아서 쓰는 색색의 색연필이 열두 자루가 넘게 들어 있었다. 가느다랗고 화려하고 의젓했다. 내가 이렇게 어른스러운 필기도구를 쓸 수 있게 되다니! 심장이 뛰었다. 나는 색연필을 애지중지하며 썼다. 그런데, 뭔가 이상했다. 분명 함께 배를 깔고 엎드려 그림을 그리고, 똑같은 연필깎이로 색연필을 깎는데 언니와 나의 색연필 세트가 점점 다른 모양으로 바뀌어갔다. 언니의 색연필 세트는 내가 보기에도 더 예쁘고 정갈했다. 매일 밤 색연필의 요정이 언니의 색연필에만 축복의 가루를 뿌려주고 가는 것 같았다. 이해할 수 없었다. 대체 왜? 여전히 근사해 보이는 내 색연필도, 언니의 것과 나란히 놓으면 단번에 초라해졌다. 나는 K-어린이가 궁지에 몰렸을 때 쓰는 비기를 썼다. 나 안 해! (물론 혼자서 하는 경쟁이었기에 내가 그만둔다고 해봤자 아무도 관심을 주지 않았다. 어항의 금붕어조차도.)

언니는 중학교 때 미술을 시작해서 미대에 갔고 디자인을 전공했다. 패션 쪽 일을 하다가, 시각디자이너로 이직했다. 지금 생각해보면 어딘가 남달랐던 색연필 세트의 비밀도 재능의 떡잎이었던 것 같다. 색상을 어울리는 순서대로 놓을 줄 알고 여러 색을 골고루 쓰니 색연필이 닳는 속도가 고만고만했다. 보기 좋을 수밖에. 나에게 살 빼고 화장하라고 잔소리를 퍼부을 때는 죽도록 미웠지만, 같이 옷을 골라주는 언니 덕에 이 나이에 패션 테러리스트라는 소리는 좀 덜 듣는다. 안 듣는 건 아니지만.

언니처럼 예쁘고 잘 꾸미는 여자가 되고 싶었다. 하지만 그럴 수 없었다. 비교와 조롱은 괴로웠고 아차 하는 순간 자괴감이 곰팡이처럼 슬었다. 색연필을 엎어버리듯 내 인생도 엎어버리고 싶었다. 언니가 나에게 느끼는 열등감과 고통을 호소할 때도 마찬가지였다. 우리는 왜 자매로 태어났을까. 왜 한배에서 나와 이토록 다르고, 서로를 불행하게 만들까. 언니와의 기억을 돌이켜보면 싫었던 기억이 압도적으로 많다. 미친듯이 싸웠고 최선을 다해 싫어했다. 그런데 더 강렬한 것은 몇 안 되는 좋은 기억이다. 수술이 끝난 뒤 기진맥진해서 누워 있는 내가 울컥 피가래를 토할 때, 앞에 서 있던 언니가 번개같이 손을 내밀어 그것을 받아내던 순간 같은. 나를 괴롭게 하는 존재를 열렬히 사랑할 수 있다는 사실을, 자매로 태어나지 않았다면 나같이 무딘 애는 영영 몰랐을 것이다.

오늘도 카카오톡을 켜고, 읍소하는 메시지를 쓴다.

—탈색을 하고 싶은데 검토 바랍니다.

이러다가 일흔 살까지 결재를 요청하고 있을지도 모르겠다. 하지만 언니는 일흔한 살에도 패셔너블한 할머니일 테니 괜찮다.

달콤한 편애의 맛

나에게는 두 명의 할머니가 있다. 우리집은 외할머니나 친할머니라는 말 대신, 할머니의 성을 따서 각각 주 할머니, 배 할머니라고 불렀다. 주은협은 엄마의 엄마고, 배영희는 아빠의 엄마다. 은협과 영희. 내 살과 뼈가 갈라져나온 뿌리이자, 부당한 대우로 어린 내게 서러움을 안기고, 알싸한 애증과 애틋한 연민이라는 복잡한 감정을 남긴 두 할머니, ㅇㅎ와 ㅇㅎ. 한 사람은 5년 전에, 또 한 사람은 작년에 세상을 떠났다. 타지로 나오면서부터는 정말로 명절에 보는 게 거의 전부였던 두 여자를 나는 사랑하고 원망하고 그리워했다. 한 ㅇㅎ는 나에게 차녀의 위치를 끊임없이 상기시켰고, 또다른 ㅇㅎ는 어린 내가 뭐라고 부르는지도 모르면서 갈망하던 것을 아낌없이 베풀어주었다. 바로바로 '편애'.

나의 양육자인 부모님은 공평한 편이었다. 딸이 『차녀 힙합』을 쓴 게 억울하다고 국민청원을 올려도 이상하지 않을 정도로. 그런데 나는 그 공평한 애정의 분배가 못 견디게 차별적이라고 생각했다. 엑소가 부릅니다, 〈불공평해〉. 내가 원한 건 그냥 나를 사랑해주는 게 아니었다. 그걸로는 충분하지 않았다. 나는, 언니보다 나를 '더' 사랑해주길 바랐다. 내가 이렇게 손이 안 가는데. 내가 이렇게 입안의 혀처럼 구는데. 나는 떼도 안 쓰고, 반항도 안 하고, 뭐든지 알아서 하는데. 왜 나를 더 예뻐하지 않지? 나를 좀더 봐줘. 언니보다 내가 더 좋다고 말해줘.

안달난 내 마음을 알아챈 건 ㅇㅎ였다. 언니한테는 말하지 말그라, 하면서 건네던 꼬깃꼬깃한 천 원짜리 몇 장은 나를 향한 편애의 증표였다. 엄마와 달리 요구르트병 밑을 뜯어서 쭐쭐 빨아먹어도 야단치지 않는 너그러움에 나는 필사적으로 매달렸다. 한번은 할머니가 언니보다 나를 더 좋아한다고 호언장담하자, 둘째 삼촌이 왜 그렇게 생각하느냐고 물어본 적 있다. 나는 은밀하게 속삭였다. "할머니가 집에 갈 때마다, 버스 정류장까지 따라가면 나한테만 몰래 천 원씩 더 주거든." 말하면서도 가슴이 두근거렸다. 삼촌은 심드렁하게 말했다. "에이, 그거는

니가 따라가니까 그렇지. 언니가 따라가면 언니도 줄걸?" 그때 얼마나 화가 났는지 아직도 생생하다. 내가 왕이었다면 그 자리에서 삼촌을 귀양보냈을 것이다. 아니라고! 할머니는 나를 더 좋아한다고! 나는 ㅇㅎ가 집에 오면 돌아가지 못하도록 신발을 감춰놓고 학교에 갈 정도로 ㅇㅎ에게 집착했다. ㅇㅎ는 우리 가족과 같이 살다가 내가 일곱 살 때 고향으로 돌아갔는데, 나는 툭하면 ㅇㅎ한테 다시 같이 살자고 조르곤 했다.

엄마는 꽤나 등골이 서늘했을 것이다. 나에게는 그렇게나 다정하고 보드라웠던 ㅇㅎ가, 자라고 나서 보니 엄마에게 좋은 시모는 아니었다. 지금 네이트판에 올라갔다가는 당장 이혼하라는 댓글이 주르르 달릴 것이다. 그만큼 엄마의 시집살이는 매웠다. 그때는 그런 경우가 보통이었다지만, 시대적 기준이 낮은 것이나 내가 ㅇㅎ를 사랑하는 것이 ㅇㅎ가 저지른 잘못을 중화할 수는 없다. ㅇㅎ 역시 보통의 인간이라 다양하고 입체적인 면면을 지녔다. 단순히 '할머니'라는 온화한 이미지만 떠올리거나 '고집 센 시모'라고만 표현하기에는 충분하지 않다. ㅇㅎ는 내가 태어나자마자 또 딸이라고 상을 엎어버린 장본인이지만 서른 넘은 내가 온다는 소식에 '차븐 것(차가운 것, 아이스크림)'을 사러 보행보조기를 끌고 나갈 만큼 나를 끔찍이 사랑한 사람이기도 하니까. 그래서 엄마는 우리가 다 자랄 때까지 한 번도 ㅇㅎ에 대해 안 좋은 말을 한 적이 없다. 엄마한테 아무리 못되게 굴더라도, 우리만 보면 예쁘다고 쓰다듬고 큰소리 한 번 치지 않았던 ㅇㅎ는 엄마에게도 애증의 대상이었던 모양이다.

언니와 종종 ㅇㅎ 이야기를 한다. 우리 어릴 때 호수에서 오리배 탔던 거 기억나나? 니가 여섯 살이고 내가 일곱 살이었는데. 맞다, 지금 생각하면 그때 우리 할매 60대였는데. 우리는 페달 밟을 줄도 모르고. 할매만 죽어라고 풀 액셀 밟았잖아. 와, 완전 노인학대 아니가? 깔깔 웃는다. 그리고 마지막은 눈물 콧물을 질질 흘리며 끝난다. 나는 말한다. 할매도 시집살이 독하게 했잖아. 자기 아들을 시어머니한테 거의 빼앗기다시피 해서, 엄마인데도 별로 안아보지도 못하고. 예뻐해주지도 못하고. 운동회나 소풍도 한 번 못 따라갔다매. 어릴 때는 할매가 왜 그렇게 우리 운동회 오겠다고 시외버스까지 타고 오는지 몰랐는데…… 지금 생각하면 내랑 할매는 서로가 굶주려 있던 애정을 채워주는 관계였던 거 같다. 내가 코를 팽 풀자 언니가 그렁그렁한 눈으로 나를 보다가 말했다. 밥상머리에서 울지 마라.

남편의 바람기와 경제적 무능으로 고통받으며 가정을 책임져야 했던 여성 부양자, 당신 자신은 훨씬 더 포악한 시모의 폭력을 견딘 피해자, 동네 친구인 할머니들이 술을 사 들고 놀러 오는 일이 잦았던 '인싸', 싸움도 잘하고(엄마의 증언이다) 여든이 넘어서도 예쁜 냉장고 원피스를 보면 어린애처럼 웃던 ㅇㅎ는 작년 봄 세상을 떠났다. 장례식장에서도 가족들은 입을 모아 말했다. "할머니가 송아 제일 좋아했지" "둘이 완전 죽고 못 사는 한 쌍이었지".

정정함의 아이콘이었던 ㅇㅎ는 재작년부터 전화를 해도 내가 누구인지 알아차리지 못했다. 그전까지만 해도 내가 책을 계약했다고 하면, 꼭 6개월쯤 지난 뒤에 책은 언제 나오냐고 물어보곤 했는데 말이다. 사람들은 아흔 넘은 노인이 어쩜 그렇게 미래 기억력이 좋냐고 혀를 내둘렀다. ㅇㅎ에게 내가 쓴 책은 거의 외계인이 구사하는 말 같았을 테니 그저 만져보는 용도였겠지만, 내 이름이 새겨져 있다는 이유만으로 ㅇㅎ는 책이 나오기만을 내내 기다렸다. 신기하리만치 나에게는 결혼하라는 잔소리 한 번 하지 않았다. 우리는 이제 다른 행성에 있고 서로의 말을 들을 수도 얼굴을 볼 수도 없다. 하지만 삐리뽐 삐리뽐 같은 말도 사랑이어서 기다릴 수 있었던 할머니처럼, 기다려보려고 한다. 우리가 어떤 형태로든 다시 만날 때를.

사랑하는 ㅇㅎ는 가족들의 슬픔과 애도 속에서 다시는 돌아올 수 없는 길을 떠났다. 나에게 솜사탕처럼 입안에서 살살 녹는 달콤한 편애의 맛을 가르쳐준 사람은 이제 세상에 없다. 할머니가 주머니 속 보석처럼 아꼈던 나는 내 살과 피로 꾸린 가족은 없는, 좀 다른 형태의 삶을 살아갈 것이다. 어쩌면 몇몇 사람의 악담처럼 쓸쓸하게 혼자 죽을지도 모른다. 그래도 불확실한 미래에 대한 두려움으로 떠밀리듯 선택을 하기보다는, 직계가족 여부와 무관한 개인의 권리와 사회적 안전망의 필요성을 주장하며 살기로 했다.

할머니, 나를 제일 좋아하는 사람이 있다는 확신을 줘서 고마워. 그 기억 덕분에 할머니만 생각하면 세상 무서울 게 없었어. 할머니에게 손녀사위도 증손주도 보여주지 않았지만, 할머니 바람대로 행복하게 살게. 우리는 너무 다르지만 서로 사랑했고 그거면 충분하지. 잘 가요, 할머니. 사랑해.

또다른 ㅇㅎ와는 심리적으로 화해하는 데 시간이 좀 걸렸다. ㅇㅎ가 대놓고 내가 아들이 아니라고 아쉬워했기 때문이다. 성정 자체가 따스하여 뼈가 시린 차별까진 아니었지만, 어린이는 생각보다 자신을 향한 말과 눈빛에 예민하다. 보통 딸이라고 차별하는 건 아빠의 엄마 쪽 아닌가? 왜 엄마의 엄마가 나한테 이러지? 어린 나는 드라마에서 본 것과 다른 현실에 혼란스러워하며 ㅇㅎ에게 잔뜩 심통이 나 있었다. 맨날 장손만 좋아하고! 첫째라고 언니만 좋아하고! 할머니 그래라, 흥, 흥! ㅇㅎ는 손주들이 태어날 때마다 할아버지와 함께 감나무를 하나씩 심었다. 좀 자라고 나서는 밭에 데려가 하나씩 누구의 감나무인지 알려주었다. 이거는 은진이 거, 이거는 범이 거, 이거는 선주 거…… 내 나무만 없었다. 내가 하도 서운해하니까 삼촌이 나에게 나무 하나를 골라주며 그걸 그날부터 내 나무로 하라고 했다. 어디 그런 식으로 어물쩍 넘어가려고! 나는 가자미눈을 뜬 채, 거실에 마치 명예의 전당처럼 장손의 사진만 액자로 걸어놓은 것을 흘겨보며 바르르 떨었다.

그래도 ㅇㅎ를 만나러 가는 것은 늘 즐거웠다. ㅇㅎ는 농부였고 ㅇㅎ의 집에는 온갖 동물과 개천, 아궁이, 우물과 앵두나무, 고구마밭, 곶감 창고, 서랍 속 화투가 있었다. 언니와 사촌언니와 내가 팬티만 입고 들어가 있는 빨간 '다라이'에 호스를 휘둘러 조준하는 족족 물총을 맞추던 호쾌한 ㅇㅎ, 빻은 봉숭아 꽃잎을 얹은 손가락에 비닐을 가늘게 찢어 감아주던 ㅇㅎ, 동화책을 보고 조르는 나를 위해 그 바쁜 농번기에 진달래를 따서 화전을 지지던 ㅇㅎ…… ㅇㅎ와 함께한 기억을 떠올리면 나는 늘 요란하게 웃고 있다. 말하자면 나는 ㅇㅎ에게 기본적으로 살짝 삐져 있으면서도 ㅇㅎ와 노는 건 너무 재미있는 그런 상태였다.

내가 개인으로서의 ㅇㅎ를 마주한 것은 ㅇㅎ의 남편이자 엄마의 아빠, 그러니까 나의 할아버지가 돌아가신 여름이다. 장례식이 끝난 후 나는 일주일간 ㅇㅎ의 집에 머물렀다. 사람이 하루 만에 이렇게 폭삭 늙을 수가 있구나 싶게 평생 봐온 ㅇㅎ의 얼굴이 낯선 차였다. 여름 해는 길었고 농사일을 하지 않는 낮 시간은 그 집에서 처음 생기는 공백이었다. ㅇㅎ는 마구 흔들다가 뚜껑을 연 콜라처럼 시도 때도 없이 속 이야기를 엎질러놓았다. 그 이야기 속에는 여러 ㅇㅎ가 있었다. 장남에게 시집간 딸이 아들을 낳지 못해 인간 대우를 받지 못할까봐 무서웠던 ㅇㅎ, 그래서 둘째인 내가 또 딸로 태어났을 때 심장이 내려앉는 것 같았던 ㅇㅎ, 우리가 태어나고서야 농가의 장녀라고 몰아붙였던 엄마가 그때 얼마나 어렸고 힘들었을지 깨닫고 후회한 ㅇㅎ, 실수로 창고에 불을 내 한 해 농사를 날리게 되자 목을 매려다 운좋게 살아난 ㅇㅎ, 미워했던 남편이 떠났는데 왜 후련하지 않은지 모르겠는 ㅇㅎ…… 나는 스무 살이었다. 1940년대생 농촌 여자의 삶을 감히 짐작도 하지 못한 채 그저 같이 울었다. 나는 ㅇㅎ가 나에게 사과하고 싶어한다고 느꼈고, 그 사과를 받았다.

ㅇㅎ는 사랑을 표현하는 법도 존중받는 법도 배우지 못했다. 하지만 엄마를 거쳐 우리에 이르는 동안, 나름의 시행착오와 노력을 거듭하며 터득한 최선의 다정이 있었다. 어린이인 나에게 "고추 하나만 달고 나오지" 같은 잘못된 발언을 했지만, 성인이 된 내가 ㅇㅎ의 사과를 충분히 받아들일 만큼 그를 이해한다

면 그것 또한 ㅇㅎ가 남긴 사랑의 증거라고 생각한다. ㅇㅎ는 남자와 여자, 손자와 손녀를 차별하는 것이 당연했던 시대에 태어나고 자랐다. 자주 삐끗할지라도, 받고 배운 것이 없어 막막하더라도, 사랑하는 법을 스스로 생각하고 배우고 계속 시도했다. 그 마음이 나에게 닿을 때마다 작은 잘못이 낸 생채기 위로 새살이 돋아난 셈이다. 나는 그런 것이 용기와 결단이라고 생각한다.

재미있는 사실은, 열 번 찍으니까 기어이 넘어가는 나무처럼 ㅇㅎ 역시 막판에는 나에게 기울어진 애정의 간을 보게 해줬다는 것이다. 언니는 꽤 격렬한 사춘기를 보냈다. 엄마와 자주 싸웠고 감정을 감추지 않았다. 자식은 부모에게 무조건 순종해야 한다고 생각했던 ㅇㅎ는 자신의 딸에게 혼나는 게 아니라 딸과 '싸우는' 언니를 보고 꽤 충격을 받았다. 그리고 사춘기 무렵 나의 노선은 이거였다. "저는 언니랑 다르답니다. 기특하죠?(그러니까 날 더 사랑해줘.)" 나는 차녀로 살아오며 익힌 생존과 관심 끌기의 기술로, 굳건하게 닫힌 ㅇㅎ의 마음을 열어젖힌 것이다. 고추 없이도! 하하하!

ㅇㅎ가 우리 곁을 떠나기 얼마 전, 나는 내가 처음 칼럼을 써서 번 돈을 용돈으로 드렸다. ㅇㅎ가 엄마 아빠에게 받은 용돈을 나에게 빼돌리던 귀신같은 솜씨의 반도 못 부렸는데, 자동

차가 출발하기 전 열린 창문 틈새로 지폐를 쑤셔넣는 손놀림은 타짜 저리 가라였다. 내가 처음 드린 용돈을 ㅇㅎ가 썼을지, 그 알량한 금액이 우습고 아까워서 쥐고 있었을지, 나는 아직도 궁금하다. ㅇㅎ가 만든 쌀과 두부를 먹고 여문 뼈와, ㅇㅎ를 빼다박은 눈썹뼈와 하관을 가진 나는 ㅇㅎ의 말처럼 '내 맘대로' 살지만, ㅇㅎ의 기대만큼 큰사람은 되지 못했다.

나의 계보이자 누군가의 곁에도 있을 우리의 ㅇㅎ와 ㅇㅎ. 원망과 사랑, 연민과 이해가 마구잡이로 뒤섞여 들통에서 푹푹 끓는다. 일부러 흉을 조금 섞어서 썼으니, 두 사람이 오늘밤에는 내 꿈에 둘이 손 꼭 잡고 찾아오기를.

둘째처럼 키우라고?

2021년 11월, 언니는 엄마가 되었다. 언제나 배고픔에 시달리며 홀쭉하게 유지되던 배가 신비롭게 부풀어올랐던 시간. 마침내 갓 캔 고구마 같은 신생아를 안은 언니의 사진을 본 순간, 처음 보는 아기를 안은 채 혀 짧은 소리로 "우리 애기 왜 울어요?"라고 말하는 언니를 마주한 날의 기분은 어떤 단어와 문장으로도 쉽게 표현할 수 없을 것 같다. 엄마가 동생을 키우는 것을 보는 것과, 함께 자란 언니가 자식을 키우는 것을 보는 경험은 확연히 다르다. 조카 우주는 언니에게도 나에게도 매일매일 새로운 우주를 한 뼘씩 열어주고 있다. 엄마 아빠의 첫 손주이자, 우리 남매의 첫 조카인 우주에게 쏟아지는 온 가족의 애정과 관심을 보며 다시 한번 첫째의 특별함을 실감한다. 비록 언니는 우주를 둘째처럼 키우겠다고 선언했지만.

자, 이게 무슨 말이냐. 언니가 임신했을 때의 일이다. 언니의 친구들도 비슷한 시기에 아기를 낳았다. 그중 언니의 오랜 친구 A는 나도 아는 사이라 종종 아기 사진을 같이 보았다. 언니는 친구들이 아기가 조금이라도 몸에 안 좋은 걸 먹거나 자그마한 상처라도 날까봐 너무 노심초사한다며 이렇게 말했다. "난 둘째처럼 키울 거야." 나의 눈이 번득 빛났다. 동생이 이런 책을 쓰고 있는데 그런 말을 한다? 이건 뱀파이어왕국에 브이넥티셔츠를 입고 길고 무방비한 목선을 뽐내며 입장한 꼴이었다. 둘째처럼 키우겠다는 선언. 직관적으로 이해가 되는 문장이었지만 확인차 되물었다.

"그게 무슨 뜻이야?"

언니가 대답했다.

"막 키우겠단 뜻이지."

그때, 소파 한쪽에 기대앉아 있던 형부가 천천히 몸을 일으켰다.

"그걸…… 안단 말야?"

그렇다. 형부는 막 키운 차남이었다. 연극 대본이었다면 이런 지문을 추가할 수 있겠다. (다소 충격받은 듯이). 형부는 내가 둘째의 서러움을 외치기 전까지, 한 번도 자신의 가족 내 위치와 애정의 분배를 생각해본 적 없는 사람이다. 형과 사이가 좋았고 맞아본 적도 없다고 해서 개싸움 무형문화재인 우리를 부끄럽게 했다. 하지만 나의 지속적인 전둘연(전국둘째연합) 1인 시위를 본 후 형부는 각성(?)했고, 인생 전반을 돌아본 후 부모님에게 문제를 제기했다. 형부의 어머니는 "야, 나도 둘째 딸이다!"라는 당사자성 카드로 이 항의를 막았지만. 언니는 결혼 후 나에게 그런 말을 한 적 있다. "네가 맨날 엄마 아빠는 큰딸밖에 모른다, 이런 얘기 하는 거 나 솔직히 흘려들었거든? 근데 나 얼마 전에 그거 느꼈다." 언니는 당시 백화점 직원 할인을 받을 수 있어서, 시모와 함께 쇼핑을 하러 갔다. 그런데 언니가 형부의 생일 선물로 코트를 사자, 시모는 계속해서 첫째 아들 생각을 했다고 한다. 이렇게 할인이 될 때 첫째 옷을 좀 사주면 좋겠다거나, 어떤 옷이 첫째한테 어울리겠다고 말하면서. 형부는 자기가 알아서 잘하는 타입이고 아주버님은 그렇지 않다곤 하지만, 결혼까지 한 성인 아들의 옷을 굳이……? 언니는 희미하게 '아, 진송이가 말하던 게 이런 건가……' 느꼈단다. 멈추면 비로소 보이는 게 혜민 스님만의 깨달음은 아니었던 모양이다.

어쨌든 언니가 이 말을 한 후 현장에서 잠깐 진실 공방이 벌어졌다. 엄마는 본인이 언니에게 먼저 한 말이라고 주장했고, 언니는 자기가 한 말에 엄마가 동의한 거라고 주장했다. 닭이 먼저인지 달걀이 먼저인지 같은 논의였다. 존경하는 판사님, 결국 두 사람 다…… 둘째는 막 키우는 거라는 말에 동의한단 뜻이잖아요? 막 키운 둘째 딸이 듣고 있거든요?

뭐든지 처음이 어렵고 두번째부터는 쉽다. 출산과 육아도 그럴 것이다. 각종 시도와 시행착오는 대체로 첫째의 몫이다. 육아 프로그램에서는 종종 양육에 서툰 부모를 '부모가 처음이라' 같은 표현으로 감싼다(맞는 말인데, 애한테 할 말은 아니라는 점을 유념하자. 자식도 자식이 처음이니까. 게다가 이 말이 처음 나온 드라마 〈응답하라 1988〉에서 성동일은 덕선이에게는 경력직 부모다). 처음 자식을 낳아 기르는 부모는 잔뜩 긴장한 상태다. 첫째에게는 보통 '~해야 한다'라는 당위가 고스란히 적용된다. 주 양육자인 엄마를 죄책감으로 쥐어짜는 육아의 세계에서, 부모는 첫 아이에게 좋다는 것은 다 해주려고 애쓴다. 모유 수유를 하려고 노력하고, 이유식을 손수 만들며, 단맛은 최대한 늦게 보게 할 것, 한글과 영어는 언제 시작해야 하고…… 아프거나 다치면 그만한 비상사태가 없다!

하지만 둘째쯤 이르면, 부모도 경험이 쌓인다. 적당히 시판

제품을 먹여도 아이는 잘 크고, 아무리 유기농으로 방어해봤자 어린이집에 가면 설탕이 잔뜩 든 간식을 먹게 되고, 옆에 달라붙어서 하나하나 가르치지 않아도 좀 기다리면 한글과 영어를 좀더 쉽게 배울 수 있을 만큼 머리가 발달하고, 원래 애들은 열나고 아프면서 크고, 다쳐도 금방 새살이 돋는다는 걸 안다. 성장의 여러 이벤트마다 그렇게까지 놀라거나 걱정할 필요가 없다는 것을 학습한다. 음이 한두 개쯤 튀어도 연주가 완전히 망하지 않는다는 것을 아는 노련한 지휘자 같다. 그러다보니 둘째는 키우는 입장에서도 상대적으로 수월하다고 느끼고, 덜 통제하는 경향이 있다. 언니가 '막 키운다'고 표현한 것은 이런 뜻이다. 적당히 쿨하게, 너무 연연하거나 얽매이지 않으면서.

어릴 때는 부모가 세상의 전부다. 그래서 나의 모든 순간이 그들에게는 앙코르 공연에 불과하다는 사실이 속상했다. 이제는 언니와 나, 첫째와 둘째라는 위치가 각각의 장단점을 갖고 있다는 것을 안다. 첫째는 잔뜩 긴장하고 서툰 부모를 감당하면서, 강도 높은 사랑과 통제를 동시에 받았을 테니까. 나에게 막연한 부러움의 대상이었던 관심과 애정은, 언니가 자신의 세계를 만들기 위해 뚫어야 하는 견고한 벽이기도 했다. 엄마는 언니가 잘못될까봐 친구들까지도 일일이 검열했다. 처음 아이돌을 좋아하게 된 언니는 어느 정도 자라면 아이에게 부모가 탐탁지 않아하는 취미가 생길 수도 있음을 납득시켜야 했다. 앨범이나 굿즈 같은 것을 사고자 투쟁했고, 허락 없이 매직 스트레이트를 하거나 귀라도 뚫고 오는 날이면 엄마는 한바탕 난리가 났다. 아이를 키우다보면 흔하게 벌어지는 일이지만 엄마에게는 축적된 데이터가 없었고, 공부와 무관한 행동을 하면 곧 비행청소년이라고 여겼다.

반면, 나는 그냥…… 웬만한 일들은 다 무사통과였다. 딱히 용을 쓸 필요가 없었다. 언니는 창원에서 마산 가는 것도 사투를 벌여야 했지만, 나는 서울에서 열리는 콘서트를 보러 가겠다고 해도 바로 통과였다. 아이가 어른의 마음에 들게만 굴 수는 없고 아이도 자기만의 확고한 취향과 욕구가 있다는 것을 부모도 깨달았기 때문이다. 첫째의 교육에 열과 성을 다하다가 둘째에 이르러 느슨해지는 경우 역시 흔하다. 엄마는 우리가 다 큰 뒤, 다시 어린 동생들을 키우면서 생각했다고 한다. 이렇게 작고 어린 애들을, 그렇게 혼내는 게 아닌데. "그때는 너희가 조금만 어긋난 짓을 해도 큰일이 나는 줄 알았다." 엄마는 그 경험을 바탕으로 숙모나 삼촌에게도 무심하게 조언했다. "내비둬라, 애들은 원래 그리 크는 기다." (생략된 말은 대충 다음과 같다. 흙도 먹고, 부모 속도 긁고, 하지 말라는 짓 골라 하면서.)

부모님이 불을 뿜는 용이라면, 첫번째 용사인 언니의 방패에 부딪혀 한층 약해진 불똥이 나에게 튄 셈이다. 나에게는 오답 노트도 있었다. 언니와 부모의 갈등을 지켜보며 다른 전략을 연구하고 실패를 피해갔다. 엄마 아빠는 저렇게 말하면 안 통하는 타입이군. 엄마 아빠는 이거는 되고, 저거는 안 되는 사람이군. 키타미치 마사유키의 만화 『백수 고양이』에는 아기 고양이가 엄마에게 언니를 낳아달라고 조르는 장면이 나온다. 여동생은 안 되고 꼭 언니여야 하는데, 그 이유는 '언니의 서툰 인생을 참고삼아서, 요령 좋게 살아가는 둘째 딸이 되고 싶어서'다. 언니가 그런 사전 정보 없이 맨몸으로 부딪쳤다고 생각하면 좀 짠하다. 내 몫의 애정이 언니보다 밀도가 낮다고 서러워만 할 때는 몰랐다. 상대적으로 느슨하고 무심한 정서적 연결고리가 그만큼 나를 자유롭게도 한다는 것을.

아기를 둘째처럼 키우겠다는 언니의 선언은, 상호 자유로운 관계를 추구하겠다는 뜻이다. 잘하고 싶고 잘해야 한다는 압박에 시달리지 않고, 할 수 있는 만큼만, 너무 찌들지 않으면서. 이런 태도야말로 양육에서 필요한 여유가 아닌가 싶다. 그렇다면 둘째처럼 키우라는 말의 의미를 좀더 긍정적으로 받아들여도 될 듯싶다. 막 키운다기보다는, '여유롭고 자유롭게 키운다'.

이러한 양육 태도와 둘째 딸 특유의 여유가 만나서, 차녀들이 집 바깥의 세계를 향해 돌진하는 원동력이 된 건 아닐까? 아, 별안간 차녀 프라이드가 벅차오른다.

내 MBTI는 SDCN

이쯤 읽었으면 드는 생각이 있을 것이다. 생각보다 약한데? 지금껏 세상에 드러나지 않았던 차녀의 이야기를 하겠다고 나서놓고, 한 방 먹일 만하면 뒤로 물러서고 마이크를 던지려다가도 급히 손을 거두기 일쑤다. 나한테 왜 그랬냐고 따지다가 갑자기 장녀의 고충을 모르는 건 아니라고 해명하고 부모를 감싼다. 이것이 바로 차녀로 살아온 세월이 내 몸과 마음에 주입한 죽일 놈의…… 중립 기어다. 가족 구성원의 짬 처리반으로 살며 몸에 익힌 생존 기술은 자신을 내세우기보다는 주변을 두루 돌보고 항상 배려해야 한다는 한국 여성 훈육법과 만나 시너지를 낸다.

내가 차녀와 관련된 책을 쓴다는 이야기를 하자마자, 나에게 장녀를 이해하는 계기가 된 친구 유진이 대뜸 이렇게 말했다. "참 나. 차녀 따위가 뭘 안다고." 차녀 따위가…… 차녀 따위가…… 차녀 따위가……?! 단번에 자신을 가족 드라마의 최대 피해자로 위치시키며 다른 구성원의 존엄 따위 발로 뻥 차버리는 패기가 차녀의 심금을 울렸다. 아, 역시 첫째는 아무나 하는 게 아니었다.

실제로 팟캐스트 〈비혼세〉에서 '차녀 힙합' 특집 편을 진행한 후에 이런 피드백을 받기도 했다. 쩌렁쩌렁하게 차녀의 울분을 쏟아낼 것처럼 시작해놓고, 어느 순간 '그런데 장녀도 힘들어요'라고 속삭인다고. 다 덤비라고, 말리지 말라고 소리질러놓고 아무도 안 말리면 허우적거리면서 눈치만 보다가 바닥에 드러누워버리는 우리의 비굴함을 간파당해 민망하면서도 웃겼다.

내 이야기를 하려고 멍석을 깔았는데 막상 그 위에 올라서면 멍석에 올라서지 못한 자에게 눈길이 가는 이 속성을 뭐라고 불러야 할까. 자기검열? 충분하지 않다. 나에 대해서 말하는 것이 누군가의 권리를 침해하거나 삶의 결을 왜곡하지는 않을까 전전긍긍한다. 평소에 주장하는 논조의 글을 많이 써왔기에 나 자신의 물렁함을 마주할 때마다 부끄럽다. 콩트라고 생각하면 시원하게 일갈할 수 있다. "아이~ 차녀가 제일 힘들지! 하여

튼 첫째들은 이기적이야!" 명확하고 직관적인 말은 매력적이다. 하지만 현실은 대부분 명확하지 않다. 명확하고 간결하지 않은 것을 명확하고 간결하게 정리하는 것은 위험한 일이다. 게다가 내가 하고 싶은 말의 핵심은 누가 '제일' 힘드냐가 아니니까 계속해서 쿠션을 깔며 물러설 수밖에. 타고난 성격이기도 하지만 처한 환경 때문에 몸에 밴 기질이기도 하다. 그러니까, 중간에서 살피고 조율하는 습관 말이다.

중재 자체는 뛰어난 능력이다. 여러 이해관계를 파악해야 하고, 분별력이 있어야 하며, 각자의 성격과 필요를 고려하여 적재적소에 개입해야 한다. 그런데 위계 관계가 존재하는 사적 영역에서, 중재는 높은 확률로 약자의 몫이다. 이때 중재란 줄을 잘 타서 피해를 최소화하고 자신의 생존을 도모하는 기술이다. 아쉬울 게 없는 사람은 중재를 하지도, 눈치를 보지도 않는다. 그럴 필요가 없다.

전통적으로 가정에서 중재는 여성의 역할이었다. 현명한 아내는 남편과 대립하거나 다투지 않으면서 가정을 잘 관리해야 한다. 자기소개서의 진부한 첫 문장, '엄격하신 아버지와 자상한 어머니'에서 예측할 수 있듯 엄격한 아버지와 자식 사이를 연결하는 것도 여성의 몫이다. 영조가 아들인 사도세자를 뒤주에 가두어 죽인 유명한 역사적 사건을 따라가다보면 등장하는 이름이 있다. 바로 영조가 끔찍하게 아꼈다는 딸이자 사도세자의 누나인 화평옹주다. 화평옹주는 영조와 사도세자 사이를 슬기롭게 중재했으며, 화평옹주의 죽음 이후 중재자 역할을 해줄 사람이 사라지자 부자 간 갈등이 극에 달했다는 평가가 일반적이다. 반면 사도세자의 어머니인 영빈 이씨나 영조의 또다른 딸인 화완옹주는 사도세자의 비행을 영조에게 낱낱이 고하여 갈등을 더욱 부추겼다고 알려져 있다. 정조와 궁녀의 사랑을 다룬 드라마 〈옷소매 붉은 끝동〉에서는 훗날 정조가 되는 세손이 영조의 심기를 거스르지 않으려고, 궁녀 덕임의 도움을 받아 대화를 이끌어가는 장면이 나온다. 덕임의 눈짓에 따라 영조가 흡족해할 만한 대답을 내놓은 세손은 이후 덕임에게 "여인은 역시 섬세하다"라고 칭찬한다. 평생 왕족의 눈치를 보며 기침만 해도 죽는 시늉을 해야 하는 궁녀의 위치와 그동안 쌓아온 정보가 합쳐진 능력이지만, 간단하게 '여성의 속성'으로 일컬어진다.

이런 중재의 의무는 어머니 혹은 아내에게만 부과되지 않는다. 딸로 태어난 이상, 집안에 둘러앉아 있다가 불길한 예감에 뒤를 돌아보면 어김없이 발견하고 만다. 뱀처럼 똬리를 틀고 있는 중재의 손수건을. 가부장제라는 술래는 치사하게 여자 가족 구성원만 노려 손수건을 떨어뜨려놓고 도망간다. 자녀 중 여성이 없으면 빙빙 돌다가 결국 차남 등뒤에 놓겠지만.

둘째 딸인 나는 늘 식구들 사이를 조율하고 중재하는 역할이었다. 아빠와 엄마 사이, 언니와 부모 사이, 나이 차이가 많이 나는 부모와 동생 사이, 언니와 동생 사이에 모두 내가 있었다. 양쪽 이야기가 다 나에게 흘러들어왔고, 때로는 말해주지 않아도 알아서 헤아렸다. 언니는 어릴 때 순하고 체구도 가녀렸지만 아빠를 닮아 성질이 불같은 구석이 있었다. 아빠는 가족에게는 화를 내지 않았지만 가끔 예측하지 못한 포인트에서 욱하곤 했다. 하루는 아빠가 기분이 언짢은 티를 냈다. 대번에 그 기류를 읽은 나는 납작 엎드리며 입을 꾹 다물었다. 그런데 언니가 불쑥, 아빠에게 그만하라고 끼어들었다. 평소 같았으면 내가 먼저 했을 말이다. 우리 자매는 평소 남들이 버르장머리가 없다고 할 정도로 아빠와 친구같이 대화하는 사이다. 하지만 그날은 '때'가 아니었고, 언니의 그런 행동은 타오르는 불길에 기름을 들이붓는 꼴이었다. 결국 아빠가 폭발했다. 그날 언니와 아빠의 다툼은 오로지 몸통 박치기를 하기 위해 은하계를 날아온 소행성과 지구의 충돌처럼 어마어마했다. 가끔 언니는 이렇게 상대가 엄마든 아빠든 끝장을 봤다. 나는 두 행성의 충돌로 폐허가 된 주변을 달처럼 맴돌며 눈치를 봤다. 지금 들어갈까?

아니, 좀 있다가 말을 걸어볼까? 착륙을 허용하시겠습니까?

언니는 눈치가 없는 게 아니라 눈치를 안 봤다. 아무리 한국 사회가 딸에게 애교, 효도, 중재 3종 세트를 뜯어내려고 눈이 벌겋더라도 아들 없는 집에서 장녀는 집안 적장자다. 집안의 맏이는 부모 세계의 최대 수혜자인 동시에 욕구 충족에서 우선순위를 가져간다. 흔히 첫째는 늘 양보해야 해서 안타깝다고 하는데, 형제가 여럿인 집에서 양보는 당연한 경험이다. 모두가 최고를 가질 수 없기에 누구나 양보를 한다. 양보할 만한 것을 가지지 못하면 양보조차 경험하기 힘들다. 아직 어린 첫째의 양보를 당연시하는 것은 부모의 문제지만, 그렇다고 첫째의 양보가 그렇게까지 유난히 가슴 찢어지는 일인가 하면…… 양보라는 시혜가 없으면 제 몫이 딱히 보장되지 않는 설움 역시 고유하다는 말을 하고 싶다 이 말씀. 첫째가 늘 양보해야 하는 이유는 모든 것이 그에게 첫번째로 주어지기 때문이다. 그게 싫으면 둘째에게 먼저 주고, 얌전히 양보를 받으면 된다. 하지만 첫째 입장에서는 둘째가 먼저 가지는 것 자체가 양보라고 생각할지도 모르겠다. 내가 첫번째로 받는 게 당연하고 나누는 걸 희생 또는 갈취라고 생각한다면, 쪼개진 조각을 기다리는 둘째 셋째는 어리둥절해진다.

한 발짝 거리를 두고 관찰하면 맏이는 부모가 자신의 욕망을 가장 열렬하게 투영하는 존재다. 그러다보니 먼저 주머니를 채워주려 하는 만큼, 자기 마음대로 휘두르려는 욕구 또한 강하다. 충돌이 벌어질 수밖에 없다. 게다가 첫째에게는 자신의 존재가 부정당할 거라는 근원적인 두려움 자체가 없다(퍼스트에게는 그런 간지가 있다. 가진 자는 모르고, 가지지 못한 자만이 알아채는 빛). 그래서 냅다 들이받는다. 첫번째 도전을 받은 부모의 반격 역시 격렬하다. 부모도 첫째도 자기가 가정의 주인공인 줄 안다. 그런 사람들끼리 붙으니 불꽃이 팍팍 튄다. 에스파도, 하늘의 태양도, 둘이 될 수 없다. 개인적인 생각이지만, 바로 이 때문에 대부분의 첫째가 형제자매 중 가장 극심한 사춘기를 보내는 게 아닌가 싶다. 둘째들은 대체로 그 격전을 목격한 뒤, 내면의 폭풍을 안고 조용히 찌그러진다.

나에게는 그런 자신감이 없었다. 내 욕망과 기분을 우선시하여 부모의 심기를 거스를 용기나 패기가 없었다. 그냥 엉거주춤 서 있다가, 누군가 힘듦을 호소하면 여기저기 뛰어다니며 문제를 해결해주려고 애썼다. 쓸모를 증명하고 싶었던 내가 자발적으로 한 게 반, 나에게 감정적으로 기댄 가족 구성원들의 요구가 반이었다. 동생들이 성장하면서, 서러운 일이 있으면 나에게 전화를 하기 시작했다. 엉엉 우는 어린이를 달래고 나면 뒤늦은 육아에 지친 엄마가 전화를 걸어왔다. 한편, 언니와 동생들은 조금 어색한 사이였다. 나는 중간에서 양쪽의 이야기를 전해주고 서로의 입장을 최대한 잘 전달하려 했다. 언니는 나에게 "네가 너무 감싸니까 걔들이 누울 자리 보고 발 뻗는 거"라며 못마땅해했다. 하지만 나는 언니가 없는 자리에서는 언니도 엄청 감쌌다. 비록 우리 둘이 있을 때는 개같이 싸우더라도. 힘들고 지친다고 생각하면서도, 관심에 목말랐으며 도움이 필요한 사람을 무시하지 못하는 관종 낀 딸은 폭주를 멈출 수 없었다.

집안의 모든 권력과 기운과 분위기가 흐르는 양상을 주시해야 했던 차녀의 경험이 내 몸 켜켜이 쌓여 균형 감각을 형성했다. 경험 자체는 별로 유쾌하지 않지만 조개도 면역 체계를 공격하는 이물질에 대항하다가 진주를 만든다고 하니까 뭐. 물론 내가 중재하는 우리 식구들도 집밖에서는 각자 중간에 끼어서 이것저것 해결하느라 바쁘다. 특히 유교 사회에서 살아가는 여성이라면 중재와 화합은 자연스레 부과되는 임무니까. 현실 세계가 여성을 2등 시민 취급하기에, 세상 모든 여성은 가정 내 출생 순서와 무관하게 '차녀성'을 가진다고도 볼 수 있다. 참고로 나는 중재는 잘하는데 싸움에 약해서, 보증금 반환 문제로 집주인과 싸움이 났을 때도 언니와 엄마가 내 앞으로 튀어나가며 이렇게 말했다. "야, 넌 빠져." (그때 조금 막내 공주 취급받는 것 같아서 설렜다. 20년 전에 박탈당한 지위인 줄 알았는데……) 그날 싸움 최약체는 뒤에서 얌전히 녹차나 홀짝였다.

출생 순서를 다룬 많은 책에서, 중간에 낀 자녀는 균형 감각을 기르게 되어 이를 바탕으로 훌륭한 중재자로 자란다고 말한다. 돌아보면 여러 갈등 상황에서 나는 내가 원하든 원하지 않든 가운데 껴서 상황을 핸들링하고 있었다. 남들에게 신뢰를 준다는 건 좋은 자질이다. 다양한 요구를 검토하고 입장 차이를 줄여가며 화해나 협상에 이르러야 하는 일을 일상에서도 자주 맞닥뜨린다. 자주 실패하고, 전문 협상가도 아니니 얼마나 대단한 업적을 이루겠느냐마는. 중재는 갈등 상황에서만 필요한 게 아니다. 모임에 가면 나는 그곳에서 가장 말수가 적은 사람, 제일 겉도는 것 같은 사람을 찾아내 그 옆으로 간다. 그리고 가급적 많은 이들이 참여할 수 있는 대화 주제를 던진다. 초면인 사람끼리 모인 자리에 갔을 때 분위기를 풀어보려고 MBTI 얘기를 꺼낸 적이 있다. 내 옆에 앉은 사람만 혼자 자기 MBTI를 몰랐다. 나는 그가 대화에 참여할 수 있도록 야매(?) 진단으로 유형 하나를 찾아주었다. 그 사람이 속닥거렸다. "굉장히…… 소외된 사람을 잘 챙기시네요." 나는 농담으로 대답했다. "네, 그게 제 MBTI 특징이에요." 내 MBTI는 SDCN이다. '쌍도차녀'라는 뜻이다.

내가 복닥거리는 가족의 중재자 역할을 하느라 정작 나의 부정적인 감정을 거의 털어놓지 않으며, 별로 중요하게 여기지 않는다는 건 아주 나중에 상담을 받으며 알았다. 부당한 비난에 직면했을 때, 내가 나를 방어할 생각은 전혀 하지 못한 채 사과부터 한 적 있다. 전후 사정을 아는 친구가 불같이 화를 내며 내 편을 들었다. 뒤늦게 눈물이 주르륵 흘렀다. 조금만 생각해보면 잘잘못이 명백한 상황이었는데 내가 낀 딸로 살며 갈고닦은 능력을 정작 나에게는 쓰지 못한 것이다. 남의 사정을 들여다보고 두루 만족하는 방안을 쥐어짜내느라 머리가 저릿저릿한 차녀들이여, 이제 그 반짝거리는 재능을 나 자신에게도 나눠줄 차례다. 참, 예상했듯이 내 편을 들어준 그 친구도 차녀다.

2부

살아남은 차녀들

손 안 가는 애가
되어야 했던 딸들
여기 잡아 내 손

그 많던 여아들은 다 어디로 갔을까

2017년, 나는 SNS를 통해 무작위로 사람을 모아 작은 파티를 열었다. 파티의 이름은 '88 용띠 파티'. 참석 조건은 단 하나, 1988년에 태어난 여성일 것. 홍보 문구는 이렇게 썼다. "여아 선별 임신중단이 기승을 부렸던 1988년에 태어나 여성혐오 범죄에서 살아남아 무사히 서른이 된 서로를 격려하고 축하해주자!" 미리 설문조사를 통해 자신이 태어났을 때의 일화를 써달라고 요청했다. 공간 공유 플랫폼으로 서촌에 공간을 하나 빌렸다.

파티 당일, 서로 한 번도 본 적 없는 열세 명의 참가자가 모였다. 익명으로 진행되는 모임인 만큼 서로의 이름 대신 태어난 달에 용을 붙여 자기소개를 했다. 8월에 태어난 나는 팔용이었다. "안녕하세요, 저는 팔용입니다." 신기하게도 겹치는 달이 별로 없어서, 우리는 제법 이달의 소녀, 아니 이달의 용 같은 그럴듯한 그룹이 되었다. 길쭉한 초 세 개를 꽂아 서로의 서른을 축하하는 노래를 부르고 촛불을 껐다. 케이크를 나눠 먹으며 탄생에 찬물을 끼얹은 가족의 차별 발언에 함께 야유하고 역성을 들어주었다. 아니나다를까 둘째로 태어난 용들의 출생 드라마가 더 요란했다. 태어날 때 아버지가 산부인과에 오지 않았다거나, 한창 병원으로 오던 할머니가 딸인 걸 알고는 그대로 유턴해서 돌아갔다는 일화는 공장에서 찍어낸 듯 똑같았다. 최근 유튜브에서 리액션 영상들이 인기를 끌고 있는데, 당시 차녀의 출생 현장을 찍어 올렸다면, '대실망! 또 딸!' 같은 제목이나 섬네일이 달렸을 것이다. 타임머신이 개발된다면 그때로 날아가서 지친 엄마 옆에서 한숨 쉬는 친척들의 안다리를 후려버려야지.

우리는 친구들에게도 못했던 이야기를 털어놓았다. 익명에는 그런 힘이 있다. 그때 용 친구들이 해주었던 이야기를 나는 평생 비밀로 간직할 것이다. 처음 만났지만 열세 쌍둥이처럼, 우리는 내내 즐겁게 웃고 떠들었다. 그리고 전화번호도 교환하지 않고 헤어졌다.

왜 나는 굳이 '88 용띠 파티' 같은 걸 열었을까? 우리는 '태어난 것'이 아니라 '살아남았다'는 감각을 공유하기 때문이다. 이 문제에 조금이라도 관심 있는 사람은 알겠지만, 1980년대와 1990년대는 여아 선별 임신중단으로 인한 성비 불균형이 두드러졌다. 산아제한 정책과 남아선호사상이 합쳐진 결과물이다. 1960년대 초까지만 하더라도 한국 사회에서 한 여성이 가임 기간 동안 낳는 자녀 수는 평균 6.0명이었다. 그러던 것이 1985년에는 합계출산율이 인구대체수준인 2.1명으로, 1998년에는 1.6명으로 떨어졌다. 1986년, 1988년, 1990년에는 성비가 더욱 두드러지게 차이 나는데, 이는 호랑이, 용, 말띠 여자는 기가 세다는 민속학적 신앙과 유교적 호들갑 때문이다. 1990년생은 60년에 한 번씩 돌아오는 백말띠라는 이유로 그 탄압이 더욱 기승을 부렸다(1986년 여아 100명당 남아 출산율 111.7명, 1988년 113.2명, 1990년 116.5명).• 1990년대에 남자 어린이에게 여자 짝꿍이 부족하다는 것을 큰 사회문제라도 되는 양 다루었던 언론의 헤드라인을 기억하시는지?

미국 저널리스트 마라 비슨달은 성비 불균형 문제가 심각한 나라를 대상으로 현장 취재, 인터뷰, 통계자료 분석을 진행하

• 출산율과 출생 성비에 관한 자료는 국가기록원 〈인구정책-어제와 오늘〉을 참고했다.

여 『남성 과잉 사회』를 썼다. 전 세계적으로 성비 불균형이 심각해진 원인을 진단하고 도래할 위기를 전망하는 이 책에는 한국, 중국, 인도, 아제르바이잔, 베트남의 사례가 등장한다. 예상할 수 있듯 주로 아시아 지역에서 성비 불균형이 심각하다. 자녀 정책이 시행되고 초음파 기계가 대량생산되기 전에는, 아이가 계획하에 태어나지 않았다. 아이는 '그냥' 태어났다. 자연스럽게 딸도 태어나고 아들도 태어났다. 그러다보니 아들 하나를 낳기 위해 딸만 내리 여섯을 낳았다는 이야기가 그리 드물지 않았다. 그러나 "출생률 목표가 도입되자마자 등장한 초음파 기계는 뜻밖의 행운으로 환영받았다. 이 기술은 부부들에게 아이를 적게 낳으면서도 확률을 깨뜨릴 수 있는 방법을 제공했다".• '적게 낳으면서도 확률을 깨뜨릴 수 있는 방법'이란, 결국 낳기 전에 성별을 감별한 후 낳을지 말지를 결정한다는 뜻이다. 낳지 않고도 가족 구성원의 성별을 미리 결정하는 것이 가능한 시대가 열리면서 아들과 딸은 '선택 가능한' 존재가 되었다. 한국의 사례는 9장 「인구 조절 '군사작전' 시대」와 10장 「인구 프로젝트」에 등장한다. 박정희 정부는 미국이 주도한 개발도상국 대상 인구 조절 정책을 "군사작전과 매우 비슷하게"•• 받아들

• 마라 비슨달, 『남성 과잉 사회』, 박우정 옮김, 현암사, 2013, 46쪽.
•• 같은 책, 187쪽.

이고 짧은 기간 강도 높게 시행했다. 무엇이든 빨리빨리, 효율과 성과를 최대치로 하는 한국의 고질적 관습이 여기서도 빛을 발한 것이다. 그런데 인구 조절이란 단순히 아침 일찍 일어나 일을 많이 하는 수준의 실천으로는 불가능하다. 재생산에는 여성의 몸과 가부장제의 요구가 개입하기 때문이다. 더군다나 피임에 대한 국민적 인식이 거의 없다시피 한 때였다. 그런 상황에서 국가가 인구를 조절하는 가장 빠른 방법은 바로 여성의 몸을 통제하는 것이다. 1970년대에는 시골 지역과 소도시를 돌아다니며 임신한 여성을 진료소에 데려가 억지로 불임수술을 받게 했다는 기록도 있다.

1974년에는 인구 조절 정책 중 하나로 예비군 훈련 기간에 정관수술을 받도록 했다. 1968년 창설된 향토예비군의 복무 기간은 35세까지였다가 1989년 33세까지로 당겨졌다. 대개 결혼해서 아이를 낳는 시기다. 정부는 1977년 12월 정관수술을 받은 사람에게 주공아파트 및 주택부금아파트 분양 우선권을 부여하겠다고 발표했고, 1982년에는 국방부 훈령으로 예비군 훈련 중 정관수술을 한 사람에게 훈련 잔여시간을 면제해줬다. 기혼자일 경우에는 그에 더해 수술비 면제, 아파트 분양 우선 혜택 등 경제적 이득까지 챙길 수 있었다. 당시 '내 집 마련' 열기와 더불어 청약 우선권이 대단한 반향을 일으키면서 수술 건수도 두 배 이상 늘었다고 한다. 엄청난 인기를 끌었던 서울 강남의 모 아파트의 경우 정관수술자가 청약 우선권을 갖게 되면서 '고자아파트' '내시아파트'로 불렸던 촌극은 기사로도 보도되었다.• 정관수술 참여자가 최고치를 찍은 1984년 참여자 분포를 보면 자녀가 한 명 또는 두 명인 30대가 가장 많았다. 전두환 정부는 자녀를 한 명만 낳을 것을 권장했고, 그렇지 않을 시에는 사회적 혜택에서 배제했다. 1983년에는 "두 명도 많다"라는 구호가 등장한다. 자, 이제 자식 뽑기 기회는 과거와 달리 딱 한 번, 잘해야 두 번으로 제한된다. 그런데 아들은 또 있어야 한다.

『남성 과잉 사회』에서는 정부가 딸을 더 바람직하게 여기도록 설계한 정책을 발표하고 있으나 한국의 아들을 중시하는 문화가 지속된다는 점을 지적한다. 딸'도' 괜찮다는 사탕발림은 강력한 남아선호사상을 이기기에는 체급이 달려도 너무 달린다. 산아제한 정책과 아들을 낳아야 한다는 유교 가부장제의 합작이 대대적인 여아 선별 임신중단을 부추겼다. 이러한 분위기 속에서 80, 90년대생 여성들, 지금의 2030 여성들이 태어났다. 둘째부터는 그냥 낳지 않는다. 순전히 운에 맡긴 출생이거나 어머니가 사활을 걸고 '지켰'다. 초음파검사를 하지 않았거

• 「산아 정책 흑역사: '고자 아파트' '내시 아파트'… 정관수술 전성시대」, 동아일보, 2016.02.05.

나, 했음에도 임신중단을 선택하지 않았거나, 임신중단을 권하는 집안 어른들에게 맞설 수 있었거나, 불이익을 감수하고 한 명쯤은 더 낳아도 괜찮다고 생각했거나……

1993년 발표된 박완서의 소설 「꿈꾸는 인큐베이터」는 당시 상황을 생생하게 드러낸다. 주인공 '나'는 동생의 부탁으로 조카의 재롱잔치에 참석한다. 조카를 찍으려는데 카메라 작동법을 몰라 헤매다가 다른 아이의 아버지인 한 남자의 도움을 받게 된다. 재롱잔치에서는 여자 짝이 없어 남자아이들끼리 포크댄스를 추다가 싸움이 난다. 남자는 아들 없는 '딸딸이 아빠'인데, 불쑥 자신은 아들이 필요하지 않다고 말한다. 그 말에 '나'는 미묘한 감정을 느끼고, 남자를 상대로 아들이 있어야 하는 이유를 설파하며 집요하게 물고늘어진다. 잡지사에서 일하는 남자는 산부인과에 취재를 나갔다가 광범위하게 이루어지고 있는 여아 선별 임신중단의 실태를 접하면서 그 같은 생각을 지니게 되었다고 이야기한다. 그는 성별 때문에 임신중단을 택하는 여성의 남편 역시 공범자라고 말하며 치를 떤다. 남자의 말을 들은 '나'는 아들과 야구 경기를 보러 가는 친구가 제일 부럽다는 남편의 말을 듣고 여아를 지운 경험을 떠올린다. 그리고 아들을 낳은 후 몰라보게 당당해진 자신의 모습을 되

돌아본다("아들을 낳음으로써 나는 내가 남자가 된 것처럼 당당해졌다. 아들은 나에게 있어 후천적인 남성 성기였다"•).

차녀는 가족과의 대화중 임신중단과 관련된 이야기를 자연스럽게 들어봤을 확률이 높다. "그때 너를 안 지우길 잘했다", (뭔가를 잘했을 때) "지웠으면 어쩔 뻔했냐", (낀 딸의 경우) "네 밑으로 남동생 낳기 전에……" 내 태명은 지우가 아닌데 자꾸만 날 지우라고 할 때. 자녀는 양념 반, 프라이드 반처럼 자기가 원하는 구성을 고를 수 없건만 사람들은 딸 하나, 아들 하나를 바람직한 전형으로 착각한다. 똑같은 성별을 둘 이상 낳을 때도 아들 둘과 딸 둘을 바라보는 시선이 다르다. 아들 둘은 1+1인데, 딸 둘은 1-1로 취급된다. 차녀 앞에는 세 갈래의 미래가 나타난다. 부모님이 세번째 출산을 감행하여 아들이 태어남으로써 중간에 낀 딸이 되거나, 세번째도 딸이어서 세 자매 중 중녀가 되거나, 이대로 차녀이자 핵가족 시대의 새로운 막내로 살아가거나. 어느 길로 가든 다른 갈래의 고통이 기다리고 있다.

1988년, 나의 부모는 뱃속의 둘째가 아들일 것이라고 믿었

• 박완서, 「꿈꾸는 인큐베이터」, 『제38회 현대문학상 수상소설집』, 현대문학, 1993, 62쪽.

다. 근거 없는 낙관까지는 아니고, 태몽이 기가 막혔다고 한다. "야, 이거는 딸일 수가 없다. 아들이다!" 초음파라는 최신 의료 기술을 이긴 꿈의 힘! 오리엔탈 샤머니즘 짱! 장남의 장손 탄생을 기다리며 정화수 떠놓고 빌던 할머니는 또 딸이라는 소식을 듣자마자 상을 엎고 돌아앉았다고 한다. 역시 주말 드라마보다 현실의 퍼포먼스가 더 사실적이고 긴박하다. 탯줄과 함께 주변 사람들의 기대를 잘라버린 탄생 설화를, 나는 유치원에 다닐 무렵 이미 빠삭하게 꿰고 있었다. "나는 환영받지 못한 아이고, 아들이어야 했는데 잘못 태어났대!" 드라마를 틀면 아들을 낳지 못했다는 이유로 구박받는 며느리와 눈이 시뻘건 시모가 나왔다. 다행히 실망한 것치고 아빠 쪽 할머니는 나를 무척 예뻐했으나, 큰딸이 맏며느리로서 입지를 다지지 못할까봐 걱정한 엄마 쪽 할머니가 나만 보면 혀를 찼다. 결혼한 여성에게 아들 낳기 과제란 새로운 가족 구성원으로 인정받을 수 있는 통과 관문인데 내가 그걸 발로 뻥 차버렸다. 또 '가시나'로 태어난 애는, 할머니가 살아온 세계의 문법으로는 자기 딸을 난처하게 하는 존재였던 것이다.

우리 부모님은 주어진 두 번의 기회를 모두 소진했고, 나는 또 딸로 태어났다. 그렇다면 나의 의무는 자명했다. '아들 노릇'을 해서, 최선을 다해서 이 태생적 결핍과 출생의 과오를 메워야 했다. 나는 겨우 덧셈이나 하고 있는데 곱셈, 나눗셈하는 언니를 뛰어넘는 것은 물론 다른 집의 아들, 나아가 아들이라는 신분 자체가 상징하는 우월함을 넘어서야 했다. 딸은 그래도, 아니 그래야 본전이었다. 사람들이 엄마를 불쌍해하거나 연민하지 않고, 내가 사랑받고 인정받으려면 그냥 나인 채로는 부족했다. 제사 때면 나서서 남자 친척과 똑같이 술을 올리고 절을 하려 들었고 일부러 괄괄하고 씩씩하게 굴었다. 명절에 친척들이 모인 자리에서 엄마가 일을 많이 하는 걸 싫어하는 티를 팍팍 냈고 요란하게 거들었다. 그러니까 나는…… 나로 인해 입지가 위태로워진 엄마를 지켜야 한다고 생각했고, 지키고 싶어했다.

남아선호사상이나 남녀차별적인 문화는 그대로인데, 눈 가리고 아웅 하듯 딸의 좋은 점을 공허하게 설파하는 세상에서 차녀는 전화위복을 꿈꾼다. 아들보다 더 나은 딸이 되어 부모의 '손해'를 메우고 사랑을 쟁취하며 나에게 실망했던 자들을 후회하게 만들리라 마음먹는다. 마음속 깊은 곳에서는, 아들이 아니어서 미안한 마음이 지하 암반수처럼 흐른다. 엄마가 아들을 못 낳아서 겪는 고충도, 사람들이 같이 목욕탕 갈 아들 없는 아빠를 불쌍해하는 것도 다 내 탓 같다. 그렇게 자기부정과 애정결핍과 인정욕구로 똘똘 뭉친 '차녀의 세계'가 탄생한다.

언론의 호들갑대로 80, 90년대생들이 어른이 된 지금 성비 불균형은 꽤 심각하다. 출생률이 떨어지니 왜 결혼을 안 하고 아이를 안 낳느냐고 난리법석인데, 통계를 조금만 자세히 들여다보면 여성의 수 자체가 줄었다. 갑자기 증발한 게 아니라, 애초에 적게 태어났다. 어느 시기부터 돌연히 그렇게 되었고, 최근에야 성비가 다시 맞춰지는 중이다. 피리 부는 사나이가 데려간 게 아니라면, 그 많던 여아들은 다 어디로 갔을까.

물론, 몰라서 묻는 건 아니다.

주문하진 않으셨지만 딸입니다

지금까지 여러 권의 에세이를 내면서, 둘째 딸이라는 위치와 요즘 보기 드문 3녀 1남이라는 가족 구성이 나에게 어떤 영향을 미쳤는지 꾸준히 이야기했다. 누군가는 지긋지긋해할지도 모른다. "그놈의 차녀 콤플렉스." 2022년에 이런 이야기를 하는 것이 조금은 구시대적으로 느껴질 수도 있다. 하지만 원래 작가란 1절만 하지 않는 존재다. 『차녀 힙합』이야말로 내가 기다려온 무대이자 깔아놓은 멍석이니 준비한 이야기는 다 하고 내려가야지.

한국 사회에서 '정상가족'이 구성되는 방법은 제한적이다. 결혼과 출산을 통해서 이루어진 가족만이 제대로 된 가족 취급을 받는다. 여기에는 모범답안이 있다. "누구(나이 차이가 5세 내외로 나는, 보통은 남자가 연상인, 비장애인끼리, 초혼끼리, 한민족끼리……)와 언제쯤(각 시대별 평균 초혼 연령에서 크게 벗어나지 않는 범위에서) 결혼해, 몇 명의 아이를 낳는다." 개인의 의사와 무관하게 바람직한 가족상 역시 시대가 정해준다. 내가 태어난 80년대에는 두 명의 자녀를 낳는 것이 일반적이었다. 기타 변수는 잘 고려되지 않았다. 이혼이 존재했으나 잘 가시화되지 않았고 큰 질타를 받았다. 영유아 사망률이 줄어들어, 웬만한 변수가 없는 한 최초의 4인 가정이 지속된다고 믿었다. 이 글에서 말하는 계획된 가족 구성과 양상은 그런 제한된 범주 안의 것이다. 다양한 가족상을 반영하지 못하고, 가족별·구성원별 차이나 성 정체성을 포함하지 않는 한계가 있다. 내가 이야기하려는 것은 개별성을 뭉개며 들이대는 사회의 공고한 기준, 그로 인해 다수가 공유하게 된 인습이다. '권장되는 정상가족'의 형태 안에서 말이다.

가족 모델의 1등은 '양친+1남 1녀'다. 아들이 첫째로 태어나는 것이 가장 안정적이다. 둘째는 딸이어도 '괜찮다'. 물론 이 구성에서 딸은 장남과의 차별에 시달리거나, 오빠의 수발을 들어야 하는 위험에 처한다. 오빠에게 라면을 끓여 바치거나, 오빠의 주먹질을 피하며 흘린 딸의 눈물로 낙동강은 마르지 않는다

(왜 낙동강이냐면 경상도의 차별이 좀더 하드코어하기 때문이다). 첫째가 딸인 경우, '큰딸은 살림 밑천'이라는 말로 일단 위로할 수 있다. 패자부활전과 같은 두번째 출산에서 아들이 태어나면 집안에는 대충 평화가 찾아온다. 이때 아들은 장남의 월계관을 쓴다. 장녀는 남동생을 돌봐야 한다는 의무를 짊어지는 동시에 나보다 나이도 어린 놈이 상전 대접을 받는 불쾌한 경험을 하게 될 가능성이 크다.

그다음은 '양친+2남' 구성. 집안에 남자만 드글드글하지만 잃을 것도 없다. 엄마가 '친구 같은 딸'이 없어서 서운해하더라도, 그런 건 아빠가 자기를 똑 닮은 아들 못 가진 설움만큼 크게 쳐주지 않는다. 딸 없는 설움이 귀여운 강아지 없는 아쉬움과 비슷하다면, 아들 없는 설움은 양친의 근본적인 자존심을 건드린다. 진짜 결핍으로 여겨지니까. '딸 둘에 아들 하나면 금메달, 딸 둘이면 은메달, 딸 하나에 아들 하나면 동메달, 아들만 둘이면? 목메달이다. 아들 집에 가서 설거지만 하다 죽는다'라는 우스갯소리가 있지만, 실제로 열등하게 여겨지지 않기에 할 수 있는 자조다. 딸만 낳는다고 며느리를 쫓아낸 전적이 허다한 나라에서 딸만 둘이면 목메달이라는 말은 못하거든. 농담이 아니라 현실 고발이니까. 아빠의 동생, 그러니까 나에게는 작은아버지인 삼촌네가 이 '목메달' 구성이었다. 나중에 들으니 어른들은 툭하면 삼촌에게 둘째 아들을 우리집으로 보내라고 했단다. 조선시대도 아니고, 구한말도 아니고, 1990년대 초에 말이다. 어쩐지 어릴 때 우리집에 오면 삼촌이 둘째 아들에게 우리 아빠를 '아빠'라고 부르라고 시키더라니. 엄마 쪽 할머니, 그러니까 엄마의 엄마는 딸의 위태로운 입지를 걱정한 나머지 삼촌의 둘째 아들만 보면 심장이 쿵 내려앉았다고 후에 털어놓았다.

3등은 '양친+아들' 구성이다. 요즘에는 외동아들, 외동딸이 흔하지만 이렇게 된 지는 얼마 안 됐다. 아이를 하나만 낳으면 부부를 둘러싼 모든 사회 구성원이 오지랖을 부렸다. 나중에 외롭다, 성격에 문제가 생길 수 있다, 그래도 하나는 더 낳아야지…… 아들이면 상황이 좀 낫다. 꿀릴 거 없다. 일단 아들이 있으면, 그 외의 자녀는 '덤'이다. 있으면 좋지만 없어도 그만이다. 같은 맥락에서 첫아이가 아들인 1남 1녀 가정에서는 둘째 딸이 덤에 해당한다. 물론 가정 분위기에 따라, 양친의 욕구에 따라, 간절히 딸을 원하고 바라는 사람도 분명 있다. 일반적인 가족계획 프레임에서 그렇다는 말이다.

꼴찌 모델은 '양친+2녀'다. 이 구성은 3등과 꼴찌 사이에 아슬하게 끼어 있는 '양친+딸'보다 미묘하게 순위가 뒤처진다. 딸을 낳은 뒤 시도한 마지막 찬스에서 또 딸을 뽑았기 때문이다.

설국열차로 치면 맨 마지막 칸. 이런 집은 '딸딸이 집안'이라고 불린다. 아빠는 '딸딸이 아빠'. 아들이 둘이라고 '아들아들 아빠'라고 불리진 않는 점을 생각하면, 딸만 둘인 집은 산아제한 정책이 시작되면서 생긴 새로운 형태의 가족이다. 그 이전 세대에는 아들을 낳을 때까지 시도했으니까. 개그우먼 조혜련은 팔남매인데, 부모님이 막내아들을 낳기 위해 딸만 일곱을 낳았다고 한다. 가족 구성원의 다양성은 물론 서열에서도 떨어지는 딸딸이 가정을 위로하고 더이상의 출산을 막기 위해, 딸의 좋은 점을 설파하는 다양한 프로파간다가 시행되기도 했다. 뒤집어보면 결국은 그 속내가 빤한 말들. 아들은 기차만 태워줘도 되지만, 딸은 비행기 정도는 태워주어야 아들과 비등한 존재가 될 수 있다는 셈. 나는 딸로 태어나면서 나의 양친을 열차 맨 마지막 칸으로 끌어내렸다. 그들은 딸딸이 엄마 아빠가 되었다. 훗날 남동생이 태어나면서, 양친은 아들 가진 부모가 되어 열차의 앞칸으로 이동한 반면 내가 마지막 칸도 아닌…… 문에 낀 중녀가 될 줄은 몰랐지만.

어느 정도 자라고 나서는 나를 낳은 뒤 엄마가 느꼈을 허탈함과 당혹스러움을 상상했다. 내가 푹푹 찌는 8월 초에 태어나서, 엄마는 출산 사흘 만에 자리에서 일어나 이불 빨래를 했다고 말하곤 했다. 이제는 그것이 그냥 더워서만은 아니었다는 행간을 읽을 줄 안다. 아들을 낳았다면 동정이 아닌 축하를 받고 훨씬 대접받으며 마음 편히 누워 있었겠지. 지금의 나와 비슷한 나이에, 책을 좋아하며 감정적으로 섬세한 엄마가 사회와 가족의 비언어적인 표현을 얼마나 민감하게 감지했을지 생각하면 속이 쓰리다. 시간여행을 할 수 있다면 그때의 엄마에게 다가가서 말해주고 싶다. 축하한다고. 너무 고생했다고.

어렸을 때, 삼 남매인 친구가 있었다. 엄마 친구의 딸이었다. 위로는 언니 밑으로는 남동생이 있는 둘째 딸. 나는 고작 여덟 살 정도였는데 친구에게 그런 말을 했다. "너네 부모님 되게 금슬 좋네." 금슬이 뭔지도 모를 때였다. 그 나이 때의 아이는 어른의 말을 흉내내는 데 진심이라 종종 나이에 전혀 어울리지 않는 문장을 구사하는 법이다. 무슨 생각으로 그 말을 했는지만은 똑똑히 기억한다. 주변에서 보기 힘든 삼 남매 가정을 본 순간 어떤 두려움이 밀려왔다. 나의 엄마 아빠도, '우리로는 충분하지 않아서' 한 명 더 낳을지도 모른다는 가능성이 거기 있었다. 너희 부모님은 금슬도 좋다. 애를 셋이나 낳고. 그렇게 빈정거리면서, 안정감과 우월감을 느끼려 했다. 하여튼 되바라지고 못된 애였다. 그때 친구가 내 쌍코피를 터뜨리지 않았다는 것만으로, 나는 그애가 어디서든 훌륭한 인품으로 존경받으며 살고 있을 거라고 믿는다.

자의식이라는 게 생기기 시작한 순간부터 나라는 존재와 분리 불가능한 패배감과 열등감이 내 안에 찐득찐득하게 뒤엉켜 있었다. 어릴 때는 열심히 살면 극복할 수 있다고 생각했고 좀 더 자라서는 세상에는 내 힘으로 도저히 어찌할 수 없는 일이 있다는 것을 알게 한 나의 성별. 내가 나라는 한계. '꽝' 혹은 '하나 더'가 아니라, 나라는 존재 자체만으로 환영받고 싶었다.

사실 인생에서 계획대로 되는 건 별로 없다. 하다못해 붕어빵 타이쿤 게임을 하나 해도, 손님이 예측불허로 들이닥쳐 내가 돌리는 반죽 틀의 루틴이 망하기 일쑤다. 아! 세 개만 사가라고 좀! 뒤에도 손님 많다고! 부모님의 가족계획이 틀어진 건 그들에겐 아쉬운 일이지만, 나는 계획 수립 단계에도 참여한 적 없고 어떤 정보도 미리 전달받은 적 없다. 그렇게 아들이 필요했으면 알아서 삼신할머니한테 카톡 넣든가! 부모님의 계획 실패는 계획 실패고, 나는 잘못 태어나지 않았다. 이걸 늘 같은 선상에 놔버리는 세상 때문에 어린이의 마음이 구깃구깃해지곤 했다. 나는 나로 태어났을 뿐, 어떤 기대나 의무에 부응할 필요도 이유도 없다. 애초에 아기를 자기가 원하는 대로 낳을 수 있다는 생각부터가 글러먹었다. 정신 차려 부모들! 세상 그렇게 만만하지 않아! 어떻게 갖고 싶은 것만 가지면서 살래? 나도 당신들을 선택한 적 없거든?

물론 유교 사회에서 빡세게 구른 한국 여성, 특히나 부채의식과 원죄의식에 찌든 차녀가 한순간에 부모에 대한 감정을 훌훌 털고 자유로워질 순 없다. 하지만 적어도 우리끼리는 촛불을 들고 모여 앉아 서로에게 명확하게 말해주어야 한다. 우리는 잘못 태어나지 않았고, 실패작이 아니며, 각자의 삶에서 그럭저럭 괜찮은…… 로또까진 아니라도 연금복권 정도는 된다고.

첫째라는 필터링

차녀 친구들과 모여서 손병호 게임을 한다. “돌 사진 없는 사람 접어” “아람단이나 걸스카우트는 언니만 시켜줬던 사람 접어” “언니랑 똑같은 학원 다닌 사람 접어”. 둘째의 세계에는 쓰던 물건만 쌓여 있는 게 아니다. 차녀의 세계는 언니라는 필터링을 거쳐 구성된다. 언니가 해봐서 괜찮은 것은 나의 차례까지 순서가 돌아오고, 시켜봤더니 별로인 것은 대가 끊긴다. 첫째를 키우며 양육 경험이 쌓인 부모는 ‘굳이’ 그렇게까지 안 해줘도 된다는 것을 깨닫고 가성비를 따지기 시작한다. 자기 의사와 무관하게 이것저것 찍어 먹어봐야 하는 기미 상궁 첫째도 고달팠겠지만, 취향이나 욕망이 손쉽게 지워지는 둘째의 숙명도 만만찮다. 나의 기억에 남아 있는 오래된 장면 중 하나는 언니가 한글을 가르쳐주는 학습지 선생님과 공부하는 책상에 같이 끼여 앉아 있었던 것이다. 신기해 보이는 꼬불꼬불한 글자들, 젊고 상냥한 선생님, 알록달록한 한글 교재. 신기한 한글나라인지 뭔지 하는 학습지였을 것이다. 나는 오매불망 나도 그 수업을 받을 날이 오기를 기다렸다. 하지만 넉넉하지 않았던 형편 탓인지 나는 미리 한글을 배울 수 없었다. 어찌저찌 언니의 어깨너머로 배우다가, 결국 한글을 다 못 뗀 채로 학교에 입학했다. 그때의 나는 받침이 있는 글자를 쓰지 못해서 매사 이런 식이었다. "어마 지소이에요. 수퍼마케 가다오게요." 엄마는 아직도 내가 남긴 메모를 떠올리며 꺄르르 웃는데 나만 한글나라 안 시켜준 건 아마 기억 못할 것이다.

어릴 때 언니는 걸스카우트 활동을 했다. 그게 뭔지도 모르면서, 갈색 단복 치마가 예뻐서 막연히 동경했던 기억이 난다. 위키백과에 따르면 걸스카우트는 "소녀들의 수련, 수양, 교육 단체"다. 재미있는 활동을 통해 소녀들이 올바르게 자라도록 돕는다고 한다. 지금은 그다지 인지도가 없지만, 90년대에는 이런 청소년 단체가 인기였다. 보이스카우트, 걸스카우트, 아람단, 우주소년단(정식 명칭은 한국과학우주청소년단), 해양소년단은 청소년 단체의 5대 천왕이었다. 특색 있는 단복과 그들에게만 허락

된 외부 활동은 단원이 아닌 어린이들에겐 선망의 대상이었다. 아람단이 학교 운동장에서 텐트를 치고 캠핑을 한다는 소식을 들으면 심장이 뛰었다. 세상에, 너무 특별하잖아? 반에서 많아야 다섯 명 정도가 청소년 단체에 가입했고, 그 아이들은 종종 단복을 입고 등교해서 간지를 뽐냈다. 나는 순전히 리본이 달린 블라우스와 갈색 치마가 입고 싶어서 걸스카우트 가입을 희망했다.

예상했듯이, 나는 걸스카우트에 가입하지 못했다. 언니가 해보니 돈만 나가고 별로였던 모양이다. 그거 별로라고, 언니와 엄마가 입을 모아 말했다. 그 별로인 거 나도 해보고 알면 안 될까? 왜 자꾸 풍문으로 알려주려고 하는 건데? 차라리 아람단을 시켜달라고 했으면, 차별점이 있어서 공략하기 쉬웠을지도 모른다. 둘째에게 주어지는 것은 첫째의 필터링을 거친다. 남매라면, 오빠와 여동생에게 가르치려는 종목이 다른 경우도 있지만 동성인 자매는 언제나 세트로 묶인다. 언니가 포켓몬처럼 먼저 집어던져지면, 그 결과가 차녀의 기회를 결정짓는다. 나는 늘 언니와 같은 학원에 다니고 같은 선생님에게 배웠다. 앞선 글에서 언급한 적 있는, 개그 콘서트장 같던 수학 과외는 언니가 호평했기에 나도 갔는데, 나와는 영 코드가 맞지 않았다. 나는 수업시간에 잡담보다는 수업을 꽉 채워서 해주길 바라는 보기 드문 학생이었는데(과외비와 본전을 생각했기 때문이다) 그 수학 과외에서는 언제나 윷놀이나 공기놀이가 카지노처럼 벌어졌다. 왁자하게 노는 분위기에 적응하지 못하면 한심한 범생이 취급을 받을까봐 같이 껴서 어울렸다. 어쨌거나 성적이 올랐고 선생님과 정이 들면서 재미도 있었지만 나중에는 내 의사로 그만두고 다른 선생님을 구했다.

애초에 언니와 나는 다른 사람이다. 하지만 90년대 부모는 연년생 자매 사이의 미묘한 차이를 섬세하게 고려할 만큼 한가하지 않았다. 개그우먼 김신영이 연기하는 밥집 사장님처럼 분주했다. "제일 바쁜 여섯시 반에! 소고기 하나! 불백 하나! 짬뽕, 계란말이, 누구야! 하나만 시키란 말야, 하나만!" 그래서 선택지는 언니가 고른 것으로 통일된다. 소고기와 불백, 짬뽕과 계란말이까진 아니더라도 가끔은 다른 주문 하나만 더 받아주면 좋았을 텐데. 제한된 자원 때문에, 둘째에게는 쉽게 모험하지 않는다. 그렇게 둘째가 경험할 수 있는 세계가 쪼그라든다.

인정욕구와 억울함의 화신 차녀는 승부욕에 불탄다. 날 때부터 맞닥뜨린 숙명의 라이벌을 이기고, 부모의 관심을 쟁취하여, 보란듯이 나의 존재를 입증하리라. 앞만 보고 달리는 경주마처럼 돌진하는 차녀 앞을, 유교 사회의 도포 자락이 깜빡이도 안

켜고 가로막는다. 그리고 상한선을 정해준다. '첫째보다 조금 못할 것.' 자녀가 둘 이상인 집이라면 암묵적으로 알고 또 합의하는 장유유서의 변주다. 이 룰은 특히 오빠 있는 여동생, 둘째이자 장녀이자 막내인 딸이 뼈에 사무칠 것이다. 한국 사회는 언제나 여자가 남자 기죽일까봐 전전긍긍하니까. 성별이 같아서 경쟁의 트랙이 똑같은 형제나 자매의 경우도 마찬가지다. 자원과 지지를 가장 많이 획득한 첫째가 제일 잘날 확률이 높다. 장남이 모든 것을 가지는 세계관에 익숙해서인지, 부모라는 존재는 그 자신들이 장남 장녀가 아니더라도 첫째가 가장 잘나야 편안함을 느끼는 듯하다. 잘난 첫째 밑에서 열등감을 느끼는 둘째는 가정 전체의 평화와 균형을 별로 위협하지 않는다. 그건 순리다. 그런데 둘째가 첫째보다 뛰어나면, 이건 예외 상태에 해당한다. 집안에는 긴장감이 감돌기 시작한다. 왕자의 난이라도 일으킬까봐 걱정하는 걸까. 참고로 이방원은 이성계의 무수한 자녀 중 다섯째 아들이었다. 신의왕후 소생만 따져도 6남 2녀 중 다섯째. 야망과 인정욕구에 미쳐버린 미들 차일드 금쪽이다 이 말씀.

차녀의 성취가 첫째의 것을 웃돌 때 맞닥뜨리는 것은 순수한 기쁨이나 칭찬이 아니다. 견제와 우려다. 그렇다보니 첫째의 눈치를 보며 성과를 숨기기도 한다. 성취가 잉여 취급당하는 둘째의 서러움은 잘하는 게 당연한 첫째의 부담감과 쌍벽을 이룬다. 집안마다 분위기는 조금씩 다르겠지만, 하극상은 한국인에게 본능적인 거부감을 일으키는 모양이다. 부모는 첫째의 눈치를 보거나 둘째가 너무 거만해지지 않도록 단속한다. 나는 그나마 언니가 예체능을 해서 비교를 조금 피해갔다. 성적의 기준이 달라 절대적으로 비교할 수 없었기 때문이다. 하지만 항상 언니가 제일 잘되기를 바라는 부모의 마음을 어렴풋이 느꼈다. 그래서 언니가 한창 힘들던 시기에, 나에게 좋은 일이 생긴 걸 알리지 않았다. 별로 축하를 못 받을 거라고 생각했기 때문이다. 시간이 지나 자연스럽게 그 사실을 알게 된 엄마 아빠는 역시 기뻐하면서도 언니에게는 말하지 말라고 신신당부했다. 정작 언니는 기꺼이 축하해주러 왔는데도. 누구나 한 사람이 절망 주간이고 한 사람이 커리어 하이면, 상대적으로 상황이 좋지 않은 사람의 마음을 더 헤아릴 것이다. 하지만 미묘하게, 뭔가 달랐다. 내가 언니보다 높은 성과를 올리는 건 뭐랄까…… 부모가 차마 말하지 못하는 욕망을 배반하는 일 같았다.

비슷한 시기에 같은 집안에서 태어났다고 해도 형제자매는 각각 다른, 고유하고 개별적인 존재다. 역할기대 틀로 꾹 눌러서 찍어내려 해도, 그 안에 다 포섭되지 않는 자기만의 세상이 있다. 나는 언니와 다르다. 언니는 나와 같지 않다. 둘째라는 이유로, 욕망과 기회와 가능성을 첫째의 테두리 안에 가두는 건 부당하다. 둘째가 첫째보다 뛰어나거나, 첫째가 둘째보다 특정 성취에서 조금 뒤떨어지는 것은 그저 각각이 타고난 재능이 달라서일 뿐이다. 당연히 제일 잘해야 하는 첫째의 부담도, 첫째보다는 좀 못해야 가정의 평화가 따르는 둘째의 미덕도, 낡고 헛된 인습의 쓰레기다. 이딴 게 어린이의 마음속에 심어져 뿌리를 내리고, 어른이 된 후까지 괴롭힌다고 생각하니 화가 난다.

삶의 초반, 둘째는 원하는 것을 마음껏 탐색하고 가지기보다는 첫째가 승인한 것만 가질 수 있었다. 그렇다고 이제 와서 한정된 자원을 가졌던 부모와 과거를 원망하는 것도 계면쩍은 일이다. 선택지가 별로 없었던 만큼, 둘째는 다양한 선택지의 가치를 누구보다 잘 알 것이다. 무럭무럭 자라난 나에게는 가급적 더 많은 기회를 주자. 타인의 평가와 말에 휩쓸려 섣불리 선택지를 지우지 말고, 해봐서 별로인 것도 해보니 생각보다 괜찮은 것도 모두 만끽해봤으면 좋겠다.

당근이 있기 전부터 나는 당근이었네

"저 혹시…… 당근이세요?"

지하철역 근처나 큰 건물 앞에서 종종 중고 거래를 하는 사람들이 눈에 띈다. 예전에는 '중고나라' 같은 인터넷 카페가 강세였다면, 최근에는 중고 거래 앱 '당근마켓'이 중고 거래의 새로운 장을 열었다. 당근마켓은 위치 정보를 중심으로 근처의 중고 매물을 보고 직거래로 살 수 있는 것이 특징이다. 그러다보니 주민들끼리 다양한 정보를 공유하고, 함께 산책하거나 심지어 벌레를 잡아줄 사람을 찾는 등 지역 커뮤니티의 역할도 톡톡히 한다. 나도 당근마켓을 통해 쓰지 않는 물건을 무료나눔하거나, 누수가 발생했을 때 후기 좋고 단골 많은 업체를 골랐다. 자원 순환의 의의를 깨닫고 당근마켓을 사용하기 전까지, 나는 중고 거래에 꽤 부정적이었다. 왜냐하면 차녀는 당근이 있기 전부터, 아니 중고나라가 생기기 전부터, 아니, 아나바다 운동이 시작되기 전부터 첫째의 중고 물품 수거 전문이었으니까.

어릴 적 앨범을 들여다본다. 첫아이의 감동이 고스란히 담긴 언니의 사진이 가득하다. 익숙한 옷이 보인다. 그럴 수밖에. 이 옷은 내 사진에서도 본 적 있다. 내가 입었던 옷은 '조금 사용감 있'지만. 특히 성별이 같은 두 아이를 기른다면 첫째가 쓴 물건을 둘째가 물려받는 것은 여러모로 합리적이다. 아이는 금방 크고, 첫째의 물건이 아직 멀쩡한데 그럼 새로 사?! 다 큰 둘째는 물론 안다. 당연히 물려받아야지~! 하지만 아이에게는 어른의 합리적 선택을 이해할 의무가 없다. 충분히 서운할 만하다. 평범하고 자연스러운 감정이다.

언니의 모든 물건은 언제나 '신상'이었다. 첫째는 온갖 브랜드의 옷과 유아용품을 섭렵한다. 재롱잔치, 학예회, 반장 선거, 첫 생리 같은 이벤트에서 새 옷이나 선물을 사는 유난도 첫째라 가능하다. 둘째 딸의 소유권은 언니가 더이상 필요로 하지 않는 것에 한정된다. 언니에게 안 맞아서, 언니가 질려서, 언니는 새로 샀으니까. 언니가 계속 쓰는 것은 나에게 기회가 오지 않았다. 사달라고 하면 이런 답이 돌아온다. "언니 거 같이 쓰면 되잖아." 하지만 어머니, 같이 쓰라고 사준 물건을 첫째는 당연히 자기 것이라고 인식하는데요. 자기 기분좋을 때만 좀 쓰게 해주는데요. 입이 댓 발 나와 돌아간다. 그리고 한껏 비굴한 웃음을 띠며 언니에게 컴퓨터 좀 해도 되냐고 부탁하거나 심부름을 해준다.

연년생인 나는 언니의 손길이 묻은 옷, 신발, 장난감, 휴대폰까지 물려받았다. 내 첫 휴대폰은 언니가 쓰던 애니콜이었는데, 언제쯤 저게 내 손에 떨어지나 호시탐탐 노렸다. 어차피 나에게는 새 폰을 사주지 않을 것을 알았기 때문이다. 콩고물을 염두에 두고, 새 폰을 사달라고 조르는 언니의 시위(?)에 연대했다. 마침내 언니가 휴대폰을 바꾸는 데 성공해, 나는 2년 정도 쓴 폰을 무료나눔받았다. 그것만으로도 뛸듯이 기뻤다. 나에게는 언니가 그전에 가졌던 삐삐마저 사주지 않았으니까. 당시 구독하던 만화 잡지에서 오천 원만 내면 삐삐를 준다는 쿠폰을 오려서 엄마에게 읍소했지만 통하지 않아 눈물을 쏟았다. 씨이. 언니는 최신 삐삐 차고 다녔잖아. 삐삐의 선명한 빨간색마저 기억에 생생하다.

내 몫은 언제나 차선이었다. 인형 두 개를 사면 언니가 고른 뒤 남은 게 내 차지였다. 안나 인형을 안은 채 언니의 엘사 인형 머리를 만지작거리는 식이다. 한번은 가습기를 사려고 알아보다가 중소기업 제품 리뷰에서 참지 못하고 웃음을 터뜨렸다. 대충 이런 내용이다. "첫아이 자취 시작할 땐 다 알아보고 제일 비싼 L사의 가습기를 사줬어요. 써보니 그렇게까지 좋은 건 필요 없겠다 싶더라고요. 그래서 둘째 가습기로 이 제품 사줬습니다. 만족해요." 두 제품의 가격은 약 5배 이상 차이가 났다. 제 발로 중소기업 제품을 사러 들어간 나는 모르는 사람의 아이디 위로 마우스 휠을 빙글빙글 돌리며 외쳤다. 저기요! 둘째도 좋은 거 좀 사주면 안 되나요?

장녀는 양보를 강요받지만, 양보의 역설은 가진 자만이 할 수 있는 행위라는 것이다. 차녀도 양보란 걸 해보고 싶다. 하지만 할 수 없다. 탐날 만한 걸 가지지 못했으니까. 오로지 투쟁, 투쟁, 그리고 쟁취가 있을 뿐!

언니는 함께 입는 옷에 툭하면 뭘 묻혀오는 나의 무심함에 치를 떨었다. 조금 변명을 하자면, 나는 새것을 애지중지해본 경험이 별로 없다. 항상 조금 닳은 옷, 올해까지만 입고 버리면 딱인 옷을 입고 활보했고 유행이 지나간 물건을 썼다. 조심스러움이 몸에 밸 기회가 없었다. 애착을 형성할 만큼 특별한 물건을 가져본 적도 거의 없다. 내 소유물은 내가 갖고 싶어해서가 아니라, 아직 쓸 만해서 나에게 양도된 것들로 이루어졌으니까.

실용성이 제일 중요하다고 생각할 수밖에 없었다. 내가 유행이나 물건의 상태에 둔한 데에는 타고난 기질 탓도 있겠지만, 이런 둘째의 숙명도 영향을 미쳤다고 본다. 게다가 우리집은 자식이 많으니까. 내가 가장 비싸고 좋은 물건을 갖겠다고 요구하면 부모를 힘들게 할 것 같았다. 눈치보는 마음과 내면의 죄책감 때문에 나는 늘 제일 좋은 것이 아닌 두번째나 세번째로 괜찮은 물건을 골랐다. 그러지 않아도 될 때조차 '무의식적으로' 그런 버릇이 튀어나왔다.

몇 년 전, 스마트폰이 먹통이 되어 무척 애를 먹었다. 나는 줄곧 LG 폰을 쓰고 있었는데, 심지어 두번째 폰은 중고로 산 참이었다. 한 차녀 친구는 나와 처음 만났을 때 자신의 LG 폰을 들어 보이며 소리쳤다. "어! 나 말고 LG 폰 쓰는 사람 처음 봤어!" 우리는 눈을 마주치고는 서로를 놀렸다. "음~ 아주 개념녀야~" "검소한 게 1등 신붓감이여~ 혹시 국밥도 좋아하세요?" 자조 개그였다. (실제로 국밥 좋아한다. LG 폰이 나쁘다는 게 아니라, 업계 1위 제품이나 가장 비싼 것은 아니라는 뜻이니 오해 없길.) 물건을 고를 때면 매번 내 안에서 브레이크가 걸렸다. 눈썰미도 없고 스마트폰의 다양한 기능을 활용할 줄도 모르는 나에게는 '이 정도'가 딱이라며 스스로 상한선을 정했다. 새 핸드폰 역시 나온 지 1, 2년 정도 된 모델이나 깨끗한 중고를 사야겠다고 마음먹고 알아보고 있을 때 우연히 본가에 방문했다. 그리고 보았다. 나의 동생들이 아이폰 최신형 모델을 쓰고 있는 것을. 순간 '이게 뭐지?'라는 생각이 들었다. 왜 나는 내가 번 돈으로 사면서도 이렇게 쩔쩔매고, 그렇게까지 좋은 건 필요 없다고 나를 설득하지? 대체 누구의 눈치를 보는 거야? 나는 눈 딱 감고 당시 최신형 모델이었던 갤럭시20을 샀다. 나의 주변 사람들과 가족들은 깜짝 놀라면서 한마디씩 보탰다. "어?! 이진송 최신 폰 쓰네?!" '이진송 최신 폰'이라는 여섯 글자가 한동안 일종의 유행어였다. 그만큼 내가 제일 좋은 물건을 사는 것은 드물고 낯선 일이었다.

그러니, 중학교 3학년 때 막내 외삼촌이 나에게 MP3를 사줬을 때의 내 심정은 전둘연 회원들만이 온전히 공감할 수 있을 것이다. 내가 그 자리에서 까무러치지 않은 것이 지금도 세계 7대 미스터리 중 하나로 남아 있다. 2003년 아이리버에서 출시한 iFP-300, 소형 잠수함을 닮은 모양으로 유명했던 히트작이다. 우아한 곡선과 편안한 그립감, TV 광고로만 보던 제품이 내 손바닥에 쏙 들어왔다. 그것도 '새삥'의 광택을 빛내면서. 낯설고 황홀했다. 살면서 내가 새 제품의 박스를 뜯고, 내 손으로 비닐을 벗기는 날이 오다니. 새 제품에 전원이 들어오는 순간의 불빛을 보고 있다니!

막내 외삼촌은 언니와 내가 어릴 때 우리집에서 몇 년 정도 함께 살았다. 검소하고 성실하기만 했던 부모님과 달리 멋과 흥을 알았다. 월급날이면 빨간 리본이 묶인 피자 상자를 들고 퇴근해 우리를 흥분시켰고, 만화 대여점에도 데려가주었다. 삼촌 본인이 막내다보니 자연스럽게 나에게 시선이 갔던 것 같다. 그러니 당시에도 꽤 고가였던 물건을 턱 사주었겠지. 다시 생각해도 정말 감동적이다. 고마워요, 삼촌. 나는 어릴 때 삼촌 돼지 저금통이나 털었는데…… 물론 들켜서 아침밥 먹다 말고 엎드려뻗쳐를 했지만 말입니다.

언감생심이었던 최신형 전자기기를 선물받은 날의 충격과 감동은 20년이 지난 지금까지도 생생하다. 영화 〈인사이드 아웃〉 식으로 말하자면 그 사건은 나의 핵심 기억 중 하나다. 128MB의 MP3에는 노래가 30곡도 채 들어가지 않았다. 하지만 용량을 가늠할 수 없는 행복이 한가득 함께했다. 단순히 새 물건을 가졌다는 기쁨이 아니었다. 나도 누군가에게 새것을 선물받을 만큼 충분히 사랑받는, 새것을 가져도 되는 소중하고 귀한 아이라는 메시지가 전해졌다. 지금도 손안에 쏙 들어오는 그만한 크기의 물건을 꼭 쥐면 그때의 감정이 되살아난다.

안타까운 일이다. 부모는 자식을 차별할 생각이 없었고 그저 제한된 자원을 최대한 활용해서 열심히 살았을 뿐인데, 그런 선택이 나에게는 섭섭함을 안겨주었다. 그들의 OST로는 백예린의 노래가 좋겠다. 〈그건 아마 우리의 잘못은 아닐 거야〉. 각자의 최선이 사랑하는 사람에게도 반드시 최선은 아니라는 사실에서 비극이 싹튼다. 좀 오버해서 썼지만, 나도 분명 나만을 위해 마련된 많은 선물을 받으며 살았다. 다만 언제나 헌 물건의 비중이 압도적으로 높았고, 늘 새것을 가진 비교의 대상이 바로 옆에 있다보니 자려고 누우면 서러운 기억이 이불 밑 완두콩처럼 등에 배길 뿐이다. 내 물건은 언제나 헌 거. 그래서 내 마음은 아직도 헝거Hunger.

다른 차녀 친구들의 핵심 기억에도 나의 MP3처럼, 온전하고 반짝반짝한 무언가가 하나 있다면 좋겠다. 우리는 그런 기억으로 평생을 살아가니까. 없다면, 늦지 않았다. 지금이라도 다른 여러 조건과 타협하지 말고, 순수하게 나만을 위한 선물 하나를 골라봤으면 좋겠다.

나는 사람들에게 작은 선물을 불쑥불쑥 사주는 것을 좋아한다. 엄마와 언니는 이런 나를 두고 돈이 줄줄 샌다며 놀린다. 하지만 나는 '네 생각이 나서 샀다'라는 말을 좋아한다. 듣는 것도 하는 것도 좋다. 그때 내가 느꼈던 기분을 다른 사람들도 경험하기를 바란다. 꽃 한 송이라도, 이건 내가 널 위해 준비한 온전히 '너만의 것'이라는 애정어린 메시지가 닿기를.

수많은 '단지'들

어릴 때는 오빠 있는 친구가 부러웠다. 사회는 '오빠'에 대한 다양한 환상을 남녀 모두에게 주입하는데, 나는 나를 지켜주는 멋진 오빠를 상상했다. 경상도 출신이니까 대놓고 다정한 것까진 바라지 않더라도 〈카드캡터 체리〉의 도진이처럼 뒤에서 은근히 나를 챙기는 그런…… 꺄아! 그런 눈빛으로 부럽다고 말하면, 오빠 있는 친구들은 텅 빈 눈으로 나를 바라보았다. 같이 놀던 친구가 오빠 밥을 차려줘야 한다며 돌아갈 때나, 내가 언니와 벌인 싸움과는 다르게 일방적으로 오빠에게 맞아 생긴 상처를 보면서 뭔가 다르다는 걸 서서히 깨달았다.

가정 내 동성의 라이벌이 있다는 것이 내가 주목하는 '차녀

감각'의 근원이다. 은은하고 미묘한 차등대우와 비교로 인한 경쟁심이 핵심이다보니, 이 책에서 주로 이야기하는 차녀는 위로 언니가 있는 '둘째 딸'에 한정된다. 하지만 위로 오빠가 있는, 순서상 두번째 자녀인 딸의 고충 또한 책으로 쓰자면 『토지』 뺨치는 분량이 될 것이다. 첫번째라는 순서와 남자라는 성별 조합의 시너지는 막강하다. 연장자이자 장남인 존재가 한국 사회에서 너무나 무시무시한 권력을 갖기에, 딸만 있는 집보다 더 노골적이고 야만적인 차별이 벌어진다. 성인이 된 후 자매들이 화해와 이해의 땅으로 건너가는 것과 달리, 일방적으로 차별당한 기억 때문에, 연장자로서의 책임을 다하지 않는 오빠 때문에 아예 남남처럼 지내는 경우도 허다하다. 그뿐인가, 집안의 유일한 딸이다보니 딸과 장녀의 의무를 콤보로 짊어져야 한다. 집안의 대소사와 살림, 감정 노동, 훗날 나이든 부모님을 돌보는 일 등을 모두 떠맡기 일쑤다.

웹툰 〈단지〉는 가정폭력 생존자인 '단지'의 일상을 담은 일상툰이다. 작가는 웹툰의 내용이 모두 자신이 실제로 겪은 일들이라고 밝혔다. 주인공 단지는 삼 남매 중 둘째 딸인데, 위로는 오빠 밑으로는 남동생이 있다. 단지는 둘째인 동시에 장녀다. 언뜻 들으면 '고명딸'이니 사랑을 듬뿍 받을 거라고 생각하기 쉽다. 이 고명딸이라는 말은 아들 많은 집의 외딸이라는 뜻으로, 가정 내 딸의 위치와 상징성을 보여준다. 고명은 음식의 모양과 빛깔을 돋보이게 하고 맛을 더하기 위하여 음식 위에 얹거나 뿌리는 것이다. 딸은 고명처럼 집안 분위기를 살리는, 그 자체로 독립적인 무언가는 아니지만 즐거움과 보는 재미를 주는 존재라는 인식을 담고 있다. 딸 많은 집의 아들은 왕좌에 앉지만 아들 많은 집의 딸은 이처럼 꾸밈 용도에 그친다. 기껏해야 예쁨을 받는 게 최고의 가치인, 그리고 예뻐야 하는, 언제든 젓가락으로 집어서 휙 패대기쳐도 음식에 별 영향을 미치지 않는.

장남과 차남 사이에 낀 장녀 단지는 고명딸로 예쁨을 받기는커녕 온갖 차별과 폭력에 시달린다. 중간에 끼어 아래위로 치이고, 성차별 때문에 한번 더 찌그러진다. 네 살 위인 오빠는 처음부터 상대가 안 되고 열한 살 아래인 동생에게는 일방적으로 양보하고 희생해야 한다. 웹툰 제목이자 작가의 이름이고, 동시에 주인공의 이름이기도 한 단지는 '잘린 손가락斷指'이라는 의미다. 자식은 다 귀하고 소중함을 비유적으로 이르는 '열 손가락 깨물어 안 아픈 손가락 없다'는 속담을 비튼 이름으로, 스스로를 '잘려나가서 아프지 않은 손가락, 없는 손가락'으로 칭하는 것이다. 단지의 오빠는 단지에게 온갖 언어적, 물리적,

정신적 폭력을 퍼붓는다. 자신의 숙제를 대신 시키거나, 버리려던 장난감을 돈을 받고 팔거나, 서점에서 만화책을 훔칠 때 데리고 다니는 등 착취 또한 일삼는다.

이렇게만 보면 단지의 오빠가 극악무도한 나쁜 놈 같다. 그런데 그는 의외로 '평범한' 소년이자 남자다. 나중에 부모와 다투고 독립한 후 단지에게 자신이 한 짓을 까맣게 잊고, "집에는 주소도 안 알려줄 거야. 너나 가끔 와라"라고 말할 만큼. 성인이 되어 함께 치킨과 맥주를 먹으며 대화하는 남매의 모습에서는 얼룩진 차별의 역사가 드러나지 않는다. 단지는 속으로 '내가 왜?'라는 말을 삼킨다. 단지의 집에서 그토록 폭력이 횡행한 것은 단지를 향한 부모의 극심한 차별대우와 폭력 때문이다. 단지의 아빠는 자신이 아이를 한 번도 때리지 않았음을 매우 자랑스러워한다. 사춘기 딸의 가슴을 아무렇지 않게 만지던 사람이 할 소리가 아닌데. 사람들이 자주 착각하는 게 있다. 물리적인 접촉이 없었다고 해서, 폭력이 아닌 게 아니다. 폭력은 물리적, 경제적, 언어적, 감정적으로 발생한다. 폭력을 조장하고 배양하는 것 또한 폭력이다. 단지의 부모는 딸을 대놓고 무시하고 차별하면서 남자 형제들에게 끊임없이 신호를 보냈다. '얘한테는 그래도 돼.' 독단적인 아빠는 엄마를 함부로 대하고, 그것이 고스란히 단지에게 대물림된다. 엄마는 아들이 딸의 배를 걷어

차는 현장에 함께 있으면서도 철저히 방관하고, 오히려 오빠의 심기를 거스른 단지를 비난한다. 비가 오니 집에 가서 빨래를 걷으라는 엄마의 호출에 외출했던 단지는 돌아온다. 집에 있던 오빠와 남동생이 그 장면을 본다. 엄마는 단지가 밥을 차리지 않았다는 이유로 오빠와 남동생 앞에만 음식을 내어놓는다. 그 자리에서 이의를 제기하는 사람은 아무도 없다. 자연스러운 차별과 비호와 역성이 언어적, 비언어적 스프링클러로 뿌려진다. '얘한테는 그래도 돼.' 처음에는 몸을 툭툭 치고 머리를 잡아당기는 수준이었던 폭력은 그러한 분위기 속에서 무성하게 자라났을 것이다.

누군가는 해맑게 말할지도 모른다. "요즘엔 그런 집 없지. 누가 딸이라는 이유로 차별해." 차별에 대해서 말하다보면 현실을 잘 모르고 자기가 못 봤으니 '없다'고 생각하는 사람을 생각보다 자주 만난다. 단지는 단지, 특별하게 이상한 어떤 집의 기이한 사례에 불과할까? 〈단지〉는 연재 당시 레진코믹스에서 최단 기간 내 최다 조회수를 기록할 만큼 화제를 몰며 큰 인기를 누렸다. 그 인기를 가능하게 한 요인 중 하나가 바로 '공감'이다. 작가 단지는 연재중 페이스북 채널 '단지 널 사랑해'에서 독자들과 소통했는데, 그곳에 수많은 단지들이 모여들었다. 단지가 겪는 아픔이 자신이 겪은 것과 크게 다르지 않다고 호소하며,

그동안 억누르고 감춰야 했던 이야기들을 털어놓았다. 커뮤니티에서 '오빠랑 차별'이라는 키워드로 검색 한 번만 해봐도 알 수 있다. 정도의 차이가 있을 뿐 가족 내 남녀차별은 여전히 존재한다.

2021년에 방영했던 예능 〈실연박물관〉은 헤어지고 싶은 것이 있는 시청자의 사연을 소개하는 프로그램이다. 전화 연결을 통해 등장한 '김지영'(짐작하듯 상징적 예명이다) 씨가 떠나보내고 싶은 물건은 토스트기였다. 손절하고 싶은 대상은 오빠와의 차별을 일삼은 부모. 김지영 씨의 부모가 아들의 결혼 선물로는 삼 억을 주고, 딸의 결혼 선물로는 그 토스트기 하나를 줬단다. 두둥. 심지어 홈쇼핑 사은품! 임계점에 도달한 김지영 씨는 결혼 후, 도맡아 하던 집안 행사나 자잘한 식구들 뒤치다꺼리에서 파업(?)했다. 그러자 오빠가 잘 안 챙기는지 부모님으로부터 연락이 오기 시작했다고. 차별에 대해 호소해봤자 부모님은 "우리가 죽고 나면 오빠가 부모나 마찬가지다"라며 묵살하고, 오빠 역시 이를 아무렇지 않게 받아들였다고 한다. 패널인 이소라는 이렇게 아들과 딸을 차별하는 부모라면, 김지영 씨의 아이들에게도 똑같은 상처를 줄 수 있다며 선을 긋고 최소한의 도리만 하라고 조언한다. 유튜브 영상의 댓글 역시 이소라의 의견에 공감하며 김지영 씨가 가족들과 연을 끊고 행복하기를 빌어준다.

한발만 물러서서 보면 정말 이상한 일이다. 자기들이 낳아놓고, 자식이 스스로 결정할 수 없었던 성별을 기준으로 차별한다. 그래놓고 아쉬울 때는 딸을 찾으며 살뜰하게 자신을 돌봐주길 바란다. 〈단지〉의 가족들 역시 단지가 가족에게 '잘하기'를 바란다. 집안의 유일한 딸이기 때문이다. '아들 둘이면 목메달'이라는 농담은, 이렇게 아들에게 다 퍼준 뒤 돌봄을 착취할 딸이 없음을 한스러워하며 만들어졌나보다.

그럼에도 단지 역시 가족과 쉽게 '손절'하지는 못한다. 그리고 그것이 바로 현실일 수 있다. 가정 내 차별에 시원하게 사이다를 날리고 뛰쳐나가면 얼마나 좋겠냐마는, 삶은 그렇지 않기에 픽션에서 사이다가 그렇게 인기를 끌겠지. 대리만족용으로. 단지를 이루는 다양한 요소 중에는 가족을 향한 분노 말고도 여러 감정이 존재한다. 인정받고 사랑받고 싶은 욕망, 딸의 의무로 인한 중압감, 부모에 대한 죄책감 또한 단지다. 그래서 김장하러 오라는 부름을 거절하지 못하고 집으로 간다. 하지만 단지는 더이상 그때의 단지가 아니다. 혼자가 아니고, 혼자 끌어안아야 했던 고통이 자신의 잘못이 아니라는 것도 안다. 내가 느끼는 감정과 고통에 이름을 붙이고 사회적인 맥락 속에서 이해할 때 느껴지는 후련함이 있다. 제삼자가 보기에 속시원한 결말보다, 조금 느릴지라도 지속되는 단지의 매일매일, 그 속도와 온도가 중요하다.

오빠 있는 둘째 딸을 단지라고 부른다면, 나의 단지 친구 중 한 명은 돈가스를 좋아한다. 정확히는 어른이 된 후에야 마음 놓고 돈가스의 가운데 부분을 차지하게 된 기분을 좋아한다. "난 어릴 때부터 '먹어치우자'라는 말이 그렇게 싫었어. 집에서 돈가스를 튀기면 가위로 잘라서 반찬으로 올리잖아. 항상 가운데 부분은 아빠랑 오빠한테 줬어. 엄마는 항상 타고, 튀김옷만 있고, 딱딱한 끄트머리 부분을 나랑 엄마가 있는 쪽으로 가져오면서 그렇게 말했거든. '이거 먹어치우자.'" 밥을 먹을 때마다 친구에게 '너는 이 집에서 가장 중요하지 않은 존재'라는 메시지가 도착한 셈이다. 돈가스 위에 케첩으로 쓴 것처럼. 그래서 친구에겐 밖에서 자기 돈 주고 돈가스를 사 먹는 경험이 그렇게 특별해진 것이다. 이만큼이 다 내 것이라는 충족감에 휩싸여 끄트머리는 과감하게 남기는 사치를 부리는 모습을 상상하면 귀엽고 짠하다. 마주앉아서 내 접시에 놓인 것 중 가장 부드럽고 폭신한 부분을 잘라서 나눠주고 싶다. 눈이 마주치면 우리는 동시에 같은 생각을 할 것이다.

'그래도 되는 애'는 세상에 없다고.

아들 노릇 딸 노릇

차녀 서사의 핵심은 '딸이 둘 이상'인 집에서 두번째 딸로 살아가는 경험이다. 똑같이 동성의 혈육이 있더라도 아들과 딸의 의미가 다르게 받아들여지기에, 차남과 차녀의 이야기는 다른 결과 맥락을 가진다. 차남의 이야기는 차남에게 맡겨두고, 여기서는 곁만 좀 핥아보려고 한다. '딸 노릇'이라는 부분만 골라서.

내가 중학교 1학년 때까지, 우리집에는 딸만 둘이었다. 아빠의 남동생인 삼촌네는 아들만 둘이었다. 숙모는 명절에 엄마를 도와주려고 종종대는 우리를 보며 자주 그런 말을 했다. "난 참 형님이 부러워요. 딸들은 이렇게 엄마를 생각해주잖아." 그러면 엄마는 매년 정해진 대본을 읊는 배우처럼 대답했다. "그래도 아들 둘 있으면 하나는 딸 노릇 한다던데. ○○이(둘째)가 좀 다정다감하지 않아?" 숙모는 긍정했다. "그건 그래요. 걔는 그래도 와서 내가 뭘 하나 들여다보고 그러거든." 딸만 있는 엄마와 아들만 있는 숙모의 대화는 언제나 비슷한 패턴을 반복했다. 자식 가운데 '그래도' 차남이 딸 노릇을 한다고 평가했고, 인정욕구에 미쳐 있는 차녀인 나는 나중에 아들 노릇을 할 거라고 치켜세웠다. 첫째와 동성이기에 잉여로 취급되는 차남과 차녀에겐 공통적으로 역전된 성역할이 주어지지만, 이때 '아들 노릇'과 '딸 노릇'이 각각 다른 무게와 의미를 지닌다는 것을 유추하기란 어렵지 않다. 한국 사회 전반에 퍼진 성역할 고정관념과 가족 내 역할기대를 익히며 살아왔다면 누구나 본능적으로 알아듣는다. 세포가 반응하는 정서로.

'아들 노릇'은 든든한 기둥 역할을 한다는 의미로 많이 쓰인다. 좀더 노골적으로 말하면, '잘된다'는 뜻이기도 하다. 딸이 유교 사회에서 아들에게만 부과되던 여러 의무를 이행하려면, 그냥 딸이어서는 안 되고 좀더 잘나야 한다는 사고가 뿌리깊다. 기본적으로 아들이 딸보다 우위에 놓이기 때문이다. 오직 잘난 딸만이, 아들의 역할을 할 수 있다. 그런데 장녀는 장녀 그 자체로 확실한 배역을 맡았으니, 기둥 역할은 자연스럽게 차녀에게 넘어간다. 아들 노릇을 할 거라는 예언을 들으며 자라는 차녀는 어느 분야에서든 뛰어나야만 태생적으로 지닌 결핍을 해소할 수 있다고 생각한다.

반면 차남은 아들이기에, 장남을 위협할 수도 있는 존재로 통한다. 공주는 반란을 일으킬 수도 없거니와 애초에 장녀가 그렇게까지 큰 권력을 쥐지도 않는다. 그러나 왕자의 난은 전 세계 곳곳에서 일어났다. 장남이 있는데 또 태어난 아들은 잉여를 넘어 불길함의 씨앗이다. 어쩌다 형이 몸이 약해서 후사 없이 죽거나 여러 이유로 폐위되면 왕위에 오를 수 있었지만 그런 경우는 극히 드물었다. 어떤 차남들은 야망을 실현하며 직접 왕위를 거머쥐었다. 그 과정에서는 늘 피비린내가 풍겼다. 〈라이온 킹〉에서도 스카가 무파사를 죽이고 왕위를 빼앗는다. 차녀는 심바가 장남의 아들이라는 이유만으로 당위를 주장할 때 조금 배알이 꼴리긴 했다. 진짜 왕의 자격이 있는 건 스카의 폭정 아래에서도 꿋꿋하고 당당하게 다른 사자들과 함께 살아온 날라 아닌지…… 왕족까지 가지 않더라도, 전통적으로 장남이 모두 차지하는 것이 당연하게 여겨져왔다. 1960년대 이전까지는 호주인 장남이 단독으로 모든 재산을 상속받았다. 1960년대부터 1970년대까지도 전체 지분에서 장남은 1.5, 아들은 1이었다(출가한 딸은 0.25, 출가하지 않은 딸은 0.5에서 1979년

1로 변경). 자녀들이 모두 똑같이 1씩, 배우자가 1.5의 지분을 갖게 된 것은 1991년부터다.• 1940년대에 태어난 엄마 쪽 할머니가 부모님의 재산을 언니와 나는 물려받지 못한다며 두려워한 이유다.

이런 상황에서 장남과 차남은 장녀와 차녀와는 또다른 경쟁을 한다. 가질 수 있는 것의 최대치가 부모의 관심과 애정인 딸들의 세계와 달리, 아들들의 세계에서는 실질적이고 경제적인 계산이 끼어든다. 그래서 차남에게는 좀더 주변적인 역할이 주어진다. 원래는 딸에게 부과되는 감정 노동을 차남에게 할당하는 것이 바로 '아들이 둘이면 하나는 딸 같다'라는 말의 실체다. 상대적으로 '덜 남성적'이며, '야망이 없어도 되는(없는 게 더 좋은)', 그리하여 장남을 위협하지 않는 '안전한' 아들이 모범적 차남의 표본이다. 이런 배치를 잘 보여주는 게 또 K-드라마다. 재벌가의 장남은 천상천하 유아독존의 차가운 이사님이지만, 차남들은 주로 우수에 젖은 눈을 하고 예술에 심취하거나 바람처럼 떠돌아다닌다. 오픈카 같은 거 타고 막 달리는 애들 있잖아요? 단추 가슴팍까지 풀어 헤치고. 명망 있는 집안의 돌연변이, 자유로운 영혼, 망나니, 그리고 여자 주인공에게 다정다감

• 법률지원센터의 〈법정상속분의 변천〉을 참고했다.

한 서브남은…… 삐빅, 차남입니다! 그런가 하면 차남은 장남에게 변고가 생겼을 때 갈아끼울 수 있는 '스페어'처럼 취급되기도 한다. 도대체 그놈의 출생 순서가 뭐길래 그런 건 알지도 못하고 태어난 자식의 발목을 이렇게 잡을까. 아! 번호표 뽑고 태어났냐고 우리가!

물론 어디까지나 그런 '경향'이 있다는 말이다. 배우 김남길은 장남이지만 '딸 같은 아들'로 유명하다. 애교도 많고 부모와도 친근하게 소통하는 다정한 성격이라 사람들은 보통 김남길이 누나 많은 집안의 막내거나 차남일 거라고 생각한다. 그 스스로 "아들만 둘인 집안에서 딸 노릇을 했다"고도 말한 적 있다. 누군가의 성격이 다정하고 애교가 많다고 하면 될 걸, 아들만 있는 집안이면 꼭 '딸 노릇'을 한다고들 표현한다.

차남인 형부는 집안일을 나서서 하고 상대적으로 부모님과 많은 대화를 나누는 편이라 역시 딸 노릇 한다는 소리를 들었다. 전둘연 회장인 나의 힙합을 듣기 전까지, 형부는 그런 점이 그저 자신의 성격이라고 생각했던 것 같다. 어릴 때부터 집안일을 거든 이유를 묻자 형부가 대답했다. "형은 안 하니까…… 나라도 해야겠다, 그런 생각을 했던 것 같아." 그건 형의 성격일 수도 있고, '안 해도 되는' 위치 때문일 수도 있다. 집안일이나 부모님을 감정적으로 챙기는 행동은 보통 장남에게 기대되지 않는다. 집안의 역학 관계를 잘 파악하고, 빈틈을 찾아 메움으로써 자신의 입지를 다지려는 눈치는 두번째이자 잉여의 숙명이다. "내가 첫째고 동생이 그런 역할을 했으면, 나도 그런 '딸 노릇(?)'을 굳이 하진 않았을 것 같아. 내 성격이 원래 타인한테 공감을 잘한다거나 살가운 건 아니어서." 참고로 동성의 형제자매가 있어서 부모에게 대수롭지 않은 존재가 되는 건 차녀나 차남이나 비슷한 듯했다. 형이 군대에 갔을 때는 어머니가 엄청 우시고 서운해하고 걱정했는데 형부가 군대에 갈 때는 눈물은커녕 걱정도 별로 안 했다고 한다. 지금도 이게 서운하다기보다는, 아무래도 양육자 입장에서는 첫째에게 마음이 더 쓰일 수밖에 없구나, 그냥 그렇게 받아들인 상태라고. 형부는 자신이 딸 노릇을 하려고 노력은 했지만, 역시 '진짜 딸'에는 미치지 못했다고 말했다. 성별도 다르고 구체적인 감정을 공감하지 못하니까 어머니에게 딸이 있으면 어땠을까 종종 생각한단다.

이 말을 들으면서, '딸 노릇'이라는 건 사실 '진짜 딸'이든 '딸 역할'을 하는 아들이든 궁극적으로 도달하기 어려운 무언가라고 생각했다. 양육자들의 환상과 요구가 응축된, 이 세상 어디에도 없는 유니콘 같은 존재랄까. 잉여의 아들에게 '딸 노릇'을 기대하는 것은, '돌봄을 제공하는 자식'의 원형은 딸이라는 믿음에 기반을 둔다. 이때 돌봄은 나이들었을 때뿐만 아니라, 감정적인 교감이나 정서적인 만족감까지 포함하는 개념이다. 각종 예능에서 '딸 낳고 싶다'는 말을 가장 열심히 하는 부류는 남자 연예인이다. 자기가 낳을 것도 아니고 본인은 아들로서 '무뚝뚝해도 되는 권리'를 마음껏 누려놓고 정작 양육에서는 애교 많고 귀엽고 사랑스러운 딸 키우는 재미를 보고 싶어한다. 광고에서도 마찬가지다. 연로한 부모를 찾아가고, 건강식품을 챙겨주는 것은 늘 딸이다. 어쩌다 아들이 등장해도, 아들이 직접 챙기진 않는다. 그 유명한 "아버님 댁에 귀뚜○미 놔드려야겠어요"라는 말을 하는 것도 며느리니까.

딸 노릇에는 점점 많은 항목이 추가된다. 자식을 사랑하고 귀여워하는 것을 전시하고, 이를 콘텐츠로 삼는 SNS 시대에 딸은 이제 양육자가 사랑함직한 모습까지 갖추어야 한다. 예쁘고 날씬하고 애교가 많아야 한다. 게다가 결혼을 생각하는 여성이라면 피해갈 수 없는 또다른 변이의 딸 노릇이 있다. 바로 바로 며느리. 언젠가부터 아들만 가진 여성들 사이에서 '며느리를 딸 삼으려는' 괴이한 환상이 역병처럼 퍼지기 시작했다. 예능 프로그램 〈미운 우리 새끼〉에서 아직 결혼하지 않은 아들을 둔 어머니 출연자들은 딸 같은 며느리를 기대한다. 어딜 가든 쫓아다니고 친하게 지낼 거라며 기대에 부푼다. 박명수가 그런 며느리는 없다고, 며느리는 그런 걸 원하지 않는다고 잘라 말한다. 어머니 출연자들은 "그렇게(딸 같은 며느리가) 되도록 만들어야 한다"고 주장하다가 기분이 상해 "어른이 그렇다면 그런 줄 알고 토 달지 말라"고 쏘아붙인다. 이 장면은 온라인 커뮤니티에서 큰 화제가 되었다. 아니 나를 키워준 양육자에게 해야 하는 딸 노릇만도 빡센데, 이제는 모르는 선생님한테까지? 심지어 이건 '며느리의 역할'과 아슬아슬하게 중첩되어 있어 더 까다롭다. 진짜 딸처럼 대해줄 생각은 없으면서, 그러니까 자기가 뭘 하든 옆에 드러누워 있는 걸 좌시하지 않을 거면서, 딸이 제공하는 감정적 서비스만 누리고 싶어한다. 놀부도 형님 할 심보다.

딸은 그냥 딸이다. 딸 노릇을 해야 할 의무는 사실 어디에도 없다. 효 사상이 강한 유교 사회는 늘 어른의 입장만을 강조하고 자식에게 죄책감을 주입했다. 부모야 그들이 원했고 선택해서 부모가 되었으니 부모 노릇을 해야 하는 게 맞다. 그러나 자식은 스스로 원해서 태어난 게 아닐뿐더러 성별 역시 고른 적 없다. 아들은 이래야 한다, 딸은 이래야 한다, 딸이 둘인 집에는 든든한 '아들 노릇'을 하는 딸이 있어야 한다, 아들이 둘인 집에는 하나가 살가운 '딸 노릇'을 해서 부모의 서운함을 메워야 한다…… 처음부터 끝까지, 다 틀렸다.

딸이라는 로망

언니와 내가 함께 옷을 사러 가면 사람들은 우리가 자매라고 생각하지 못했다. 보통 자매라면 얼굴이 안 닮아도 분위기는 닮기 마련이라는데 우리는 모든 게 다르다고 했다. 요약하면 다음과 같다. '언니는 여성스러운데, 동생은 좀……' 우리와 친한 외숙모들은 이런 평가를 내렸다. "진아는 가늘가늘해서, 막 지켜주고 싶고, 여자가 봐도 보호 본능이 생기고 그런데, 송아는 어디 떨어뜨려놔도 잘살 거 같고 그렇다." 하하, 그럼요. 사막에 떨어뜨려보십시오, 선인장으로 김치를 담가 먹지 내가. 각자 타고난 기질이 중요하겠지만, 딸이 둘 이상인 집에서 스타일 차이가 생기는 데에는 출생 순서에 따른 양육자의 욕망이 반영된다고 생각한다. 첫째 딸은 딸에 대한 로망을 듬뿍 담아서 '여성성 샤워'를 시켜 키우기 때문이다. 관념을 연기하고 따르다보면 실재가 되고 개인의 취향에도 영향을 끼친다.

얼마 전 아기를 낳은 친구의 인스타그램에서 레이스 보닛을 씌운 아기 사진을 봤다. 예쁘다며 좋아요를 눌렀는데, 생각해보니 친구의 아기는 아들이었다. 자초지종을 들어보니, 자신의 아기에게 레이스 보닛을 씌워보는 로망이 있었다고 한다. 너무나 자연스럽게 자기가 딸을 낳을 거라고 생각해서 그랬는지도 모른다고. 하지만 아들은 레이스 보닛 못 쓴다는 법 없으니까. 동화나라 앨리스 같은 친구의 취향을 생각하면, 아기가 자라서 자아가 생기기 전까지 여러 로망을 시도해볼 것 같아 기대가 된다. 아기를 낳고 부모가 된 두 사람에게 닥친 미션 중 하나가 바로 '아꾸(아기 꾸미기)'다. 먹이고, 재우고, 입히는 일이 매일매일 반복되는데, 특히 입히는 일에는 부모의 취향이 많은 것을 결정한다. 주변 지인의 선물도 영향을 끼치는데, 이는 사회적 통념에 기반을 둔 경우가 많다. 남자애한테는 파란색, 자동차, 로봇, 여자애한테는 분홍색, 인형, 소꿉놀이 같은 분류 말이다. 남이니까 부모만큼 아이의 취향을 세세하게 모르고, 선물이니까 안전한 시도를 하고 싶은 마음에서 하는 선택이다.

자신의 로망과 세상의 관습을 적당히 섞고, 처음이라는 특별함까지 한 방울 떨어뜨려, 부모는 심혈을 기울여 첫째 딸을 꾸민다. 온갖 공주 아이템이 몰려든다. 딸을 처음 키우다보니 행동거지나 성별 규범도 더 의식하고 신경쓰는 경향이 있다. 자신들의 첫아이가 무리 없이, '정상적인' 여자애로 보이길 바라는 기대가 높다. 시간이 흘러 부모의 육아 경험이 리셋되는 바람에 사실상 첫째가 된 나의 셋째 동생이 신나게 '여성성 샤워'를 하는 걸 보며 그 차이를 좀더 명확하게 느꼈다.

소유하는 모든 것이 중고인 둘째에게, 여성성을 뽐낼 아이템은 잘 주어지지 않는다. 튀튀 스커트나 레이스 리본 따위는 연약하고 잘 망가지니까. 그렇다고 똑같거나 비슷한 걸 또 사주지도 않는다. 부모에게는 이미 '한 번 산 옷'으로 인식되기 때문이다. 게다가 첫째의 공주병 시기를 경험한 그들은 어차피 이런 옷들은 한 철 입고 버린다는 걸 알고 있다. 아이를 키워본 경험치가 쌓인 부모는 둘째에 이르면 예쁘고 불편한 옷보다는 활동적이고 튼튼한 옷을 선호한다. 애초에 옷장에 그런 옷밖에 안 남기도 했고. 언니가 초등학교에 입학할 때, 한껏 멋을 낸 언니의 모습이 내 눈에도 참 좋아 보였다. 나도 저런 옷이 입고 싶다고 말하자, 엄마는 무채색의 쫄바지를 입혀주면서 이게 더 좋은 옷이라고 회유했다. 거짓말은 아니었다. 언니를 거쳐 나에게 올 때까지 살아남은데다 내가 계단에서 자전거를 타고 내려와도 멀쩡했던 강철 쫄바지! 〈겨울왕국〉을 보라. 엘사가 하늘하늘한, 잠자리 날개 같은 옷감에 온갖 반짝이가 박힌 드레스를 입고 다닐 때 안나가 어떤 옷을 입고 있는지. 안나의 옷은 드레스가 만들어지는 내내 재단사 귓가에 대고 "수수하게! 최대한 수수하게!"라고 소리질렀다고 해도 믿을 만하다. 활동적이긴 하더라. 더 따뜻해 보이기도 하고. 겉모습만 놓고 봤을 때는 제아무리 한 나라의 공주라도 옷을 물려받을 수밖에 없는 둘째의 운명이 이긴 것 같다.

인간은 다양한 요인에 영향을 받으면서 자란다. 외부 요소에 흔들리지 않는 단단한 심을 지키기도 하고, 때로는 주변 환경에 흐물흐물하게 뭉개지거나 깎이기도 한다. 여자애를 여자애답게 키우라는 압박은 첫째 딸에게 가장 강하고, 그래서 첫째는 상대적으로 좀더 '여성스러울' 확률이 높은 것 같다. 부모의 얼굴이라는 책임감이 이런 성별 규범을 더 충실하게 따르도록 하는 면도 있다. 상대적으로 여성스러운 첫째 딸과, 아들 노릇을 해야 한다는 암묵적인 메시지를 주입받아 독립적이고 털털한 둘째 딸은 꽤 흔한 조합이다. 지금은 이런 '여성성'이라는 개념이 수행을 통해 구성되는 것이고, 실체라고는 없으며, 개인을 옥죄기도 한다는 걸 안다. 어릴 때 내 세상이 그 모양이었다고 생각하면 숨막힌다. 하지만 그때는 부러웠다. 어쨌든 좋다고 여겨지는 것, 모두가 갖고 싶어하는 건 언니에게 늘 우선적으로 배당되었으니까. 언니에게 실컷 입혀봐서 부모는 흥미가 떨어진 공주 옷 같은 것에, 나는 아직 흥미가 있었으니까. 그 감정까지 부정하진 않겠다.

여기서부터는 좀 다른 이야기. 왜 첫째 딸은 그렇게 로망을 담아서 키우고 싶어할까. 딸에 대한 로망은 어떻게 구성되는 걸까. 딸 키우기는, 그 자체로 당위를 획득한 아들 키우기와 달리 여러 면에서 즐거움과 재미를 강조해야 하는 작업이다. 그래야 할 만하다. 딸 바보는 있어도 아들 바보라는 말은 없는 것처럼. 아들 키우기는 굳이 재미가 없어도 되고 힘든 게 기본값이다. 입을 모아 아들 키우는 건 힘들다고 우는소리를 낸다. 반면 딸 키우기는, 온갖 아기자기하고 귀엽고 사랑스러운 판타지가 팬티의 리본처럼 따라붙는다. 딸은 자식으로서의 의무를 다하고 딸 키우는 즐거움까지 선사해야 하는 임무를 짊어진다. 예를 들면 뚱뚱하거나 못생기면 안 되고, 무뚝뚝하거나 말수가 적으면 안 되고, 적당히 머리도 길어야 하고…… 딸 키우는 건 힘들어서는 안 되는, 힘들 리 없는, 알콩달콩한 재미를 주는 일이어야 한다. 드라마 〈갯마을 차차차〉에서 보라슈퍼의 사장 윤경은 둘째 딸을 임신중이다. 첫째 보라는 쇼트커트에 왈가닥인 초등학교

저학년 여아다. 마을 사람들이 묻는다. "둘째도 딸이라고, 금철이(남편)가 안 서운해해?" 윤경은 응수한다. "웬걸요. 이제야 머리 땋아줄 수 있겠다고 좋아하면서 연습해요." 보라는 딸 키우는 재미가 없는, 딸 같지 않은 딸이다. 첫째 딸에게 좌절된 꾸미기 욕구를 둘째 딸에게 풀고자 금철은 잔뜩 기대한다.

아들이 둘인 집에서 둘째가 하는 '딸 노릇'이란, 부모에게 다정다감하고 연락을 자주 하며 구성원 사이에 갈등이 생겼을 때 현명하게 조율하는 일을 도맡는다는 뜻이다. 아들이 두 명 이상일 때 최초의 한 명 빼고는 잉여로 취급하면서 어른들의 편의를 위해 적당히 남성성을 덜어내고 상냥하게 굴길 바라는 인식은 영 찜찜하다. 결국 첫째 딸은 여성성 샤워를 시키고, 장남에게는 남자답기를 강요하고, 둘째 딸에게는 아들 노릇을 하라고 죄책감을 자극하며, 차남에게는 딸처럼 굴기를 바라는 양육 모델이 비슷비슷한 맥락 속에 있다.

가정은 권력을 가진 어른이 규범을 정하기에 쉽게 폭력이 배양되는 곳이다. 자식은 부모의 뜻대로 동그란 그릇에 담으면 동그랗고, 네모난 그릇에 담으면 네모나야 좋은 평가를 받는다. 이 그릇은 역할기대이기도 하고 부모의 욕심이기도 하다. 내가 첫째로 태어나 공주 모양 그릇에 담겨서 컸으면 지금과 얼마나 다른 인간이 됐을까? 언니가 둘째로 태어났다면? 나는 사 남매라 각각의 역할을 레고처럼 바꿔서 조립하고 상상해보는 재미가 쏠쏠하다. 경험해보지 못한 위치와 그에 따른 기대는 궁금하지만 그렇다고 해서 이제 와서 바꾸고 싶지는 않다. 역시 나는 드레스 입고는 못 살 팔자인가보다.

혹시…… 둘째세요?

암표를 파는 은밀한 행상처럼 목소리를 낮춰 묻는다. "혹시…… 차녀세요?" 상대로부터 돌아오는 대답에 따라 다음 대화의 경로가 결정된다. 종종 과속방지턱이 나타난다. "아, 근데 저는 좀 장녀 같은 차녀라서" "근데 나는 딱히…… 차별이라든가 그런 게 없었는데". 당연하다. 개별적이고 고유한 다수를 대동단결시키는 이론을 찾아냈다면 나는 지금쯤 노벨 무슨상 수상 소감을 준비하느라 바쁠 테니까. 내가 하고 싶은 건 그저 사주나 MBTI를 묻는 것 같은 스몰토크다. 그중 출생 순서에 따른 성격이나 특성에 조금 더 관심이 있고.

우리는 언제나 자신을 가장 잘 해석해줄 틀을 찾아 헤맨다.

나는 어떤 사람이지? 나와 가장 가까운 것은 나인데, 어쩐 일인지 내게 가장 어려운 존재 또한 나 자신이다. 거울에 비춰보지 않으면 자신의 모습을 결코 볼 수 없게 생겨먹은 탓인지도 모르겠다. 일찍이 다양한 틀이 마련되었다. 사주, 관상, 별자리(천문학), 혈액형, 주역, 신점, 타로, 애니어그램…… 이중 가장 핫한 해석 틀은 역시 MBTI다. MBTI는 마이어스Myers와 브리그스Briggs가 융의 심리 유형론을 토대로 고안한 자기 보고식 성격 유형 검사다. 네 가지 선호 지표의 조합을 통해 성격을 총 열여섯 가지로 분류하고 성격적 특성과 행동의 관계를 설명한다. 이론 자체의 신뢰도는 의견이 분분하며, 자기 보고식 검사이기 때문에 결과가 얼마나 정확한지 역시 미지수다. 다만 혈액형보다 가짓수가 많고, 개인의 성격 차이를 MBTI로 설명하는 '썰'이나 영상이 인기를 끌면서 유행처럼 번졌다. 처음 만난 사람에게 MBTI를 물어보면 자기 유형이 무엇인지 대부분 알고 있고, 그래서 대화의 물꼬를 트기에도 용이하다. 나 역시 타인과 갈등이 있을 때 불필요한 오해를 줄이고 상대를 이해하려는 목적으로 가볍게 활용하고 있다. 이러한 해석 틀은 그 자체로도 재미있지만, 비추어보는 과정에서 새롭게 발견하게 되는 자기 자신이 더 흥미롭다.

'출생 순서 이론'이라는 게 있다. 출생 순서에 따라 부여받는 역할과 관계성이 사람의 정체성 형성에 중요한 영향을 미친다는 심리학 이론이다. 장남과 장녀의 특징을 이야기하고, 외동은 어떻다는 둥, 막내는 어떻다는 둥 하는 말을 우리는 일상적으로도 자주 한다. 우리는 생각보다 자연스럽게 출생 순서 이론을 받아들이고 있다. 물론 여기서도 둘째 혹은 차녀가 가장 자료가 적고 해석에서 자주 소외된다(이것조차 너무 둘째 같아서 할말을 잃었다). 심리학 분야에 문외한이니 출생 순서 이론의 학술적 권위나 신뢰도를 논할 생각은 없다. 다만 우리가 으레 그렇다고 생각하는 것에 의문을 가지고 여러 책에서 일관되게 진술하는 분석 내용을 살펴보고자 한다. 중요한 건, 단순히 집에서 몇 번째로 태어났는지보다 그 순서와 가족 내에서 주어진 역할의 상관관계다.

케빈 리먼의 『나는 왜 나인가?』에서 정의하는 첫째와 외동의 성격적 특성은 우리가 익히 아는 바와 같다. 믿음직스럽고 성실하다, 계획성이 있고 흑백논리로 사고한다, 옳고 그름에 대한 분별력이 뚜렷하고 올바른 방식으로 일을 처리하는 것을 좋아한다…… 성격적 특성인 동시에 '그렇게 해야 한다'고 기대되는 바이기도 하다. 외동이 독립적이고 나이보다 성숙하게 행동한다거나, 다른 집 아이들이 왜 서로 싸우는지 이해하지 못한다는 부분도 공감이 갔다. 개그우먼 장도연은 외동딸인데, 초등학교 시절 짝꿍이 냉장고에 넣어둔 간식을 동생이 먹을까봐 학교가 끝나자마자 뛰어가는 것을 보고 뜨악했다는 일화를 한 프로그램에서 풀어놓은 적 있다.

중간 아이는 대놓고 미스터리라고 불린다. "여러 출생 순서 중 판단하기가 가장 어렵지만, 바로 위의 형제자매와 반대 성향을 보인다. 예를 들면 첫째가 보수적이면 둘째는 개방적이다. 경쟁적이고 충성스러우며 우정을 중요하게 생각한다. 중간에 태어났다는 것은 존재감이 다소 흐릿할 수 있다는 것을 의미한다. 하지만 그것이 나쁜 것만은 아니다. 종종 게으름을 피워도 무사히 넘어갈 수 있으며 잘하라고 강요받지도 않기 때문이다. 다만 강요하는 사람이 없으면 능력을 발휘하지 못할 수도 있다. 종종 평화를 유지하는 중재자 역할을 맡는다." 제때 식사하는 것을 인증하는 프리랜서 카톡 방에 들어가 스스로 감시받는 나는 뜨끔했다. 저자는 책에서 가장 적은 비중과 분량을 차지하는 중간 아이가 이렇게 투덜댈 거라고도 예측했다. "이 저자는 분명 나를 맨 마지막에 다룰 거야. 하긴 별로 놀라운 일도 아니지. 이제까지 늘 그래왔으니까." 정확하다. 미국의 심리학자에게 돗자리 깔아주고 내 신년 운세 좀 봐달라고 할 뻔했다.•

• 인용은 각각 케빈 리먼, 『나는 왜 나인가?』, 신소영 옮김, 좋은책만들기, 2016년, 19쪽과 125쪽.

그다음은 막내의 특성인데, 요즘에는 아이를 둘 이상 낳는 경우가 많지 않아서, 둘째가 보통 중간 아이와 막내의 성향을 동시에 갖고 있다. 집안에서 순서로는 두번째이되 첫째와 다른 성별이면, 첫째와 막내의 성격이 혼합되기도 한다. 인간은 입체적이니까요, 출생 순서 칵테일. 쉐킷쉐킷. "사교적인 막내는 단순하고 즉흥적이고 유머러스하며 사람을 대하는 능력이 뛰어나다. 잘못을 해도 그냥 넘어가거나 가벼운 꾸중으로 끝나는 경우가 많은 그들에게 인생은 언제나 즐거운 파티다. 하지만 막내인 것이 단점일 때도 있다. 가족의 인기 스타이긴 하지만 낡고 유행이 지났거나 사이즈가 맞지 않는 옷을 물려 입어야 하는 시기가 길다. 또 곧잘 괴롭힘을 당하거나 마음에 들지 않는 호칭으로 불려야 할 때도 있다."• 이 부분에서 나는 동생들에게 조금 미안해졌다. 동생들에게 우스꽝스러운 별명을 붙여 놀리는 걸 좋아하기 때문이다. 나는 괴상한 별명을 지어 조롱하는 데 천부적인 재능이 있는데, 이런 장난기는 내가 14년간 막내였기 때문인지도 모른다.

출생 순서 이론 관련 책은 거의 다 외국의 심리학자들이 썼다. 책을 읽다보면 내 안의 한국인이 갑자기 태극기를 휘날리는

• 같은 책, 19쪽.

순간이 있었다. 위화감을 느꼈다는 뜻이다. 가령 막내가 집안의 인기 스타라거나, 가족 중 가장 좋은 위치는 둘째 딸이라는 설명이 나올 때. 한국 사회의 유교 워싱을 거치면 형제 많은 집의 유일한 막내딸은 인기 스타나 공주님보다는 오빠들 뒤치다꺼리를 도맡는 언년이에 가까워진다. 딸 많은 집의 막내아들은 인기 스타처럼 사랑스러운 존재가 아니라 무소불위의 폭군이 될 수도 있다. 그러니 이 해석 틀을 적당히 로컬라이징해서 받아들이는 게 좋겠다. 게다가 부모 이외의 다른 양육자가 있는 조건을 전혀 고려하지 않아 생기는 한계도 뚜렷하다. 소위 말하는 정상가족 또한 거대한 세상의 다양한 가족 모델 중 하나에 불과하다는 사실을 항상 새길 필요가 있다.

출생 순서 이론에서 고려해야 할 변수는 가족 구성원의 관계와 부모의 양육 방식이다. 형제자매 간 나이 차이, 각자의 성별, 육체적·정신적·정서적 차이, 형제자매의 죽음, 입양(몇 살 때 입양되었느냐가 영향), 부모의 출생 순서, 부모의 가치관과 엄한 정도, 사별 또는 이혼으로 인한 두 가정의 결합 등이 변수다. 저자는 "성별의 차이 때문에 어느 한 아이가 '특별'해지면, 바로 위나 아래의 아이가 그 압박감을 고스란히 느끼게 된다"•

• 같은 책, 33~34쪽.

고 명시한다. 한국의 경우 남아선호사상과 최근의 딸 바보 유행이 영향을 주는 요인일 테다. 부모의 출생 순서 또한 양육에서 자녀에 대한 태도를 결정하는 데 영향을 미친다. 출생 순서가 같은 자녀에게 동일시하기 때문이다. 하지만 차녀의 서러움을 모아놓고 보면, 부모가 차별을 당하고 산 당사자임에도 자녀에게 똑같이 차별의 경험을 물려준 경우가 적지 않았다. '내'가 차별당했으니 '쟤'를 차별하는 게 당연한 것도 동일시라면 동일시겠지만, 그런 건 사양하고 싶네요.

『왜 같은 형제인데 성격이 다를까』에서는 '심리적 첫째' '심리적 둘째'라는 표현을 쓴다. 출생 순서에 따른 역할기대와 성격이 일치하지 않을 때 오는 거부감을 줄이고, 개인의 특성에 따라 유연하게 자신의 위치를 조정할 수 있으니까 더 적확한 분류긴 하다. 이 책에는 '심리적 출생 순서 찾기' 테스트도 있으니 MBTI나 사주 같은 각종 성격 풀이를 좋아하는 사람은 한 번쯤 해봐도 좋겠다. 출생 순서에 따라 삶의 목적이 다르다니, 마블 코믹스 히어로 캐릭터들의 성격을 분석해놓은 걸 보는 기분이다. 심리적 첫째의 가장 큰 동력은 "둘째에게 빼앗긴 관심 회복"이고, 심리적 둘째에게 삶의 테마는 "관심을 끌려는 첫째를 극복"하는 것이다. 심리적 셋째는 "완벽주의자인 둘째를 극복"

하려 하고, 심리적 넷째는 "의지가 강한 셋째를 극복"하려 하며, 심리적 외동은 "혼자 지내는 것을 극복"해야 한단다.• 산아제한 정책이 시행된 후로 넷째까지 낳는 경우는 흔치 않기에 부모 세대를 관찰해보았다. 일단 아빠는 할머니의 비호를 받으며 형제들 위에 군림한 순혈 장남이고, 엄마는 집안의 장남을 남동생으로 둔 K-장녀다. 나는 30년 넘게 축적된 빅데이터를 바탕으로, 삼촌과 고모, 이모 들을 주도면밀하게 관찰해보았다. 그리고 이런 결론을 도출했다. 양쪽 집안 다, 한국 대부분의 집처럼 적당히 화목하고 적당히 콩가루다! 그리고 애정결핍과 인정욕구는 쉰 살이 넘어도 사라지지 않는다.

보통 중간 아이가 가장 사회성이 발달하고, 가정보다 또래 집단을 더 좋아한다고들 한다. 내가 처음 부모님과 떨어져 살기 시작했을 때, 언니는 두 달 넘게 집에 한번 가볼 생각조차 하지 않는 나에게 말했다. "야, 집에 좀 가라. 니처럼 집에 안 가는 신입생 처음 봤다." 신입생일 때 외롭다면서 자주 전화를 걸고, 여름방학이 되자마자 집에 내려와 방학 내내 머물렀던 언니와 달라도 너무 달랐던 것이다. 케빈 리먼은 중간 아이에게 가

• 클리프 아이잭슨, 크리스 래디쉬, 『왜 같은 형제인데 성격이 다를까』, 김진 옮김, 21세기북스, 2009, 61쪽.

정은 자신이 그다지 소중하게 여겨지지 않는 공간이기에, 특별한 존재로 대우받는 또래 집단에 더 빠져든다고 분석했다. "만약 중간에 태어난 사람을 발끈하게 만들고 싶다면 그저 그들에게 '가족 사진 앨범'이라는 말을 꺼내면 된다는 것을 아는가?"• 만나는 둘째마다 돌 사진 있냐고 물어보던 내 모습을 떠올리고 소름이 돋았다. 첫째에겐 친구가 얼마 없지만 중간 아이에겐 친구가 많다는 분석을 보면서는, 도대체 그 나이 먹고 어디 가서 자꾸 새로운 친구를 만들어오냐고 고개를 젓던 언니가 떠올랐다. 넷째는 친구가 많아서 부럽다고 말하던 셋째(심리적 첫째)의 모습도.

물론, 맹신은 금물이다. 이 이론에 따르면 출생 순서로 인한 성격은 모두 두 살에서 다섯 살 사이에 형성된다. 엄밀히 말하면 나에게는 중간 아이로서의 성격이 없는 셈이다. 하지만 분명 그런 면이 있다. 둘째 딸이기에, 막내로서 온전히 귀여움을 받지 못하고 존재하지 않는 가상의 남동생에게 언제나 열등감을 느끼며 살아왔으니까. 어떤 해석의 틀도 과도하게 몰입하면 위험하다. 하지만 가볍게 살펴보는 것 정도는 차등이 발생할 수밖에 없는 인간관계에 임할 때 제법 실용적이다. 내가 사주와 별

• 케빈 리먼, 『나는 왜 나인가?』, 신소영 옮김, 좋은책만들기, 2016년, 129쪽.

자리, MBTI, 출생 순서 이론 같은 걸 꿰고 있는 이유다. 재밌고 은근 쓸모도 있으니까! 한편, 아이를 낳아 키우는 양육자라면 한 번씩은 읽어보면서 자신의 내면에 웅크리고 있는 아이의 심리적 출생 순서는 몇 번째인지 검토해봐도 좋겠다. 내가 차별당해 서운해한 적 있거나 애정에 목말랐다면, 진단과 성찰을 통해 같은 잘못을 되풀이하지 않게끔 미리 조심할 수 있다.

저기 또 새 친구가 보인다. 슥 다가가 귓속말로 속삭인다. "혹시…… 둘째세요?" 앗, 도망가지 마세요. 사이비 종교 아닙니다.

3부

차녀들에게 MIC를

태어나자마자 받아든
낙제 성적표
이제는 찢고 싶어
인정욕구의 마침표

'카인 동맹'과 '장녀닷컴'

나는 '전국둘째연합'의 회장직을 맡고 있다. 전둘연은 팟캐스트 〈비혼세〉 '차녀 힙합' 편에 출연했을 때, 비혼세님과 즉흥적으로 지은 이름이다. 하지만 그전부터 전둘연에 해당하는 모임 혹은 정체성을 갖고 있었다. 종교적(?) 색채가 짙어 대외적으로는 '전둘연'이라고 바꾸어 말했지만. 나는 그 모임이라고 하기에도 애매한, 하지만 나름대로 확고한 연대 의식으로 다져진 작고 수상한 집단을 만났을 때 속수무책으로 매혹되었다. 처음으로 어떤 의무감이나 필요에 의해서가 아니라, 내 의지로 속하고 싶은 마음이 들었다. 이름하여 '카인 동맹'. 팟캐스트에서는 첫째에 대한 적대감이 두드러지지 않길 바라는 마음에 '아벨 연합'

이라고 말했지만, 사실은 '카인 동맹'이다. 내가 이 책에서 하려는 많은 이야기의 씨앗이 그곳에서 뿌려졌다.

카인 동맹은 내가 대학교 새내기 시절 들어간 문학회에서, 집안의 둘째인 언니들이 결성하고 있던 조직이다. 조직이라고 하니까 되게 우스운데, 동아리 자체가 워낙 작았기 때문이다. 활동하는 회원이 한 학년당 두 명 정도로, 모두 합해 다섯 명에서 일곱 명 정도가 근근이 문학회의 명맥을 이어가고 있었다. 나는 친구들과 함께 우르르 그 동아리에 들어갔다. 다섯 명이었으니 기존 회원들의 입장에서는 넝쿨째 굴러들어온 호박이 따로 없었다. 한적한 동아리방에서 문학소녀답게 책을 읽고 있던 황 언니가 왜 그렇게 한 마리 굶주린 자칼처럼 눈을 빛냈는지 나중에 알았다. 그냥 둘러보러 왔다는 말에 황 언니는 은근하고 부드럽게 가입을 종용했고 우리의 번호를 따 갔다. 다음날부터 동아리방에는 언제 오느냐, 커피를 사주겠다는 연락이 쏟아졌다. 어쩔 수 없이 가입했다. 한 살 위도 무서운데, 그 언니는 세 살 위였으니까.

어릴수록 나이차의 무게가 크게 다가온다. 한 달 단위로 성장의 수준이 다른 영유아들을 떠올려보자. 똑같은 한 살이라도, 1월생과 12월생이 7년 후 같은 학교 같은 학년에 입학하게 될 것이라는 사실이 믿기 힘들 정도다. 갓 태어나 목도 못 가누는 아기와, 곧장 무언가를 붙잡고 서는 아기가 같은 반 친구라고? 이거 체급 차이 공정해요? 여기에 유교 문화를 끼얹으면, 한 살 차이로도 어마어마한 권력을 휘두르는 일명 '똥군기' 같은 한국 특산품이 생겨난다. 10대 때는 한 학년 위 선배가 왜 그렇게 무서운지, 그들이 왜 그렇게 당연하다는 듯이 나를 하대하는지 의문스러웠다. 심지어 빠른 년생이 있을 때 학교를 다녔으니 내 앞에서 거들먹거리는 저 언니가 나보다 고작 6개월 일찍 태어났다는 사실을 알았을 때의 분노를 서술하시오.

여기에 좀더 한국적인 특수성을 더해보자. 어린 나이를 숭배하는 고령자 차별주의 한 스푼, 뭐만 하면 가족의 역할로 은유하는 가족주의 한 스푼을 넣으면, 매해 3월 대학가에서 벌어지는 어설픈 가족놀이 문화가 탄생한다. 누구는 아빠, 누구는 엄마, 누구는 삼촌, 졸업 못한 전설의 화석 선배는 할아버지, 그렇게 집밖 가족 하나가 뚝딱이다. 군기 잡는다고 집합시키고, 인사 똑바로 안 한다고 날뛰는 건 분명 위계 폭력이다. 나이가 자연스럽게 어떤 권위를 부여하는 것을, 연장자를 향한 분노와 피해의식으로 빚어진 차녀는 참을 수 없었다.

다행히 내가 스무 살 시절 만난 언니들은 좋은 사람이었다. 김밥에서 좋아하는 재료만 쏙쏙 빼 먹듯, 연장자가 베푸는 다정과 호의를 마음껏 누렸다. 처음에만 무서웠지, 고단한 서울 생활에서 꼭 들어야 하는 강의를 알려주고 근사한 곳에 데려가 비싼 커피를 척척 사주는 황 언니에게 우리는 금방 빠져들었다. 그 언니가 카인 동맹의 영원한 안티테제 천상천하 장녀독존이라는 사실을 그때는 몰랐으니까……

어느 날 한 언니가 뻥튀기 한 봉지를 들고 동아리방에 들이닥쳤다. 새내기라는 소개를 듣자마자 뽀얀 얼굴 가득 미소를 띠며 "뭐야, 애기들이야?" 하고 반색했다. 15년이 지났지만 나는 아직도 그 순간을 이기는 환대의 느낌을 받은 적 없다. 애기? 내가……? 초등학교 때 이미 맞는 아동복이 없어 엄마 손을 잡고 방황해야 했던, 학교 밖 다른 모임에 가면 나이들어 보이는데 신입생이라며 은근한 놀림을 받던 내가 '애기'라고 불릴 줄이야. 빈 언니였다. 언니가 뜯지도 않은 뻥튀기를 선뜻 나에게 내밀 때, 나는 느꼈다. 연년생 언니와 혈투를 벌이며 성장할 때는 전혀 몰랐던 내 안의 무언가가 씰룩…… 씰룩쌜룩거린다는 것을. 있는 줄도 몰랐던 그것은 지극히 원초적이고 보드라운 갈망이었다, '어리광'에 대한. 자기 것을 거리낌없이 나눠주면서 호감을 사는 빈 언니는 나중에 알고 보니 나와 같은 지옥의 '낀 딸'이었다.

언니는 카인 동맹 회원이었다. 카인 동맹이라는 이름은 구약

성경 창세기에서 따온 게 맞다. 인류 최초의 살인사건으로 기록되는 그 콩가루 형제 말이다. 나는 기독교인이 아니기에 이 동맹의 존재를 처음 알게 되었을 때 검색을 해보았다. 아담과 이브의 아들인 두 사람은 하느님에게 올리는 제사 때문에 불화가 생긴다. 하느님이 동생 아벨의 제사만 받고, 형 카인의 제사는 받지 않은 것이다. 아벨이 바친 양은 그가 기르는 양 중 가장 좋은 양이었고, 카인은 최상품은 자신이 가지고 약간 질이 떨어지는 곡식을 바쳤다는 것이 그 사유였다. 화가 난 카인은 아벨을 불러내 죽인다. 아무리 봐도 성경은 엄청난 메타포의 세계다. 이는 형제자매들이 평생 부모님의 사랑 혹은 인정욕구를 놓고 치열하게 경쟁을 벌이는 모습 그 자체다. "왜 나한테만!" "왜 쟤는!" 왜 아벨 연합이 아니고 카인 동맹이었는지 지금 와서 생각해본다. 꿈보다 해몽이라고, 첫째 자체보다는 카인으로 상징되는 폭압성에 문제를 제기하려던 게 아니었을까 싶다. 이렇게 말하면 거창해 보이지만 사실 우린 그냥 같이 모여서 언니 욕하는 걸 좋아했다.

카인 동맹은 내가 가입하기 전 총 두 명이었으니 다른 한 명에 대해서도 소개하겠다. 오 언니는 위로 오빠가 있었다. 엄밀히 말하면 내가 '동성의 자매가 있는 둘째 딸'로 정한 차녀의 기준에는 맞지 않는다. 하지만 세상의 모든 딸들은 '차녀성'을 지니고 있을뿐더러 대한민국에서, 그것도 경상도 저~ 남쪽에서! 오빠 있는 차녀로 자랐다? 여기가 〈쇼 미 더 머니〉라면, 첫 소절을 읊조리자마자 합격 목걸이를 거머쥐기 충분한 스펙이었다. 빈 언니와 오 언니는 고등학교 시절부터 친하게 지낸 사이였다. 두 사람은 둘째이자 딸로서, 집안에서 중요하지 않은 존재로 취급되는 경험을 일찌감치 공유했던 모양이다. 어느 날 빈 언니의 집에서 다 같이 모여 떡볶이를 먹고 있을 때, 자연스럽게 카인 동맹 이야기가 나왔다. "하여튼 첫째들은 이기적이야." 살면서 언니를 열렬히 미워했지만, 그런 식으로 집단 전체를 매도해본 것은 처음이었다. 짜릿했다. 아, 이 정치적으로 올바르지 않은, 그러나 그래서 재미있는 일반화! 그러자 황 언니가 적시적소에 나타나는 빌런처럼 어그로를 끌었다. "야, 둘째는 첫째 물 떠다주라고 낳은 거야." 그리고 한마디 덧붙였다. "물 떠 와."

물론 그 자리에서 아무도 물을 떠 오진 않았다. 그랬다면 나는 당장 동아리를 박차고 나왔을 것이다. 오 언니와 빈 언니가 질색을 했다. "으, 저런다니까." 일종의 〈무한도전〉 같은 캐릭터쇼였다. 내가 입학하기 전부터 세 사람이 상호 이해를 거쳐 갈고 닦은, 환상의 티키타카였다. 언니들에 따르면 카인 동맹은 두 사람이기 때문에 동맹이 될 수 있지만, 황 언니의 장녀 연합은 한 사람이기 때문에 장녀 닷(dot, 점)이었다. 나는 멋대로 그걸 장녀닷컴이라고 내 머릿속에서 정리했다. 그리고 기꺼이 카인 동맹에 가입했다. 당시 나와 함께 가입한 동기 중 낀 딸이 한 명 더 있었다. 그 친구도 무려 사 남매였고, 역시나, 경상도 출신이었다. 카인 동맹은 순식간에 세를 불렸다. 우리 위대한 차녀 동무들이 힘을 합쳐, 저 오만한 장녀 수령에게 뜨거운 맛을 보여주자우! 투쟁! 그러나 번번이 장녀닷컴 한 명의 상상초월 발언에 기세가 밀렸다. 일부러 우리의 성질을 긁는 말을 하면서 "내가 집안에서 제일 중요한 사람이다"라는 아우라를 풍기는 황 언니를, 평생 이리 치이고 저리 치이던 우리가 어떻게 이기겠는가. 포클레인 한 대와 세발자전거 네 대의 싸움 같았다. 1대 4의 전설. 물론 내가 4였다.

"야, 내한테 좀 그래 봐라."

내가 대학 시절 하도 언니들을 좋아하고 따라다녀서, 나의 언니가 볼멘소리를 한 적 있다. 질투인지 어이없음인지, 둘 다인지. 한마디도 그냥 지는 법이 없는 동생이 남한테는 꼬리를 살랑살랑 흔들어대니까. 아기가 밤새도록 안 자고 울어대다가 손님만 오면 방긋방긋 웃어서 "애가 참 순하네요"라는 소리를 들은 엄마의 심정이랄까? 만약 남으로 만났다면, 나는 우리 언니를 언니 언니 하고 따라다니며 꽤 좋아했을 것이다. 가까우면 더 사랑하기 힘들고 쉽게 끔찍해지는 법이다. 우리가 남이었다면, 언니에게도 언니가 있었다면, 내가 언니에게 좀 덜 잔인하게 굴었을까? 그 무렵 나는 카인 동맹에서 우리가 얼마나 핍박받았는지, 첫째들이 얼마나 극악무도하고 이기적이며 저잣거리에 매달아도 속이 시원하지 않은 짓들을 했는지, 부모는 왜 이렇게 야속한지 신나게 떠들어댔다.

나만 그런 게 아니었다는 깨달음은 생각보다 훨씬 더 내 마음을 깊고 부드럽게 어루만졌다. 내 성격이 유별나게 이상해서, 우리집이 특히 첫째만 편애해서 그런 게 아니라는 걸 알았을 때, '다' 이렇게 산다는 걸 알았을 때(물론 '다'라고 하기에는 표본집단이 기껏해야 나 포함 세 명이었지만), 나의 분노와 억울함은 대문을 걷어차고 밖으로 나왔다. 나는 세상을 향해 눈길을 돌렸다. 참을 수 없이 다른 사람에게도 말을 걸고 싶어졌다. 혹시 둘째냐고, 집에서 그다지 중요하지 않은 아이였냐고, 그래서 막연한 허기처럼 마음에 구멍이 뻥 뚫려 있냐고. 도대체 그 구멍이 어쩌다 생겼는지 궁금했고 더욱 파고들고 싶어졌다. 카인 동맹에서 한바탕 수다를 떨고 나면, 이내 상쾌하게 엉덩이를 툭툭 털고 일어날 수 있었다. 그게 우리가 서로의 구멍에 조금씩 흙을 부어주는 시간이었음은 나중에 알았다.

차녀들의 살풀이

원래 『차녀 힙합』은 독립출판물로 내려고 했던 기획이다. 가제목도 여러 가지였다. 드라마 〈또! 오해영〉이 방영될 때는 『또! 딸이영?』이라는 제목이었다가, 멸종 위기의 낀 딸을 취재하는 르포 형식으로 구상할 때는 『우리의 차녀를 찾아서』였다. 위로 언니 밑으로는 남동생인 삼 남매 구성 세트, 이름하여 '아들 낳으려고 셋 낳은' 조합에 초점을 맞췄을 때 제목은 『낀 딸, 께 딸?』이었다. '낀 딸'은 말 그대로 미친 존재감인 장녀와 고추수저(문학동네가 이런 저급한 표현을 통과시켜줄지는 모르겠다) 장남 사이에 끼었다는 뜻이다. '께 딸'은 스페인어로 잘 지내냐는 안부를 묻는 말 '¿Qué tal ?'을 소리 나는 대로 받아쓴 것으로, 낀 딸과 라임을 맞추었다. 통상적인 회화에서는 안부를 물을 때 괜찮다고 대답하기 마련이다. 파인 땡큐. 스페인어로는 비엔, 그라시아스Bien, gracias. 하지만 낀 딸은 비엔하지 않다! 파탈Fatal!(안 좋아요!) 팜므파탈이 다 무슨 소리냐, 낀딸파탈 나가신다.

내 머릿속에서 마니악한 방향으로 폭주하던 '차녀 힙합'은 처음 팟캐스트 〈책읽아웃〉에 나갔을 때 한 번 티저를 띄우고, 2020년 팟캐스트 〈비혼세〉를 통해 제대로 세상에 데뷔했다. 나도 돌 사진이 없다, 새 옷을 입어본 적 없다, 엄마는 언니가 좋아하는 음식만 기억하고 내가 좋아하는 음식은 몇 번을 말해도 까먹는다, 실수로라도 맞힐 수 있는 거 아니냐…… 소소하다면 소소하지만 그래서 더 한 맺힌 차녀들의 사연을 비혼세 청취자들이 보내주었다. 반응이 괜찮았다. 괴물 신인까지는 아니더라도 신인상 정도는 노려볼 만했다. 〈비혼세〉 29화 '억울하면 먼저 태어나지 그랬냐! 차녀 힙합' 편은 뜨거운 반응에 힘입어 바로 다음주, 애프터서비스 방송 편성까지 따냈다. (이 책을 읽으시는 분들께 꼭 들어보시길 권한다. 마치 지금 읽고 있는 이 책이 오디오북처럼 음성지원되는 특수효과도 누릴 수 있다. 네이버에 '차녀 힙합'이라고 검색하면 오디오클립이 나온다.)

팟캐스트를 통해 처음 '차녀 힙합'을 공개한 것은 여러모로 적절했다는 생각을 한다. 음성이다보니 웃음소리나 감정이 생생하게 전달되고, 좀더 부담 없이 편하게 서로의 경험을 나눌 수 있었다. 게다가 함께한 사람이 정말 신의 한수였다. '해방촌 비혼세'. 나에게 멍석을 깔아준 이분, 당연히 차녀다. '본캐'는 『걸어서 환장 속으로』라는 여행 에세이를 낸 곽민지 작가다. 내가 가입시키기도 전에 알아서 전둘연에 들어오셨다. 걸어서 전둘연 속으로!

우리는 작년 여름 한 독립출판물 관련 북토크에서 패널로 만났는데, 나는 그 만남을 꽤 기대하고 있었다. 『걸어서 환장 속으로』가 블로그에 연재될 때부터 좋아했기 때문이다. 쓴 사람의 매력과 장점이 무척 생생하고 뚜렷하다고 생각했다. 그중 내가 특별히 마음이 간 부분은 주머니 속 송곳처럼 삐져나오는 차녀의 꼬리다. 일단 부모님을 모시고 자유 여행을 간다는 발상 자체가 심상치 않았다. 자유 여행을 가고 싶어하는 부모님 앞에서 곽민지 작가를 움직인 것은 '죄책감'이다. '나랑 언니는 좋은 곳을 실컷 돌아다니면서 맛있는 것도 먹고 대단하다는 볼거리도 다 구경했는데, 부모님은 패키지 여행에 던져버려도 되나?' 기독교에 원죄의식이 있다면 한국에는 '효'가 있다. 언니는 결혼하고 아이를 낳아서, 장녀로서의 역할을 충분히 하고 있다. 프리랜서라 마침 일정이 맞았던 곽민지 작가는 결국 부모님을 모시고 떠난다. 어디로? 환장 속으로. 그리고 가이드이자 딸, 나이든 부모님의 보호자라는 역할을 전담하며 고군분투한다.

나는 부모님의 취향과 자신의 욕심 그리고 한국에서 실시간으로 지령을 내리는 언니의 요구사항까지 모두 맞추고자 애쓰는 그를 보며 진한 동병상련을 느꼈다. 아, 차녀적인, 이토록 차녀적인……! 그래서 처음 〈비혼세〉에 섭외되었을 때, 겨울철 가슴속에 품고 다니는 소중한 현금 삼천 원 같은 '차녀 힙합' 아이템을 내던졌다. 〈비혼세〉가 나의 따끈한 붕어빵 트럭이라는 확신이 왔다. 예상은 적중했다. 여름이었고 겨드랑이가 흠뻑 젖을 만큼 현장의 열기는 뜨거웠다. 얼굴 한 번 본 적 없는 청취자의 사연 속에, 질투에 불타는 어린 내가 있었다.

김땡땡님은 엄마가 언니가 좋아하는 음식만 기억하고, 자신이 좋아하는 음식은 기억하지 못한다는 말로 우리의 심금을 울렸다. 우리는 고개를 끄덕이면서 동시에 중얼거렸다. 아, 우리 엄마도 약간 이런데. "저는 매운 걸 못 먹는데, 언니랑 집에 내려가면 엄마는 언니가 좋아하는 육개장을 끓여놓습니다." 육개장은 한 솥 끓이는 음식이니, 며칠 먹고 나서야 엄마는 차녀에게 물었을 것이다. 뭐 먹고 싶은 거 있냐고. 언니가 좋아하는 건 묻지 않고 미리 만들어놓으면서. 씨익씨익. 김땡땡님의 비트는 계속된다. "의외로 첫째들이 손이 많이 가고 챙겨줘야 하는 스타일이더라고요. 둘이 삼계탕이라도 끓여먹을라치면 닭 손질을 하는 건 항상 저고요. 바퀴벌레를 잡는 것도 항상 저. 형광등을 갈거나 현관문 보조키를 다는 것도 제가 하고요. 자전거를 닦는 일 같은 소소하게 손이 많이 가는 것들은 다 제가 합니다. 돈 안 줌. 고맙다는 말 잘 안 함. 다른 집 첫째들도 이런가요?" 비혼세님과 나는 어머어머, 하면서 신발을 던졌다(댄서들이 리스펙을 표현하는 방식이다). 나도, 비혼세님도, 바퀴벌레를 잡고 닭을 손질하며 형광등을 갈았다! 이것을 나는 인정욕구의 발현으로 해석했다. 무언가 필요할 때 누가 시키기도 전에 먼저 튀어나가는 식으로 열심히 나의 쓸모를 증명하려는 성향이 얼떨결에 나를 적극적이고 진취적인 여성으로 이끌었다. 김땡땡님은 살면서 받은 다른 차별들은 잊어버려서 억울하다고 했지만, 나는 잊어야 잘산다고 등을 쓸어주고 싶었다. 망각은 불완전한 인간에게 신이 준 선물이니까 아낌없이 써버리자.

힙필님은 "야, 물 좀 가져와. 야, 불 좀 꺼. 야, 나 똥 싸는데 같이 있어" 등등 첫째들의 단골 멘트를 소개했다. 똥디가드(?) 등장에 웃음을 터뜨리며 생각해보니 나도 언니의 다종다양한 시중을 들었다. 언니는 자기 전에 무섭다고 자기가 잠들 때까지 나에게 재미있는 이야기를 해달라고 했다. 내가 혼자서 이야기를 지어내고 등장하는 인물들의 대사까지 하던 역할극이 있었는데, 저학년일 때는 같이하던 언니가 곧 부끄러워졌는지 나에게만 시켰다. 언니가 시키면 나는 무료 전기수처럼 한참 떠들다가, 언니가 잠들고 나서야 잘 수 있었던 기억이 새록새록 난다. 물론, 힙필님의 언니처럼 우리 언니도 기억 못한다. 1중녀님은 언니와 남동생 사이에 낀 딸로서 느낀 서운함을 털어놓았다. 언니와 일곱 살 터울인 늦둥이로 예쁨받을 줄 알았는데, 2년 만에 남동생이 태어나서 격동의 성장기를 보낸 1중녀님은 삼 남매 중 혼자 육아일기가 없다(비혼세님과 나도 없다……). "어릴 때부터 남동생을 보면서 의문을 가졌어요. 쟤랑 나랑 다른 건 고추밖에 없는데 왜 쟤만 좋아하지? 그렇게 애낳괴(애정결핍이 낳은 괴물)가 태어났고, 애낳괴는 인정받는 것에 집착했어요." 그야말로 잔혹 동화가 따로 없다. 어른이 된 뒤에는, 첫째는 출가외인이고 남동생은 막내라는 이유로 부모님이 비혼인 1중녀님에게 집안의 모든 대소사를 의지한다는 엔딩에서 우리는 함께 뜨거운 눈물을 흘렸다. 1중녀님은 마지막으로 차녀 힙합에 대해서 조심스럽게 의견을 냈다. "차녀 힙합이 한국 힙합이라면, 남아선호사상이 팽배한 우리집에서 나오는 중녀 힙합은 미국 갱스터 힙합이 아닐까 생각해보아요. 다른 중녀들은 어떻게 살고 있는지 궁금해서 인스타 계정도 만들었어요." 앗, 1중녀님

걱정 마세용. 저도 미국 갱스터 힙합 할 수 있습니다. 중학생 때 유학 왔습니다, 낀 딸의 나라로.

살림 밑천 넘버 투님은 "세상 모든 형제자매에겐 각자 고충이 있겠지만 차녀는 정말 부각되지 않는 것 같습니다. 예쁨받고 자란 건 맞지만, 살림 밑천이라고 거리낌없이 낳았던 언니 이후로 제가 태어나기까지 4년. 그동안 엄마의 임신 횟수는 저까지 다섯 번이라는 이야기를 해야겠지만요." 살림 밑천 넘버 투님의 어머니는 아들을 낳기 위한 여아 선별 임신중단을 종용당했다. 뱃속에 있는 자신을 죽이려 했던 고모에게, 나는 이렇게 멋지게 컸으니 눈에 띄지 말라고 경고하는 부분에서 냅다 기립 박수를 칠 뻔했다.

그 외에도 다양한 사연들이 있었다. 한 분은 공부 잘하는 차녀가 언니보다는 뛰어나지 않길 바라는 엄마의 마음을 아예 직접적으로 들었단다. 우리는 모두 탄식을 터뜨렸다. 차녀가 장녀보다 더 큰 성취를 이루었을 때 그 성취는 온전히 환영받지 못하고 과잉으로 여겨지며 경계와 억압의 대상이 된다. 그런가 하면 집안이 어려울 때 어째서 언니는 비싼 물건이나 과외를 턱턱 요구할 수 있었는지 의문이었다는 이야기도 있었다. 희미스타님은 언니가 그 당시 십 만원도 넘는 바비리스(머리를 예쁘게 말아주는 고데)를 사달라고 하는 것에 1차 충격, 진짜 사주는 것에 2차 충격을 받았다. 희미스타님은 학원 가고 싶다는 말도 못했는데 말이다. 보내달라고 하면 보내줬을 거라고? 하지만 상황 뻔히 아는 입이 떨어지지 않는다. 내 욕구를 존중받지 못하거나 여기저기 눈치만 보다 포기해버리는 경험이 쌓이면 그렇게 된다.

특히 재미있던 것은, 자신의 설움을 토해내다가도 곧 "언니도 어렸죠" "엄마라고 그러고 싶었겠어요" "장녀도 힘들죠"라며 왔다갔다하는 지킬 앤드 하이드적 전개였다. 내 글에서도 눈에 띄는 경향이라, 그런 점에서마저 공감의 불꽃이 피어올랐다. 또 하나의 웃음 포인트는 '그나마 언니라서 다행이지'라는 자조였다. '언니가 만약 남자였다면, 내가 장녀가 아닌 장남과 경쟁해야 했다면?' 나도 늘 같은 생각을 했던 터라 뜨끔했다. 실제로 오빠 있는 차녀의 사연은 눈물 없이 못 듣는다. 그들의 애환을 랩 가사로 표현해보자. "내가 숨만 쉬어도 오빠 기죽인다 난리, 그런데 왜 나에게 요구해 자식의 도리."

한참 폭풍처럼 웃고 떠든 뒤에는 어른이 된 입장에서 당시 부모님의 입장을 함께 헤아려보았다. 자원과 시간이 한정된 상황, 결국에는 어떻게 해도 서운한 애가 생기고 상처받는 애가 생기는 딜레마, 육아는 원래 이러나저러나 욕먹는 거라고 훌훌 털어버렸다. 그리고 '지금' 우리들에 대해 이야기했다. 누군가는 과거의 감정을 극복했고 누군가는 가족들과 연을 끊었으며, 누군가는 자신의 자식에게 그 서러움을 되물림하지 않고자 애쓰고 있었다. 질투를 원동력 삼아 자신의 인생을 열심히 굴리는가 하면, 눈치보는 버릇이 원활한 대인관계를 형성하는 데 도움이 됐다고 평하기도 했다. 자신의 이야기를 글로 써서 보낸다는 것은 자신의 내면을 거리를 두고 바라볼 수 있게 되었다는 뜻이다. 스스로 설명하고자 시도하면, 감정과 기억에 라벨을 붙여 정리할 수 있다. '차녀 힙합' 편을 들으면서 비로소 오랫동안 느껴온 불편함과 의문의 정체를 깨달은 사람도 있을 것이다. 어른들의 착각과 달리 유년 시절은 긍정적이고 동화적인 감정만으로 꽉 차 있지 않다. 아이는 서글픔, 서러움, 인정욕구, 애정결핍, 질투, 모멸감, 수치심, 실망감 같은 것들을 모두 느끼며 자란다. 사랑하는 사람들이 안겨주었기에 더욱 인정하기 힘든 감정이다. 내밀한 마음을 나눠준 청취자들에게 고마웠다. 그리고 후련했다. 해본 적 없지만 살풀이가 바로 이런 느낌일까?

애프터서비스 방송에서는 청취 후기와 추가 사연을 소개했다. 자신이 인지하지 못했던 특권을 반추하는 첫째 청취자들이 꽤 있었는데 하나같이 남동생이 있는 장녀였다. 나는 외쳤다. "정신 차리세요! 당신들의 남동생은 차남이 아니라 장남입니다! 어디서 장녀 주제에 장남을 걱정해?!" 그런가 하면 차녀를 동생으로 둔 장녀는 반발했다. "네 기억이 잘못됐다. 이렇게 날 매도하다니, 억울하다." 예상했다. 이 책을 읽는 우리 언니의 심정 또한 크게 다르지 않을 것이다. 자매는 평생의 라이벌이고, 딸에게는 각자의 위치에서 짊어져야 하는 무게가 있으니까. 나는 '차녀'를 가족 중 우선순위가 아니었던, 덜 중요한 취급을 받았던 존재를 부르는 보통명사로 쓰고자 한다. 그러니 장녀라도 '소외되는' 경험을 했다면, 차녀 힙합의 비트를 함께 흥얼거릴 수 있다.

사실 차녀든 장녀든, 세상의 모든 딸을 한 번씩 높이 들어올려주고 싶다. 왜, 〈라이온 킹〉에서 심바가 태어났을 때 원숭이 라피키가 절벽에서 심바를 들어올리지 않는가. 그러면 막 온갖 동물들이 머리를 조아리고. 그 장면을 보며 얼마나 부러웠는지 모른다. 태어나자마자 환영받고 축복받는 삶은 아니었지만, 우리 모두 너무 잘해왔다고 둥가둥가 해주고 싶다. 이제 스스로를 최우선으로 여기며 좋은 것을 골라 먹이고 원하는 것을 쟁취하며 살아갈 힘이 우리에게 있다고 말하고 싶다. 그러니 때때로 우리끼리 모여서 즐겁게 캠프 파이어도 하고, 얼싸안고 울고, 포크댄스도 추자고.

치사하고 서운한 음식 차별

먹는 것만큼 치사하고, 사소하며, 마음속 깊이 상처를 남기는 소재가 또 없다. 〈응답하라 1988〉에서 덕선이는 닭다리와 월드콘 그리고 계란 프라이 때문에 운다. 내 친구는 어렸을 때 할머니가 식탁에서 계란 반찬은 장남에게만 줬다는 이유로 식당에 가면 꼭 계란말이를 시키고, 그걸 마음껏 집어먹을 수 있다는 사실에 행복해한다. 나까지 다섯 명이 닭한마리를 먹으러 간 날, 한 친구가 너무나 당연하게 세 개뿐인 닭다리 중 두 개를 건져 먹는 바람에 나에게 호되게 혼이 났다. 자기는 언제 어떤 상황에서든 항상 닭다리 두 개를 먹었다고 어리둥절해한 친구는 세 자매 중 장녀였다. 남자 형제가 있는 집은 말해 뭐하나,

육식의 우선순위는 반드시 그가 차지한다.

이라영은 『정치적인 식탁』에서 육식에 부여되는 권력을 고찰한다. 남성은 흔히 생태계의 상부구조에 있는 육식동물에 비유되어, 단순하게는 밥상의 고기를 먹는 순서에서부터 넓게는 세계의 지배자로서의 지위까지 자연스럽게 권력이 부여된다는 것이다. '고기 밥상'이란 지배자에게 바쳐지는 것이고, '풀떼기'는 성의 없는 밥상을 상징한다. "닭가슴살에 대한 선호가 높아진 요즘에는 그 양상이 조금 변했으나, 아직도 어른들 사이에는 닭다리를 먹는 서열이 있다. 나이가 많은 사람에게, 딸보다는 아들에게, 아내보다는 남편에게 닭다리의 우선권이 있다고 생각한다."• 이렇게 누구는 주고 누구는 안 주는 일차원적인 차별은 노골적이다. 한편으로는, 딱히 차별할 생각이 없는데 무의식적으로 하는 미묘하고 애매한 편애 또한 만만치 않게 '삔또'를 상하게 한다. 하는 사람이나 받는 사람이나 그게 편애인 줄도 모르는 것. 최우선이 되어본 적 없는 잉여는 언제나 이 모든 걸 조용히 지켜보고 있다. 하나, 둘, 카페 쿠폰처럼 서운함의 도장이 찍힌다. 열 개가 찍히는 순간, 터지리라.

언니는 대게를 좋아한다. 워낙 비싸고 철이 정해져 있어서,

• 이라영, 『정치적인 식탁』, 동녘, 2019, 39쪽.

잘해야 일 년에 두어 번 먹는 특식이다. 부모님은 서울에 오거나 우리가 집에 갈 때마다 사주려고 애쓴다. 열심히 대게를 발라먹는 우리를 흐뭇하게 보던 엄마는 말한다. "송아도 게를 좋아하네?" 엄마…… 그 말 작년에도 했어. 재작년에도 했고, 3년 전에도…… 매년 했어! 매번 나'도' 게를 좋아한다고 말했지만 그 사실은 어쩐지 엄마에게 입력되지 않았다. 방수코팅된 소파 위에 떨어진 물방울처럼 시간이 지나면 흔적도 없이 싹 말라버렸다. 그리고 매번 게를 맛있게 먹는 나의 모습은 새롭게 발견되었다. 다행히 10년쯤 이 일이 반복되자 간신히 그 사실을 인지한 것 같다. 하지만 타임 루프에 빠진 듯 아이템만 바뀔 뿐 비슷한 일이 반복된다. 도르마무, 차녀도 그 음식을 좋아해. 도르마무, 차녀는 그 음식을 싫어해.

나는 전복을 좋아하지 않는다. 어릴 때부터 어패류를 좋아하지 않아서 가족 행사에서 초밥집에 가면 메추리알만 한 판쯤 먹었다. 나이가 들면서는 회를 잘 먹게 됐지만, 여전히 갑각류를 제외한 해산물은 취향이 아니다. 먹어야 하면 티 내지 않고 분위기 맞추는 재주를 부리는 정도다. 어느 날 형부와 언니, 그리고 내가 함께 본가에 모였다. 손님이 왔을 때 으레 그렇듯 엄마 아빠는 새벽같이 어시장에 다녀와 해산물을 한상 가득 차렸다. 밥을 먹으려는데 엄마와 아빠가 자꾸 나에게 전복을 권했다. 적당히 알겠다고 하며 밥을 먹고 있는데, 엄마가 갑자기 내 밥그릇에 커다란 전복을 올려놓았다. 내가 입도 대지 않는 내장이 엄청나게 크게 붙어 있었다. 순간 울컥했다. 아 무슨…… 전복이야, 먹지도 않는 걸. 나도 모르게 짜증을 냈다. 언니가 어이가 없다는 듯 말했다.

"왜 갑질이야?"

나도 유치하다는 걸 안다. 손님인 형부를 앞에 두고 다 큰 어른이 이런 걸로 삐지고 싶지 않았다. 서운한 동시에 자존심이 상했다. 나는 전복 안 좋아한다고 전복이 상에 오를 때마다 말했는데, 언니가 전복을 좋아하니 엄마 아빠에게는 '우리 애들이 전복을 좋아한다'라는 정보만 남았다. 자식이 많다보니 헷갈릴 수는 있지만 '언니'의 정보는 늘 우리 전체의 취향을 대표한다. 내가 서울에 온 셋째에게 복숭아를 사줬다고 하자 엄마가 화들짝 놀라 외쳤다. "니 복숭아 알레르기 있잖아?" 나는 한숨을 쉬었다. "엄마, 그거는 언니가 있지."

어릴 때부터 이런 피해의식은 불쑥불쑥, 김밥 속 청양고추처럼 혀를 얼얼하게 만들었다. 왜 나는 사소한 걸로 감정이 상하고, 분위기를 망칠까? 정말 내가 '이상한 애'라서일까? 곽민지 작가는 〈비혼세〉 '차녀 힙합' 편에서 닭한마리 칼국수에 얽힌 설움을 털어놓았다. 닭한마리는 전골냄비에 닭을 넣고 전골처럼 끓여가면서 건져 먹다가, 마지막에 샤브샤브처럼 칼국수나 죽을 만들어 먹는 한식 코스요리다. 이 요리의 하이라이트는 마지막에 칼국수를 끓일 때 김치를 넣어 칼칼하게 먹는 것이다. 외국에서 공부중이던 곽민지 작가가 잠시 한국에 머물 때, 가족들과 함께 한국에서의 마지막 식사를 하려고 식당에 갔다. 그 자리에는 지금은 형부가 된 언니의 남자친구도 함께했다. 가족이 아닌 외부인도 있어서인지, 어머니는 갑자기 칼국수에 김치 넣는 것을 반대하기 시작했다. '좀 이상한 것 같다' '○○(형부)도 안 좋아할 것 같다'는 이유였다. 팽팽히 대치했지만, 결국 칼국수에 김치를 넣지 않는 걸로 결론이 났다. 그때 곽민지 작가는 스물두 살이었는데 돌아오는 차 안에서 눈물을 흘렸다. 칼국수에 김치를 못 넣게 해서.

나는 같이 울었다. 그런데 가족들이 아직도 그걸로 놀린다고 했다. 아, 진짜 확 빨간 띠 두르고 데모 함 땡기뿌까?! 아니, 출국 전 마지막 식산데. 내가 주인공인데. 언니 남자친구한테 좋은 이미지를 보여주는 게 중요해? 왜 내 취향은 이렇게 무시하는 거야? 어머니는 어이도 없고 당황스럽기도 했는지 이렇게 말했다고 한다. "그렇다고 우냐. 분위기가 이게 뭐냐. 애도 아니고 이게 뭐냐."

당연히 사건 자체만 놓고 보면 별일 아니다. 김치나 전복 가지고 가족 모임에서 분위기를 망치고 싶은 사람은 아무도 없다. 이렇게 작은 걸로 감정이 격앙된다는 건 그만큼 축적된 역사가 많다는 뜻이다. 매일 자신의 욕구가 채워져서 한 번만 삐끗해도 숟가락 내던지는 집안 내 폭군은 또다른 얘기지만. 쌓이고 쌓이다가 이쑤시개 하나로 콕 찌르기만 해도 와르르 무너지는 거다. 남들이 보기에 웃긴 걸로 애가 울면 맥락을 좀 봐주면 안 되나? 그날 하루만큼은 내가 주인공이 되고 싶었던 마음이나, 외국에서 오면서 김치 칼국수를 기대한 시간 같은 것들 말이다.

영화 〈벌새〉의 배경은 1994년이고, 주인공 은희는 위로 오빠와 언니가 있는 막내딸이다. 가운데 낀 딸은 아니지만, 2녀 1남 구성에서 잉여로 취급되기에 차녀성을 갖고 있다. 은희는 가족 구성원 중 가장 관심을 못 받는다. 부모님이 바쁘기 때문에 아파서 병원에 갈 때도 혼자 간다. 오빠는 폭력적이라 툭하면 은희를 때린다. 은희가 서러움을 토로하거나 속상한 감정을 드러내면 가족들은 "성격이 이상하다"며 은희를 비난한다. 가스라이팅이다. 분명한 이유가 있어 부정적인 감정을 드러내는 사람을 이상하다고 몰아가는 것. 자기가 당한 폭력이 문제라는 걸 배우고, 자신을 이해해주는 어른을 만난 은희는 어느 날 절규하듯 소리지른다. "나 성격 안 이상해! 나 성격 안 이상하다고!" 눈물이 칼국수처럼 흘렀다(이때는 김치를 못 넣겠다…… 맵잖아요). 은희야, 너는 이상하지 않아. 우리는 이상하지 않아. 가끔 내가 느끼는 감정이 이상한 걸까 생각하기도 하는데, 그건 어쩌면 내가 이상해서라기보다 이상한 상황이 나를 자꾸 자극하는 게 아닐까? 어쩌면 우리가 이상한 일들을 견디고 있는 게 아닐까? 가족들이 언니의 취직을 축하하기 위해 자신은 먹지 않는 버섯 요리 전문점에 가는 바람에 맨밥만 뒤적이다 온 차녀의 이야기도 들은 적 있다. 온 가족이 즐거워야 하는 외식에서 누군가의 식성이나 취향이 배제되고 결국 그 사람 자체가 소외되는 일은 의외로 매우 흔하다. 나는 이런 행동이 따돌림과 같다고 생각한다. 가장이나 장남처럼 '권력'을 가진 사람은 그런 경험이 얼마나 폭력적인지 모를 것이다. 한강의 소설 『채식주의자』에는 고기를 먹지 않는 딸을 고기 요리가 나오는 곳에 데려가고, 때리면서까지 입에 쑤셔넣으려고 하는 아버지가 나온다. 당연한 말이지만 딸은 아버지를 억지로 채식 식당에 데려갈 수 없고, 입에 든 고기 요리를 끄집어낼 수도 없다. 식사와 먹는 행위는 정치적이다. 가족이 둘러앉은 자리에서도 마찬가지다.

가족들이 내 취향을 몰라주면 어떨 때는 꼬박꼬박 정정해줬고 어떨 때는 적당히 체념했다. 좋아하는 걸 양육자가 안 챙겨줘서 못 먹을 나이도 지났고, 막말로 그거 못 먹는다고 죽지도 않으며, 그들도 정보의 처리량에 한계가 있는 평범한 사람이라는 걸 알기 때문이다. 다만 그 설움을 알기에 나는 타인의 사소한 취향이나 식성을 챙겨주고 싶다. 뭘 못 먹는지, 어떤 걸 좋아하는지, 빵을 좋아한다면 짠 빵이 좋은지 단 빵이 좋은지 꼬치꼬치 캐묻는다. 지나가다 맛있는 걸 보면 네가 생각났다고 말해주고 여유가 될 때는 사서 안겨주려 한다. 친구들에게 티를 내고 싶다. 이렇게 너를 신경쓰는 사람이 있다고. 너는 소중한 사람이니까.

파리의 똥차 컬렉터
빈 언니

빈 언니는 두 학번 위였지만, 생일이 빨라 나이로는 나와 한 살 차이가 난다. 이십대 후반에 접어들면서부터는 언니라는 호칭도 빼고 자연스럽게 이름을 부르고 있다. 카인 동맹의 회원이고, 디저트와 군것질을 너무 좋아하는 '당당녀(당뇨에 당당하고 싶은 여자들)'도 함께했다. 결정적으로 나와 같은 낀 딸이라 위로는 언니 밑으로는 남동생이 있다. 다른 회원인 오 언니는 오빠가 있는 차녀였기에 낀 딸의 서러움은 주로 빈 언니와 나눴다. 게다가 빈 언니는 나처럼 아들은 3루에서 출발하는 세계관의 경상도 출신이었으니! 우리는 서로의 가족관계를 털어놓으며 빠르게 가까워졌다. 빈 언니는 아기 새를 돌보는 어미 새처럼 알뜰살뜰하게 나를 돌봐주었다. 서울에 2년 먼저 와 있던 '짬바'로, 매일같이 근사한 곳에 데려가고 새로운 음식을 먹여주었다. 지금 생각하면 고작 한 살 많으면서 어디서 돈이 그렇게 났는지 모르겠다. 그때까지 음식의 스펙트럼이 한식에 국한되어 있던 나는 언니가 기껏 사준 음식에서 방귀 냄새가 난다고 소리를 지르는 부끄러운 아이였지만(고급 치즈 냄새였다). 빈 언니는 내가 상상하고 바랐던 다정한 언니의 이데아 그 자체였다. 동시에 그 사려 깊은 태도가 채워지지 않는 결핍에서 나온다는 것 또한 나는 기민하게 눈치챘다. 빈 언니에게서는 그러니까…… 나와 같은, 동족의 냄새가 났다.

빈 언니는 몇 마디 말만으로도 복잡한 여러 단계를 간단하게 뛰어넘고 내가 하고 싶은 이야기를 알아들었다. 열등감과 피해의식, 구깃구깃한 젖은 빨래처럼 내 안에 웅크리고 있는 인정욕구 말이다. 당시 친언니와 함께 살던 나는 언니와 고릴라처럼 싸워댔다. 빈 언니 역시 언니와 함께 살다가 싸운 후 독립한 사연이 있었다. 빈 언니의 집은 학교에서 가까운, 넓고 쾌적한 복층 오피스텔이었다. 공강 시간에 친구들이 머리를 감거나 잠을 자고 가서 '수빈장'이라고도 불렀다. 나는 수빈장의 VIP회원이었다. 살짝 어질러진 1층에 나란히 드러누워 각자 언니 욕을 하고 서로 편을 들어주었다. 어느 날, 빈 언니는 가족과 함께 있을 때 어떻게 해야 할지 모르겠다는 느낌을 받는다고 고백했다. 부모님과 함께 걸어갈 때, 언니가 너무나 당연하게 가운데 끼어들며 엄마의 팔짱을 탁 끼는 것을 뒤에서 물끄러미 바라보던 순간을 잊을 수 없다고. 그 이야기를 하는 빈 언니의 얼굴은 그때 그 나이로 잠시 돌아간 것 같았다. 조금 외롭고, 조금 민망하고, 조금 부러운 그런.

나도 잘 아는 기분이었다. 내가 낄 자리를 찾지 못하고 뒤에서 눈치를 보다가, 혹여나 남들이 그런 모습을 볼까봐 가장자리로 밀려나도 전혀 개의치 않는 쾌활하고 명랑한 애를 연기하는 것. 언니는 첫째 딸이고, 엄마를 쏙 빼닮았으며, 엄마 아빠의 '아픈 손가락'이었다. 어릴 때는 몸이 약하고 너무 순해서 제 몫을 잘 챙기질 못했다. 지금은 훌륭한 환불 원정대지만…… 엄마 아빠에게 자식의 대명사는 언니였고 내 차례는 언제나 '그 다음'이었다. 게다가 나는 중학교 때까지 차녀이자 막내였으나, 갑작스럽게 위치가 바뀌었다. 그러잖아도 가족 내 꼴등이었던 내 순위는 더 뒤로 밀렸다. 셋째는 오랜만에 태어난 아기라 첫째처럼 사랑을 듬뿍 받는 동시에 그 유명한 '셋째 딸'이었고 넷째는 막내에다 무려 장남이었다. 돌봄이 필요한 어린 동생들에게 관심이 집중되는 것은 당연하고, 엄마가 우리에게도 소홀하지 않으려고 얼마나 애썼는지 잘 안다. DC코믹스가 우리 엄마를 알았다면 원더우먼은 '원더 경자'가 되었을 것이다. 하지만 그렇다고 해서 내 마음까지 아무렇지 않을 순 없었다.

부모님의 관심과 사랑을 식빵으로 비유하자면, 내 몫은 언제나 테두리다. 가운데 부분은 언감생심 탐낼 수 없는 것이었다. 누가 나에게 테두리만 먹으라고 딱 정해주거나 가운데는 손대지 말라고 하지도 않았는데, 자연스럽게 알았다. 아이가 태어나면 젖을 빨고, 비를 맞으면 차갑다고 느끼듯이. 질긴 테두리를 입안에서 질경거리며, 말랑하고 부드러운 가운데 부분에 손을 뻗는 사람을 곁눈질했다. 그들이 후광처럼 두르고 있는 자연스러움이 눈부셨다. 필요하면 요구하고, 귀찮은 걸 귀찮다는 이유로 안 할 수 있고, 불편한 것을 가족에게 표현할 수 있다는 게 신기했다.

빈 언니가 나에게 이런 편지를 쓴 적 있다. "온전히 자기만을 위한 돌봄과 관심을 받아봤고, 그렇기에 당당하게 자기 몫을 요구할 수 있는 기분이란 어떤 걸까?" 외동딸인 친구의 어떤 태도에 신선한 충격을 받은 뒤의 일이다. 비슷한 감정을 엄마와 언니와 셋이 간 여행에서 느꼈다. 우리는 호텔에 들어가기 전 늦은 점심을 먹었다. 호텔 식당은 가격이 무척 비쌌기에 나는 암묵적으로 그게 마지막 식사라고 생각했다. 적게 자주 먹는 언니는 저녁이 되자 배가 고프다고 했다. 자연스럽게 호텔 식당 메뉴를 찾아보았다. 나는 엄마의 눈치를 봤는데, 엄마는 아무렇지 않게 그럼 거기 가서 저녁을 먹자고 했다. 엄마와 나는 별로 배가 고프지 않았기에 셋이 가서 음식은 두 개만 시켰다. 말하자면 언니를 위한 식사 자리였다. 언니가 이기적이라거나 잘못했다고 말하는 게 아니다. 내 눈에는 언니가 대단해 보였다. 나였다면 말하지 않고 참았을 테니까. 빵의 가장 부드러운 부분을 손가락으로 가리키는 언니의 태도에는 당위성과 근본적인 자신감이 있었다.

왜 청승을 떠냐고, 누군가는 쉽게 타박할 수 있다. 그리고 엄밀히 말하면, 청승이 맞다. 그깟 식사 한 번 원하는 대로 한 게 뭐가 장녀의 특권이냐고 언니가 불을 뿜으면, 조용히 내 머리채를 상납하여 활활 타오를 준비도 되어 있다. 그런데 세상에는 그런 사람도 있다. 언제나 한발 떨어져서 내가 어느 정도 가질 수 있는지, 얼마나 가져도 되는지 가늠하고, 나 하나 때문에 사람들이 번거롭거나 귀찮을까봐 전전긍긍하는 성격. 눈치보거나 기죽지 않고 타인에게 자신이 원하는 바를 요구할 줄 아는 사람에게 느끼는 선망과 질투, 그게 바로 빈 언니와 나의 공통점이었다. 우리는 오래전부터 그걸 '차녀병'이라고 불렀다.

5년 전, 박사과정을 수료한 후 몸과 마음이 너덜너덜해져서 빈 언니가 있는 파리로 날아갔다. 어떤 계획도 없었다. 아무것도 안 하고 두 달 동안 머물기로 했다. 그때 빈 언니와 나는 '지옥의 이크에크'를 했다. 빈 언니는 내 개인 수행비서라도 되는 양 하나부터 열까지 편의를 챙겨주려고 했고, 나는 끊임없이 선을 그으며 거절했다. 더 잘해주려는 사람과 더 받지 않으려는 자의 팽팽한 공방전. 빈 언니는 힘들게 요리를 해주고 내가 설거지를 하려고 하면 장판교 앞의 장비처럼 소리를 지르며 막아섰다. 나를 얹혀사는데 밥까지 얻어먹고 설거지도 안 하는 파렴치한으로 만들 생각이냐고 따지면, 너는 손님이니까 그래도 된다며 버텼다. 나 역시 손님이 오면 손 하나 까딱 못하게 하는 편이라 빈 언니가 이해가 안 되는 건 아니었다. 하지만 나에게도 내 기준의 염치와 도의가 있었다. 가만히 앉아서 해주는 걸 받는다? 상상할 수 없었다. 철통 보안을 뚫고 싱크대를 차지해서 설거지를 하면, 빈 언니는 못 말린다는 얼굴로 고개를 저었다. 빈 언니가 회사에 가면 나는 마트에 가서 이것저것 생필품을 사 와서 채워넣었다. 혼자서 백팩을 메고 가 생수 여섯 통을 짊어지고 온 날을 빈 언니는 아직도 생생하게 증언(?)한다. 누군가에게 받는 돌봄을 어려워하고 어떻게든 도움이 되려고 애쓰는 나를 보며 빈 언니는 우리의 6주간의 동거를 '차녀병의 진검승부'라고 이름 붙였다.

중심에서 비켜서 있는 사람의 마음을 읽고, 또 자신이 할 수 있는 만큼 채워주려고 노력하는 빈 언니의 다정이 늘 좋은 역할만 한 건 아니다. '파리의 똥차 컬렉터'. 내가 빈 언니에게 붙여준 별명이다. 소위 '똥차'라고 부르는 나쁜 남자를 숱하게 만났고, 파리에서 외국인 노동자 생활을 했기 때문이다. 짐작하다시피 『나는 빠리의 택시운전사』라는 책의 제목을 패러디했다. 빈 언니는 정말 많은 연애를 했고, 대충 그 횟수와 비슷하게 똥차를 만났다. 파리에 머물면서 나는 빈 언니가 그냥 똥차 컬렉터가 아니라 '똥차 메이커'라는 결론을 내렸다. "언니, 언니는 벤츠야. 근데 언니가 너무 잘해주고 또 관대하니까, 거기 탄 인간들이 염치가 없으면 냅다 드러눕는 거지."

사람들이 똥차를 많이 만나는 여자에게 자주 하는 착각이 있다. 그 여자가 똥차 창고거나, 멍청하다는 인식이다. 나는 그렇게 생각하지 않는다. 많은 똥차 컬렉터들은 포용력이 넓고 좀 무던할 뿐이다. 그 관대함은 애인에게만 국한되지 않는다. 똥차 컬렉터들은 가족에게도, 친구에게도, 직장 동료에게도 관대하다. 매사에 '그럴 수도 있지'라는 태도다. 보통 옐로카드 두 번이면 퇴장이지만, 이들은 계속해서 기회를 준다. 그 기질이 한심하거나 나쁘다고 생각하지 않는다. 나 역시 그들의 이해심과 관용에 기대고 위로받은 적 많으니까. 나쁜 건 그 마음을 악용하는 인간들이다.

빈 언니는 이런 기질이 차녀라는 특성과 만나면서 더욱 발현된 사람이다. 내가 최우선이 아니더라도 그럴 만한 사정이 있겠지, 하고 양해할 줄 안다. 첫째들의 높은 자존감과는 다른, 너른 관용이다. 포기와 체념이 익숙한 만큼 포기와 체념에 쉽게 절망하지도 않는다. 빈 언니는 많은 똥차를 만났지만 사랑을 비관하지 않고 사람에게 분노를 돌리지 않는다. 여전히 망설이면서도 사랑하고 섬세하게 배려한다.

그런 빈 언니에게, 남들에게 '적당히' 좀 잘하라고 잔소리했다. 물론 그럴 수 없을 것이다. 그 지나친 다정과 환대까지도, 그래서 기어이 멍청한 인간들이 자신을 좀 함부로 대하게 하는 것까지도, 빈 언니니까. 비록 차녀라는 콤플렉스에서 피어났다고 해도, 사람들의 마음에 들게 행동하고 누구에게든 진심을 다하는 성격은 빈 언니만의 장점과 매력이다. 우리는 그 신기한 아이러니에 대해서 자주 이야기하며 웃는다.

평생 안고 가야 할 열등감과 애정결핍은 불시에 내 마음을 휘저어 진흙탕을 만들어놓는다. 그럴 때마다 생각한다. 나는 부정적인 조각과 긍정적인 조각이 어지럽게 붙어 있는 입체적인 존재라고. 나의 괴상하고 사랑스러운 친구들처럼, 나 역시 '그럼에도' 제법 괜찮은 인간이 될 수 있다고 생각하면 묘한 용기가 솟아오른다.

늘 자신이 있을 자리를 찾아 부지런히 목을 빼고 둘러보는 빈 언니는 조만간 또다른 나라로 떠난다. 이번에는 무려 아프리카다. 카카오톡의 시대에, 나는 또 하염없이 편지를 쓸 것이다. 아프리카 우체국이 우리 사이를 갈라놓지 않기를 바라며. 아프리카에게, 나의 이 골때리고 조금 찌질하지만, 그래서 사랑스러운 차녀 친구를 부탁한다.

함께 가로지른 세계
홍칼리

나이가 들면서 언니와 나의 관계가 평화를 찾은 이유 중 하나는 서로가 명확하게 다른 길을 가기 때문이라고 생각한다. 더 이상 언니와 피 터지는 경쟁을 하지 않아도 된다는 안도감과, 내 것이 주는 확고한 안정감이 잔뜩 곤두섰던 나의 신경을 가라앉혔다. 만약 지금까지 언니와 비슷한 세상에 있다면 어땠을까? 아, 생각만 해도 그녀가 깨문 나의 팔뚝 안쪽이 쑤시는 것 같다. 그래서 궁금했다. 비슷한 일을 하고 함께 살아가며, '홍 자매'라고 한데 묶여 불릴 만큼 언니와 친밀한 차녀의 마음이.

'홍 자매'라니까 은방울 자매 같은데, 『신령님이 보고 계셔』 『붉은 선』 등을 쓴 퀴어 무당 홍칼리(홍승희)와 『당신이 계속 불편하면 좋겠습니다』『두 명의 애인과 삽니다』 등을 쓴 홍승은 작가를 말한다.『차녀 힙합』이니까 동생 칼리의 이름을 먼저 써봤다. 칼리는 그 유명한 1990년생 백말띠다. 예술가이자 사회활동가로 살다가, 최근 신내림을 받고 무당이 되었다. 페미니즘과 비거니즘을 실천하고, 평등하고 자유로운 세계를 꿈꾸며 영적인 존재와 소통하는 칼리는 나의 휴대폰에 '바리데기'라고 저장되어 있다. 무속신앙에 흥미가 많은 나는 칼리를 통해 처음으로 굿판에서의 살육이나 돼지머리 전시의 문제를 깨닫기도 했다. 차분하고 다정한 칼리는 매사에 시끄러운 내가 유일하게 목소리를 조금 낮추고 조심스럽게 대하는 친구이기도 하다. 무당이라서 두려워하는 게 아니라, 칼리 특유의 은은하고 섬세한 분위기를 나도 누리고 싶기 때문이다. 말하자면 피톤치드처럼? 우리는 서로의 존재를 어느 정도 신기해하면서, 조심조심 만나서 논다.

칼리를 처음 알게 된 건, 화제의 '효녀연합' 퍼포먼스 때였다. 일본군 위안부 문제 해결을 위한 정기 수요집회가 24주년을 맞았던 2016년 1월, 집회가 열리는 서울 종로구 중학동 일본대사관 앞에 보수단체인 어버이연합 회원들이 나타났다. 이들은 한일 위안부 협상 타결 환영 집회를 열기 위해 소녀상을 찾았고, 하얀 저고리에 까만 치마를 입은 여성 활동가와 마주쳤다. 피

켓에는 이렇게 쓰여 있었다. "애국이란 태극기에 충성하는 것이 아니라 물에 빠진 아이들을 구하는 것입니다. _대한민국 효녀연합." 기억하는 사람도 있을 것이다. 난동을 부리다시피 하는 어버이연합 앞에서 여유로운 미소를 띠고 있는 모습은, 어버이연합을 패러디한 '효녀연합'이라는 이름과 상반되는 패기로 큰 화제를 일으켰다.

그때 칼리의 퍼포먼스를 보고 느낀 감정은 대부분의 사람과 같다. "와, 보통 깡이 아니네." 저거야말로 진짜 힙합이라고 생각했다. 당시의 정치적 상황에서 그 메시지의 파급력이 어느 때보다 컸던 것도 사실이지만, 칼리가 단숨에 사람들의 관심을 끈 이유 중 하나는 바로 외모 때문이었다. 사람들은 예쁜 여자가 정치적인 활동을 한다는 것에 크게 감동했고, 이 여성이 진보 성향이라는 것에 기이한 자부심(?)과 승리감을 느꼈다.

이렇듯 어떤 일을 하든지 간에 외모 평가가 자석처럼 따라붙으니, 어쩌면 칼리가 페미니즘적 사고를 바탕으로 사유하기 시작한 것은 자연스러운 일이다. 그런데 이를 두고 기묘하고 이상한 말이 나오기 시작했다. "언니가 동생을 망쳤다" "(페미니즘을 하는) 언니가 동생이 잘나가는 걸 질투해서 페미니즘을 가르쳤다" "언니 때문에 이상한 물이 들었다". 당연히 다 헛소리였다. 칼리를 멋대로 진보 진영의 '여신'으로 추앙하려던 이들이 제풀에 밑천을 드러낸 셈이다. 따지고 들자면 문제적인 부분이 한두 군데가 아니지만, 여기서는 좀 다른 이야기를 하려 한다. 칼리는 언니에게 물들었나? 언니가 잘나가는 동생을 질투해서 훼방을 놓은 것인가? 자매 사이를 제멋대로 서사화하는 말들 어디에도 칼리라는 한 개인에 대한 존중이나 성찰은 없었다. 떠도는 말들 속에서 칼리는 승은의 동생으로만, 언니의 그늘에서 벗어나지 못하고 세뇌당하는 어린애로만 호명된다. 이 각별한 자매를 그렇게 오해하는 사람의 황폐한 내면이 안타깝다.

칼리는 승은과 고작 두 살 터울이다. 그런데도 승은은 칼리를 물심양면으로 돌보려 애쓴다. 전형적인 K-장녀의 모습이다. 칼리는 초등학교 6학년 때부터 엄마가 부재했던 가정환경에서 그 원인을 찾는다. 엄마가 집을 나가면서, 승은이 일찍부터 칼리의 엄마 역할을 하다시피 했다는 것이다. 보통의 차녀들이 그렇게도 싫어하는 옷 물려 입기도, 칼리는 승은의 사랑과 흔적을 느낄 수 있어서 좋았다고 한다. 어린 칼리가 승은의 옷을 입고 좋아하는 모습을 상상하니 너무 귀여워서 잠시 신령님을 밀어내고 칼리를 안아주고 싶다. 불경한가요? 죄송합니다.

보호자 중 한 명이 부재하다보니 자매의 관계는 끈끈해질 수밖에 없었단다. 하긴 내가 본 승은은 늘 칼리를 걱정하고 챙겼다. 두 살 차이면 거의 연년생이나 다를 바 없어 서로 쥐어뜯기 바쁜 거 아닌가 싶은데, 승은의 마음씀씀이에는 특별한 데가 있었다.

세상의 모든 차녀처럼 칼리 역시 승은의 영향을 많이 받았다. 승은이 학교를 자퇴하고 검정고시를 칠 때 모두들 칼리도 같은 길을 갈 거라고 말했다. 칼리는 부정했지만, 어느 순간 정신을 차리고 보니(?) 학교를 그만두고 검정고시를 친 후 승은과 같은 학교 같은 과에 진학해 있었다. 집에도 학교에도 언제나 승은이 있고, 승은의 동기들이 곧 칼리와도 친구가 되다보니 스스로도 혼란스러워졌다. '나는 뭐지? 나는 정말로 언니를 따라서 살고 있나?' 그러니 페미니즘을 공부한다는 이유로 언니에게 세뇌당했다거나, 주체적이지 못하다는 소리를 들었을 때 칼리가 얼마나 억울했을까.

주파수가 비슷한 사람이 있다. 관심사와 온도가 비슷하면 같은 방향으로 감정이 흐르고, 관심사가 겹치면서 친밀해진다. 생각이 잘 통하던 승은과 칼리가 페미니즘 의제를 공유하게 된 것은 어찌 보면 당연한 일이다. 그런데 자매다보니, 동생 칼리의 선택은 언제나 언니 승은을 따라 하는 것처럼 보였다고 한다. 칼리는 학교에 다닐 때부터 나름대로 정체성 투쟁을 벌였다. 같은 사회복지학과지만, 승은과 관심사의 차이를 두며 자신만의 고유한 영역을 구축하려 했다. 승은이 실천에 관심이 있다면, 칼리는 정책을 좀더 파고드는 식이었다. 결과적으로는 도움이 되었지만, 지금 생각하면 굳이 다른 방향으로 달리려고 애쓸 필요가 있었나 싶단다.

칼리가 승은을 생각하는 마음은 유독 애틋하다. 승은은 칼리에게 그림자를 드리우는 동시에 칼리의 가장 든든한 차양이었기 때문이다. "아빠가 언니에게 가지는 기대는 높고 나에겐 낮았어요. 어느 날 언니가 전교 등수가 43등에서 75등으로 떨어져서 엄청 혼났거든요. 그 옆에 제 성적표가 있었어요. 291등에서 340등으로 떨어졌죠. 그런데 한참 언니를 혼내던 아빠가 그걸 보더니 웃어버리는 거예요. 와, 언니는 얼마나 화났을까." 본인에겐 기대를 품지 않는 게 서운하지는 않았냐고 물었더니 칼리는 고개를 저었다. "다행이다 싶었어요, 아빠가 웃어서. 나에 대한 기대가 없으니까 뭘 요구하지도 않고, 그냥 사고만 치지 말라고 하고. 언니한테는 계속 지금이라도 공무원이나 교사 하라고 하는데, 저한테는 특별히 그런 게 없거든요. 저는 그런 데서 오히려 자유를 느끼는 것 같아요." 장녀가 부모님의 높은 기대 때문에 상대적으로 '정상성'의 궤도에 오른 삶을 사는 비율이 높고, 차녀는 비교적 자유롭게 산다는 심리학적 분석을 다시 확인하는 순간이었다. 하지만 장녀인 승은 역시 폴리아모리 에세이스트로 비범한 삶을 살고 있으니, 역시 일반화는 위험하다. 한편 칼리가 외국에 나가 오랫동안 가족과 떨어져 살아보기도 하고, 언니보다 집에서 먼저 독립했다는 사실을 알기에 유도신문을 시도했다. "중간 아이는 집에서 별로 소중하게 대접받아본 경험이 없어서, 집을 떠나기 쉽대요." 칼리는 은은하게 미소 지으며 그런가요, 하고 말았다.

그렇게 돈독하면 싸울 일도 별로 없겠다고 했더니 또 그건 아니란다. 하긴 안 싸우고 살면 그게 자매인가 십자매지…… 아주 어렸을 때는 안 그랬는데, 중학교에 올라가면서 자의식이 생긴 칼리가 반항을 하니 승은이 몸을 밀치기도 했다고 한다. 하지만 아빠의 가정폭력 때문에 폭력에 민감한 칼리가 한 번 크게 발악하고 나니 그때부터는 승은도 때리지 않았다고. 공유하는 세계와 가치관이 있는 만큼 갈등도 잦았다. 정치적인 걸로도 싸우고, 돌봄 노동을 주로 하는 승은과 가사노동 배분 문제로도 많이 싸웠다. 특히 갈등을 해소하는 방식에 차이가 있어 자주 다퉜다. 칼리는 갈등이 생기면 회피하는 편인데, 승은은 끝까지 남아서 갈등을 책임지려고 하다보니 서로를 원망하거나 이해하지 못하는 일이 잦았다고. "그런 것 때문에 자주 다퉜는데, 지금은 안 싸워요." 승은이 아프기 시작하면서부터 칼리와 승은의 관계도 일종의 전환점을 맞았다.

승은은 작년부터 만성 피부질환을 앓고 있다. 이 때문에 늘 돌봄을 받던 칼리가 처음으로 승은을 돌보게 되었다. 승은이 아프니까 가사노동 같은 것도 칼리가 좀더 책임감 있게 도맡게 되고, 승은을 걱정하면서 승은 역시 여태껏 자신에게 이렇게 마음을 썼겠구나 느낀다. 칼리에겐 승은을 돌보는 일이 자신과 주변 환경 그리고 관계를 폭넓게 돌아볼 수 있는 계기가 되었다. "언니가 아프니까, 언니가 죽는 상상도 해요. 예전에는 내가 맨날 죽는다는 소리를 했는데, 그때 언니가 얼마나 힘들었을지 이제야 이해가 가요. 앞으로도 남은 시간 언니와 오래오래 같이, 이렇게 쭉 살고 싶어요." 언니와 따로 살면서 비로소 평화를 찾은 나로서는, 까마득하게 남은 생을 함께하자고 약속하는 이 자매가 신기하고 놀랍다. 역시 세상에 백 쌍의 자매가 있다면, 백 개의 관계가 있나보다.

칼리는 흔히 평생의 친구라고 하는, 중학교 때 친구들과 연락이 거의 끊겼다. 고등학교는 안 나왔으니 승은의 친구들과 어울려 놀았다. 승은을 매개로 하지 않은 친구들이 없고, 요즘에도 다 함께 만난다. 그런 점이 오랫동안 칼리의 콤플렉스였다. '나는 언니가 없으면 아무것도 아닌가? 언니의 그늘에서 영영 벗어나지 못하는 건가?' 이제 칼리는 받아들인다. 나는 나로서 독립적이며, 언니를 거쳐 알게 된 친구라고 한들 그들과 나와의 관계는 각각 고유하고 개별적이라고. 함께 사는 식구들도 마찬가지다. 칼리는 지금 승은과, 승은의 폴리아모리 연인들과 함께 살고 있다. 승은과 둘이서만 살면 오히려 불편했을 것 같은데, 같이 살아서 다행이라고 했다. 이전에는 사회적 통념에 따라 우스갯소리로 '형부'라고 불렀지만, 이제는 함께 사는 식구로서 개개인으로 관계 맺는 게 더 익숙하다. 칼리와 우주, 먼지, 그리고 승은은 서로 같이 사는 동료이자 식구로 서로를 존중하며 새로운 가족을 만들었다.

점사를 보는 마음으로 물었다. "자매가 안 싸우는 방법이 있을까요?"

"자매가 안 싸우는 방법은…… 페미니즘을 같이 공부하는 거?" 신통방통한 처방이다. 페미니즘을 통해 나의 언니로서만이 아니라, 사회와 다양한 관계 속에 있는 여성 개인으로 승은을 바라보게 되면서 유대감이 더욱 강해졌다고 한다. 칼리는 20대 중반 페미니즘 공부를 시작하면서 자신의 감정과 생각을 명확하게 언어화할 수 있게 되었다. 같이 눈치보면서 폭력적인 양육자로부터 살아남았고, 여성혐오와 차별로 얼룩진 세계를 함께 가로지른 승은에게 피보다 진한 전우애를 느낀다. 가족 안에서, 사회 안에서 상대가 처한 역사나 위치를 생각하면 그를 더 깊이 이해할 수 있다고.

칼리에게, 열 살의 칼리에게 해주고 싶은 말이 있냐고 물었다. 칼리는 "조건 없이 사랑한다"라는 말을 해주고 싶다고 대답했다. 조건 없는 사랑. 우리가 딸이어도, 두번째 딸이어도, 아들보다 뛰어나거나 아들 노릇을 못해도 받고 싶었던 것을 칼리는 이제 자신에게 주려고 한다.

이 두 사람을 쉽게 '홍 자매'라고 엮어 부르며 세트 상품 취급하는 사람들은 모를 것이다. 칼리와 승은이 각각의 방식으로 얼마나 매력적인지, 함께 있을 때는 또 얼마나 특별한지.

어마어마하게 괜찮은 어른
신예희

"좀 다양한 연령대의 차녀 이야기가 필요한데, 누가 있을까?"

나의 고민에 옆에 있던 차녀 친구가 즉각 대답했다.

"신예희 작가님 차녀 아니에요?"

그분…… 차녀였나? 지금까지 읽었던 신예희 작가의 글들을 머릿속으로 빠르게 되짚어보면서 가족관계를 뒤지기 시작했다. 어, 차녀였던 것 같아! 한 박자 늦게 대답하자 친구가 그럴 줄 알았다는 듯 말했다.

"그냥, 그분은 누가 봐도 차녀 같은데."

'어떤 점이?'라고 묻는다면, 차녀끼리 감지하는 레이더가 반응했다고 대답하고 싶다. '삘'이 그래. 신예희 작가는 프리랜

서계의 박혁거세로(시조라는 뜻이다) 『이렇게 오랫동안 못 갈 줄 몰랐습니다』 『지속가능한 반백수 생활을 위하여』 등을 썼다. 글쓰고, 말하고, 그림 그리며, 물건도 판다. 트위터에서 신예희 작가가 만든 '물건이 좋지 않으면 권하지 않아요' 타래는 2019년 시작되어 지금까지 구천 번 넘게 리트윗되었다. 『돈지랄의 기쁨과 슬픔』을 쓴 물욕의 화신이자, 좋은 것을 알아보는 뛰어난 안목, 그리고 불같은 영업력으로 유명하다.

내가 신예희 작가를 보며 느낀 진한 동병상련은 좋은 물건을 살 때 느끼는 죄책감에 있다. 이 돈을 원래 딴 데 써야 되는 게 아닌가, 나 혼자 이렇게 좋은 걸 써도 되나, 괜히 좋은 말을 못 들을 것 같다는 눈치…… 아, 코끝을 스치는 차녀의 향기.

신예희는 1976년생, 2녀 1남 중 차녀로 아래위로 다 한 살 차이다. 결혼과 출산을 경험하지 않았으며 현재 1인 가구로 살아가고 있다. 최근 SNS에서 80, 90년대생 여성들이 여아 선별 임신중단 이야기를 하며 남자 형제와의 차별 경험을 털어놓는 것을 보고 무척 놀랐다. 그런 일은 적어도 '나'의 세대에서 끝난 일이라고 생각했기 때문이다. '아직도……?' 신예희 작가 역시 여아 선별 임신중단이 드물지 않게 이루어지던 시대에 태어났다. 게다가 바로 밑의 남동생이 무려 6대 독자라니 집안에서 얼마나 맹위를 떨쳤을까.

부모님이 맞벌이였기에 주 양육자는 할머니(아버지의 엄마)였는데, 초등학생인 신예희에게 "너를 뗄 수도 있었는데, 안 뗐다"라고 말하는 사람이었다고 한다. 아들도 아닌 너를 지우지 않고 낳았다는 말을 후회하듯이 혹은 은혜를 베풀었다는 듯이 한 것이다. 신예희는 10년쯤 더 지나서야 그 말의 의미를 이해했다. 6대 독자를 보기 위해 어머니가 임신중단을 경험했다는 사실도 자연스레 알게 되었다. 그건 특별히 비극적이거나 이상한 집안에서만 벌어지는 일이 아니었다. 1960~1990년대 사이에 태어난 딸 중 (아들을 낳기 위한) 엄마의 임신중단 경험을 알고 있는 여성은 생각보다 많다. 그저 말할 곳이 없어 입을 꾹 다물고 있을 뿐.

1924년생인 할머니의 차별은 노골적이고 집요했다. 차녀인 신예희를 '밥벌레'라고 불렀다. 집안의 쌀을 아깝게 축내는 존재라는 뜻이었다. 집안의 좋은 기운이 6대 독자에게 가야 하는데 그 에너지를 신예희가 다 빨아먹는 것 같다며 항상 '나대지 말라'고 야단을 쳤다고 한다. 나대지 말라니? 신예희를 아는 사람이라면 누구나 그 말이 얼마나 부당한지 알 것이다. 세상에서 제일 사랑스럽게 나대는 사람 1위인데요, 지금. 신예희는 아직도 할머니가 까만 도자기 약탕에 뭔가를 바글바글 끓이고 달이던 것을 기억한다. 사계절 내내 남동생과 언니에게 먹일 한약이었고 가끔 어머니와 아버지의 보약도 있었다. 녹용이니 개소주니 어떤 재료가 들어갔는지 줄기차게 읊으며 먹기 싫다는 언니와 남동생 뒤를 쫓아다녔다고 한다. 정작 신예희는 단 한 방울도 먹지 못했다. 그렇게 맛없고 쓰다던 보약이 대체 무슨 맛이었을지 지금도 궁금하다고. 할머니가 육아와 살림 스트레스를 집안에서 가장 약자인 손녀를 타깃 삼아 풀었던 것 같기도 하단다. 너는 기껏해야 남동생의 집에서 일이나 해주면서 먹고 살 테니 남동생에게 잘 보이라는 악담을 퍼붓거나 바늘을 손에 쥐고 다니며 신예희를 쿡쿡 찔렀을 정도니 더 말해 뭐하겠는가.

차별은 형제자매 사이도 이간질한다. 아이는 차별의 주체인 어른보다 경쟁 상대인 형제자매를 미워하게 되기 때문이다. 집안 전체의 학력과 학구열이 높은데다 세 명이 쭈루룩 연년생이다보니 서로 경쟁자라는 느낌이 강했다. 부모님이 학업성적을 이유로 다그치고 체벌하는 일도 잦았다. 그런가 하면 신예희 역시 자매끼리의 외모 비교를 피해갈 수 없었는데, 언니보다 체격이 좋은 편이라 어른들이 늘 입을 댔다. "네가 언니 거 다 뺏어 먹었구나!" 뺏어 먹긴 뭘 뺏어 먹어, 벌크업이 그렇게 만만한 줄 알아?! 그렇게 둘을 놓고 누가 낫니 누가 못하니 끊임없이 비교를 당하니 언니를 '꺾어야 하고, 이겨야 하고, 질투 나는' 존재로 인지할 수밖에 없었다. 그러고 보니 언니나 동생과 오붓하게 밥을 먹거나 차 한잔 같이 마신 기억이 없다고 했다. 싫어하진 않지만, 서로에게 유별난 관심이나 애정도 없다. 담백하다면 담백하고 냉랭하다면 냉랭한 사이다. 다른 집도 다 이런 줄 알았는데, 끈끈하게 뭉치는 친구들 가족을 보면 좀 놀랍고 신기하단다.

신예희의 집에서 사랑받고 주목받는 유일한 방법은 학업뿐이었다. 부모님의 기대가 크고 경제적으로도 여유로운 편이었기에 '애들은 다른 데 신경쓰지 말고 공부만 하면 된다'는 분위기가 강했다. 보통의 차녀들은 인정이나 사랑을 받기 위해, 눈에 띄기 위해 공부를 한다는데 신예희는 혼나기 싫다는 마음으로 공부했다. 같은 학교에 다닌 언니가 워낙 성적이 좋아서 내내 비교를 당했다. 반면 남동생은 막내이자 장남이라 성적이 좀 떨어져도 별 타격이 없어 보여 부러웠다. 언니는 성적으로 넘기 힘든 산이고, 남동생은 성적에 연연하지 않아도 되는 프리미엄을 가진 셈이었다. "뭐, 실제론 그들도 이런저런 고민이 있었겠죠." 중간에 쿠션과 중립 기어를 잊지 않는 모습마저 그림으로 그린 듯한 차녀라 뜨거운 눈물이 흐를 뻔했다……

누구보다 스스로를 잘 챙기는 신예희지만, 부모님 앞에서만은 여전히 어쩔 수 없이 위축된다고. 사랑받고 싶고 인정받고 싶다는 욕망은 생명력이 질기다. 나와 만난 날에도 신예희는 아버지에게 읽을 책을 쭉 골라주고 온 참이었다. 내가 당신의 취향을 잘 안다는 어필, 이렇게 해주는 건 나밖에 없지 않냐고, 이런 나를 좀 봐달라고 옆구리를 찌르며 주변을 맴돌게 되는 마음은 쉽게 떨쳐내지지 않는다. 마침 그날, 나 역시 엄마의 도서 큐레이터로서 본가에 책을 보내고 온 터라 그 얘기가 남 일 같지 않았다.

신예희가 부모님과 함께 살 때의 일이다. 밥솥이 필요하다는 어머니의 말에, 신예희는 소비의 왕답게 제일 좋은 밥솥을 골라 선물로 사드렸다. 그런데 얼마 지나지 않아 선물한 밥솥이 부엌에서 사라진 게 아닌가. "엄마, 밥솥 어디 갔어……?" 우리는 밥솥의 행방을 어렵지 않게 추측할 수 있다. "너희 언니 집에 줬다. 그 집은 애도 많고, 우리는 그냥 이거 쓰면 될 것 같아서." 신예희는 놀라지 않았다. 차분하게 밥솥을 새로 주문했다. 그리고 두번째 밥솥 역시 사라졌다. 이번엔 어디로? 남동생의 집으로! 치이익. 쿠쿠가 차녀의 눈물 젖은 밥을 완성했어요!

그렇게 서러운 일들을 겪고도, 나이든 부모님의 돌봄을 담당하는 사람은 비혼 1인 가구인 신예희다. 언니는 결혼해서 외국에 살고 남동생도 결혼해서 자신의 가족이 있기 때문이다.

비혼 여성이 부모의 돌봄을 오롯이 짊어지게 되는 것은 기사로 나올 만큼 보편적인 현상이다. 많은 비혼 인구가 같은 문제로 고민하고, 나 역시 관련한 질문을 자주 받는다. 그럴 때마다 "남의 엄마 아빠 돌보는 것보다는…… 그래도 우리 엄마 아빠 돌보는 게 낫지 않겠어요?" 하고 넘겼지만, 부모가 나이들어 의탁하는 존재가 그들이 가장 많이 투자하고 사랑했던 자식이 아니라 여전히 그들의 사랑을 갈구하는 자식이라는 점은 부당하다고 느낀다. 가장 많은 것을 준 자식에게 가장 미안해하면서 눈치를 보는 현상을 누가 연구하실 생각 없는지요. 혼자 부모님을 돌보는 게 억울하지는 않냐고 신예희에게 물었더니 의외의 대답이 돌아왔다. "한편으로는 그런 생각도 들어요. 늙고 병든 부모님이라도, '이제야 드디어 온전히 내 차지가 되었다' 싶은? 당신들한테는 이제 나밖에 없다, 뭐 그런." 뿌뿌뿌이! 평생 애정과 인정을 갈구하다, 뒤늦게라도 그들을 독차지했다는 짜릿함? 보아라, 이것이 바로 집착으로 유명한 리디북스 광공은 명함도 못 내미는 코리아 차녀의 패기다!

차녀라는 위치 때문에 차갑고, 이기적이고, 욕심 많고…… 그런 면이 생긴 게 아닐까, 내 것을 내 손으로 악착같이 챙기다 보니 이렇게 된 걸까 생각하기도 한다고. 하지만 곁에서 신예희를 지켜보는 입장에서는 그가 악착같다거나 이기적이라는 생각은 들지 않는다. 언제나 분주하게 좋은 것을 찾아다니고, 자신을 잘 돌보는 것을 넘어 남에게도 좋은 물건을 열정적으로 권하는 신예희의 에너지가 물욕이나 돈지랄로만 이야기되어서는 안 될 것 같다. 『돈지랄의 기쁨과 슬픔』을 쓰면서 좀더 요란하게 돈 쓰는 티를 낸 것도, '그것에 익숙하지 않기에' 일부러 한 행동이라고 했다. 신예희가 이렇게 자기 자신을 최우선순위로 놓기까지 얼마나 많은 일이 있었을지 함부로 상상하지 못하면서도 조금은 이해할 수 있을 것 같다. 이제 신예희는 조용히 다른 사람의 마음에 들 만한 짓을 해놓고 그가 '알아봐주기를' 기다리지 않는다. 뭘 하든 티를 내고 잔뜩 생색도 낸다. "봤지? 내가 이거 해주는 거? 빨리 고마워해!" 그러면서 상대가 조금 쩔쩔매는 걸 보고 싶다는 솔직한 발언이 꽤나 통쾌했다.

어릴 때는 이해하지 못했던 차별과 언어폭력을 돌이켜보면서, 신예희는 그런 말 한마디가 듣고 싶다고 했다. "네가 그랬구나, 서운했구나." 뭐 벌금을 내라거나, 처벌을 하겠다는 것도 아니었다(할머니의 멱살은 한번 잡아볼걸, 하는 생각은 한다고). 하지만 그 사과와 공감이 지금으로서는 불가능하다는 것도 잘 안다. 그 말을 하는 순간 당신들의 지난 세월이 모두 와르르 무너지는 것 같을 테니까. 그래서 이 응어리는 영원히 풀리지 않은 채로, 신예희의 안에 맺혀 있을 것이다. 그럼에도 신예희가 이렇게 사랑스럽고 유쾌한 에너지를 가진 어른이 되었다는 점은 어떤 희망으로 느껴진다. 완전히 치유되지 않더라도, 잘못을 사과받지 못하더라도, 자신을 잘 추스르고 대접하면 그 시절의 구박데기에서 벗어날 수 있다는 메시지를 전해주는 것 같다.

"난 신예희 작가님 같은 어른이 되고 싶어." 내가 말하자, 친구가 말했다. "나는 신예희 작가님 같은 트위터리안이 되고 싶은데." 어? 그러고 보니 유쾌하고 즐거운 에너지를 주는 SNS 유저는 좋은 어른보다 좀더 까다롭고 도달하기 어려운 경지 같다. 정말 대단한 사람이잖아? 역시 차녀는 무럭무럭 자라서 큰 사람이 된다. 나는 감탄했다.

어린 시절의 신예희에게 해주고 싶은 말이 있냐고 물었다. 신예희는 말했다. "예희야, 너는 원 밖으로 내쳐질까봐 두려워하지. 그런데 말이지, 그거 아무것도 아니야. 인사이더와 아웃사이더 따위, 슥슥 문지르면 없어지는 편가르기야. 그러니까 괜찮아. 너는 잘하고 있고, 어마어마하게 괜찮은 어른이 될 거야. 장난 아냐."

그 옆에서 손을 번쩍 들며 같이 외친다. 정말이야, 어마어마하게 괜찮은 어른이야. 진짜 장난 아냐!

오빠 동생 언니 삼각형
쏘냐

'그래도' 나는 딸을 자식으로 인지하는 1980년대에 태어났고, 남자 형제와 함께 자라지 않아서 다행이라고 생각한다. 나를 차별할라치면 나비처럼 날아 벌처럼 쏘아댈 수 있는 시절에 유년기를 보냈으니까. 저마다 각자의 지옥이 있지만, 시대적 특수성을 고려하면 차별의 절댓값을 생각하지 않을 수 없다. 딸은 고등교육을 안 시키는 게 당연하고, 아버지와 장남만 다른 밥상을 받던 시대에 차녀의 삶은 어땠을까?

쏘냐는 1957년, 예의범절을 무척이나 중시하는 충청도 양반 집안에서 3녀 1남 중 둘째 딸로 태어났다. 쏘냐는 마음에 들지 않는 본명 대신 스스로 선택한 이름이다. 쏘냐의 언니는 네 번이나 아이를 잃은 후 태어난 장녀였다. 성별보다 '살았다'는 것에 방점이 찍힌 장녀는 그야말로 너무너무 귀한 첫째여서 땅에도 안 내려놓고 키웠다고 한다. 손녀를 위해 기도하며 지은 절이 있을 정도니 말 다 했다. 그뒤에 태어난 오빠는 장남인데다 몸이 약해서 또 온 집안사람들의 관심을 한몸에 받았다. 아이가 귀한 집이었지만, 차녀로 태어난 쏘냐는 그다지 환영받지 못했다. 7개월 반 만에 태어났으니 어차피 죽을 거라며, 쏘냐의 할아버지가 신생아를 윗목에 둘둘 말아놓고 젖도 못 주게 감시했다고 한다. 아들이어도 그랬을까?

그러나 쏘냐는 살아남았다. 어머니가 할아버지 몰래 젖을 짜서 적신 수건으로 틈틈이 쏘냐를 먹였다. 죽을 거라고 생각해서 호적에도 올리지 않았던 탓에 호적 나이와 실제 나이가 다르다. 몸이 약했던 쏘냐는 울면 기절했는데, 덕분에 그나마 천대를 좀 덜 받았던 편이라고 자조한다. 그래도 낀 딸의 매일은 녹록지 않았다. 쏘냐의 언니는 귀한 첫아이라고 집에서 국수를 해 먹는 날 혼자 안 먹는다고 떼를 써도 혼내지 않고 옆집에서 밥을 얻어다 먹일 정도로 애지중지했고, 장남은 아들이라서 이루 말할 수 없이 귀한 대접을 받았다. 넷째는 넷째대로 나이 차이가 많이 나는 막내딸이라 귀여움을 듬뿍 받고 각종 심부름이나 꾸중을 쏙쏙 피해갔다. 집에는 출생일이 몇 개월 차이 나지 않는 사촌동생(작은아버지 집안의 장남)까지 있어서, 쏘냐는 장남이라는 두 고래 사이에 낀 새우 같았다.

집안일은 쏘냐의 몫이었다. 언니는 시키기만 하고, 동생은 미꾸라지처럼 빠져나갔다. "왜 항상 나만 시키지?" 첫째와 막내는 아들이 아니어도 사랑받는데 쏘냐만 소외당했다. 혼란스러웠다. 특히 쏘냐와 막내가 자주 싸웠다. 성격이 너무 달랐다. 언니는 항상 동생 편을 들며 쏘냐를 야단쳤다. 동생은 언니 편을 들어야 살아남으니까 언니와 쏘냐가 싸우면 언니에게 붙었다고 한다. 늘 쏘냐가 가해자가 되는 구도였다. 쏘냐는 집에서 자기 편이 아무도 없다고 느꼈다. 지금 생각하면, 참 억울하고 슬픈 날이 많았다. 그런데 어린 쏘냐에게는 자신의 감정을 표현할 언어가 아직 없었기에 눈물만 흘렸다. 한국 정서에선 우는 사람이 지는 거라 쏘냐는 늘 징징거린다는 비난을 받았다. 쏘냐는 지금도 징징거린다는 말이 제일 싫다. "어렸을 때 소설을 쓸 거라고 그랬어. 내 느낌에 난 소설가가 될 거 같은 거야. 말로 표현을 못하니까 글로 쓰는 거지. 일기 같은 거 쓰고. 내가 서러울 때 기댈 수 있는 사람이 없었어. 오빠 동생 언니 삼각형이 있는데 나는 가운데 점 같은 느낌? 어느 편도 아니고 연결된 거 같지도 않고."

쏘냐는 오빠가 입었던 옷을 늘 물려 입었다. 그러니까 남자 옷밖에 없었는데, 창피하고 부끄러운 쏘냐의 마음은 누구도 알아주지 않았다. 오빠가 옷을 지저분하게 입으면 항상 조마조마했다. 저게 곧 내 옷이 될 텐데, 조금만 아껴서 입어줬으면…… 새 옷은 언감생심 꿈도 못 꾼 쏘냐가 품을 수 있는 최대치의 바람이었다. 망하기 전에는 제법 잘사는 지역 유지 집안이었지만, 새롭고 좋은 물건이 쏘냐의 것이었던 적은 없다. "뭐든지 좀 찌꺼기는 내 거"라는 쏘냐의 말이 사무친다. "어렸을 때 소풍을 가면 용돈을 받는데, 오빠한테 내 돈까지 다 주고 오빠랑 같이 사 먹으래. 오빠 돈 십 원, 내 돈 오 원. 근데 그걸 오빠가 주냔 말야. 소풍 가면 나팔 피리 같은 거나 사이다를 팔잖아. 나는 사 먹고 싶은데 못 사 먹었어. 오빠를 겨우 찾아서 돈 달라고 하면 자기가 이미 갖고 놀다가 고장난 장난감을 줘. 이렇게 펼쳤다가 접었다가 하는 거 있지. 좋다고 받아와서 열어보면 찢어지고 망가져 있는 거지. 그리고 병 사이다를 팔았거든, 옛날에는. 뚜껑을 뽕 따고 마시다가 남으면 그 틈을 손가락으로 막아서 다녀. 요만큼 남으면 사이다가 뜨끈뜨끈하고 가스가 다 빠져. 단물밖에 안 남아, 밍밍하게. 그거라도 달라 그러면 다 주는 것도 아니고 '아~' 하라고 그래서 입 벌리고 있으면 입에 쪼르륵 부어주는데 혓바닥에만 찔끔 닿고 말았다니까. 근데 불만을 말할 줄도 몰랐어. 오빤 원래부터 특별대우를 받는 사람이고. 억울하다는 생각조차 못했지, 우리 때는."

이리 치이고 저리 치이던 쏘냐가 빛을 발한 건 학교에 다니면서부터다. 사 남매 중 가장 똘망똘망했던 쏘냐는 학교에서 곧잘 1등을 했다. 무용을 배울 땐 전교생 앞에서 시범을 보이고, 아버지가 농촌에서 명예직을 여덟 개나 맡고 있는 분이었던 터라 학교에 손님이 방문하면 화동도 맡아 했다. 어디서든 눈에 띄는 아이였던 만큼 남의 시선을 강하게 의식할 수밖에 없었다. 관심을 받고 싶은 동시에 나 때문에 부모님이 욕을 먹을까봐 옷차림부터 행동 하나하나까지 신경을 썼다. 옛날에는 형제들끼리 싸우면 흉이 되고, 남 손가락질 받을 일은 하면 안 되니까 가족에게 자신의 권리를 주장하거나 그런 건 생각도 못 했다. 그래도 주변을 두루 살피는 따스한 성정과 사교적인 성격 덕분에 쏘냐는 어딜 가도 인기 있는 사람이었다. 회사를 다닐 때도 모두들 쏘냐 주변에 모여들어 함께 도시락을 먹으려고 했다. 지금도 쏘냐는 사람들과 모여서 음식을 나누고 활발하게 어울리는 것을 제일 좋아한다. 그 순간만큼은 쏘냐가 그곳에서 가장 중요한 사람이기 때문이다.

어른이 되어 자기의 세계를 꾸리면 괜찮을 줄 알았다. 하지만 가족이라는 게 어디 그렇게 쉽게 떨칠 수 있는 족쇄인가. 쏘냐는 결혼을 할 때도 서운했다. "언니가 결혼할 때는 우리 집안의 개혼開婚이라고 해서, 엄청 으리으리하게 했어. 작은아버지도 언니 집에 냉장고를 턱 해주고. 오빠 장가갈 때는 또 아들이라고 으리으리하게 하고. 근데 나 할 때는 이미 둘을 보내서 개털이야. 대충해서 보낸 거 같아. 막내는 또 상황이 달랐어. 마지막이고, 내가 돈을 버니까. 형부들도 뭐 해주고. 그렇게 생각을 하면 항상 뭔가 손해보고 사는 거 같은 느낌이지." 이제 쏘냐도, 쏘냐의 형제자매들도 나이가 들었다. 가족 모임을 하면 쏘냐가 총무 역할을 다 떠맡는다. 어렸을 때는 가족 중에서 제일 대접을 못 받았는데 이제 와서 모두 쏘냐에게 기대는 게 요즘은 좀 피곤하다. 솔직히 벗어나고 싶고, 왜 아직도 이러고 있을까 싶다. 그만두면 되는데 그게 또 잘 안 된다. 어렸을 때부터 식구들 뒷바라지하고 다른 사람들한테 맞춰주려고 종종거린 게 몸에 배서 그런 것 같단다. 쏘냐가 이렇게 노력하는 건 자신이 '플러스가 없는 존재'라고 생각하기 때문이다. 언니는 가만히 있어도 맏딸이고, 오빠는 장남인데, 쏘냐는 태어나면서부터 가지는 특별함이 없었다. 그래서 쏘냐는 손이 많이 안 가는 자식이 되려고 했다. 늘 자신의 감정을 다 표현하지 않고 억눌렀다. 착하다는 소리에 매달렸다.

쏘냐는 서러움을 간직한 차녀이자, 두 딸의 엄마인 양육자이기도 하다. 1980년대에 장남과 결혼한 맏며느리로서, 아들을 낳아야 한다는 압박 역시 쏘냐를 죄어왔다. 처음에는 딸 한 명만 낳아서 외동으로 키우려고 했다. 국가가 "잘 키운 딸 하나 열 아들 안 부럽다"고 외칠 때였다. 첫째의 돌 사진을 찍는 날 시모는 남자 한복을 가져왔다. 첫째를 낳기도 전에 아들 이름을 미리 지어놨던 것처럼, 밑으로 아들을 낳으라는 염원이었다. 얼마 후 우연히 둘째가 생겼는데, 태몽에 앵두가 두 개 자두가 두 개 나왔다. 어른들이 모두 딸을 낳는 꿈이라고 했다. 쏘냐는 아이를 지우려고도 생각했다. "연년생을 키우려면 너무 힘들 것 같고, 나는 그 맏며느리라는 역할이…… 내가 봤잖아, 우리 오빠를 얼마나 귀하게 키우는지. 장남, 장손이 어떤 의미인지 아니까." 뜻밖에 남편이 이혼까지 들먹이며 완강히 반대했다. 그 아이도 우리 아이인데 딸이라도 낳자고 했다. 당시에는 배우자가 동의해야만 임신중단을 할 수 있었다고 한다. 그래서 쏘냐의 둘째 딸은 태어났다.

병원에 아이를 안고 누워 있는데 시모가 와서 빈정거리듯 말했단다. "그렇게도 예쁘냐? 그래, 둘보단 셋이 나으니까 셋 낳아서 키워라." 자식 예뻐하는 것도 딸이라서 아니꼬워하며, 갓 몸을 푼 며느리에게 '다음에는' 꼭 아들을 낳으라고 말한 셈이다. 둘째 딸이 백일도 안 됐을 때 쏘냐의 남편이 정관수술을 하고 왔다. 맏며느리라 '미련스럽게' 셋째를 가지려고 할까봐 그랬다는 것이다. "시어머니는 미련이 많았어. 은근하게 압력이 있었지. 아들 없으면 불쌍하다고 여기던 시절이라. 우리 집안 종손이 바람이 나서 밖에서 낳아온 아들이야. 원래는 딸만 둘이고. 그러니까 흉을 보는 사람들도 있는데, 시어머니는 그걸 이해 못 하더라고. 잘한 일이라고 생각하고. '어머니, 애비가 그러길 바라세요?' 했더니 '너도 아들 생기면 좋잖아'라고 하시더라."

쏘냐가 아이를 키울 때는 양육에 대한 정보나 어린이의 권리에 대한 인식이 부족하던 시절이었다. 돌이켜보면 아이들에게 참 미안하고 후회되는 점이 많다고 했다. 특히 본인도 차녀면서 막상 둘째 딸의 마음을 잘 헤아려주지 못한 것을 뒤늦게 깨달았다(그렇지만 쏘냐는 나와 대화하는 중에도 첫째 딸의 입학식을 떠올리며 눈물이 그렁그렁해졌다. 엄마의 영원한 첫사랑, 장녀……). 연년생 딸들이 나란히 입학해 학교에 다닐 때도 한 번도 차녀의 선생님은 찾아간 적이 없다고 했다. 학부모 임원 같은 걸 해도 항상 장녀의 엄마로만 참여했는데, 그건 교사들의 귀신같은 지목(!) 때문도 있다고 한다. 교사들이 남자아이의 엄마, 외아들의 엄마, 큰아이의 엄마를 골라 참여를 독려한다는 것이다. 애초에 둘째 아이의 학부모가 뭘 나서서 할 거라는 기대 자체를 안

한다고.

지금 돌아보면 둘째 딸이 자기를 지키려고, 아들 노릇을 하려고 참 애썼다고 쏘냐는 말한다. 첫째 딸은 애틋하고 둘째 딸은 기특하고 고맙다는 쏘냐의 말에, 두 딸을 키우는 많은 양육자가 공감할 것 같다고 생각했다. 어릴 때부터 집안 어른들이 똘똘한 둘째 딸을 보고 "이 집은 둘째가 아들이네. 쟤가 아들이었으면 좋았을 텐데" 하는 말을 지나가면서 꼭 한마디씩 했던 것을 쏘냐도 기억한다. 그런 말을 듣고 자랐으니 누가 시키지 않아도 둘째 딸 스스로 아들 역할을 하려고 한 게, 평생 애쓰고 있는 쏘냐와 다른 듯 닮았다.

쏘냐는 다시 태어나서 살라고 하면 안 태어나고 싶다고 말했다. 인생을 다시 살고 싶지가 않다고. 불행했다기보다는, 그냥 너무 힘들어서 그걸 어떻게 다 다시 겪나 싶단다. "계속 스트레스 받으면서 살아서…… 근데 그래서 내가 또 항상 밝았나봐." 나는 얼른 받아쳤다. "차녀들이 또 밝잖아요." 그 자리에 있던 차녀들이 다 함께 웃음을 터뜨렸다.

지금의 쏘냐가, 열 살의 쏘냐에게 해주고 싶은 말이 있냐고 물었다. 쏘냐는 한참 말을 고르고 고르다가 말했다. "싫으면 안 해도 돼." 그걸 어려서부터 좀 알았더라면 살면서 덜 스트레스

받고, 하기 싫으면 안 하기도 하고, 싫으면 싫다고 말했을지도 모르겠다고. 싫은 것도 다 해야 하는 줄 알고 살았다는 쏘냐에게, 그리고 이 세상 모든 딸들에게 말해주고 싶다. 싫으면 안 해도 된다고.

차녀의 굴레

곽민지

살다보면 '어, 나랑 이렇게까지 비슷한 환경에서 같은 것을 욕망하며 살아온 사람이 있네?' 하고 놀랄 때가 있다. 나에게는 곽민지가 그랬다. 나란히 놓고 보면 분명 다른 사람이고 취향이나 기질 또한 독자적인데, 이야기를 하다보면 헛웃음이 나올 만큼 닮은 구석이 많았다. 1980년대에 딸만 둘 있는 집에서 태어나, 책임감 있는 장남인 아버지와 모두가 입을 모아 칭찬하는 며느리인 어머니 밑에서, 연년생 언니보다 기골이 장대하고 똑똑하다는 소리를 들으며 자란 차녀의 경험과 기질이 꼭 내 것 같았다. 대화를 할 때마다, 우리의 이야기가 문화인류학적 가치를 지닌 데이터가 될 수 있겠다는 희망이 뭉게뭉게 피어올랐다.

곽민지는 글쓰고 방송을 제작하는 프리랜서다. 1985년, 연년생 언니를 둔 차녀이자 막내로 태어났다. 종갓집이어서 제사를 모두 곽민지의 집에서 지냈는데, 종손이 없다는 이유로 엄마가 모진 시집살이에 시달리는 것을 어릴 때부터 지켜봤다. 원래는 언니 하나만 낳아서 외동딸로 키우려고 했는데 우연히 곽민지가 생긴 거라고, 친척들은 곽민지에게 늘 '덤으로 태어났다'는 말을 농담처럼 했다. 높은 성적을 받아왔을 때 듣는 말은 "우리 민지, 그때 지웠으면 어떡할 뻔했어"였다. 그리고 이런 말이 따라붙었다. "네가 이 집 아들이야."

곽민지는 증명하고 싶었다. 아들이 없어도 우리집에는 빈틈이 없고, 우리 부모는 불행하지 않다고. 그래서 아빠가 집에서 뭘 고친다거나 하면 옆에 가서 적극적으로 배우고 거들었다. 그 덕에 지금도 목공을 하고 집안의 자잘한 고장은 사람 안 부르고 뚝딱뚝딱 할 줄 안다. 곽민지가 생각한 아들 노릇 중 하나는 가족 구성원을 '지키는 것'이었던 듯하다. 언니가 친구들과 놀다가 울면서 들어오면, (마치 '가부장 파워'를 잠시 대여하듯이) 아빠의 신발을 꿰어 신고 나가 자기보다 나이가 한 살 많은 어린이에게도 덤벼들었다. 어릴 때부터 어른들의 입을 통해 언니는 연약하다거나 여리다는 말을 많이 들어 언니에 대한 보호 본능이 컸다. 커서는 아빠의 훌륭한 술친구가 되어 아들 없는 아쉬움을 보상하고자 했고, 항상 남자 친척과 똑같이 제사에 참석했다. 엄마가 시가에서 부당한 대우를 당할 때마다 참지 않고 나서서 불편한 감정을 드러냈기에 친척들이 곽민지를 좀 어려워한다고 했다. 막내지만 든든한 곽민지에게, 부모도 언니도 많이 의지했다. 엄마와 언니가 싸우면 둘 다 곽민지에게 연락한다. 심지어 곽민지가 일본에서 유학중이었을 때도, 식구들 사이에 트러블이 발생하자 온 가족이 메일과 전화로 연락하며 상의했다. 솔직히 말하면, 그때는 좀 뿌듯했다고. "나 없으면 안 되지?" 필요할 때마다 이렇게 중재자로 써먹으면서, 정작 가족 내에서는 자기가 가장 성격이 나쁘다는 여론(?)이 형성되어 있는 게 곽민지는 좀 억울하다.

누군가에게 필요한 사람이 되고 싶고, 자기 때문에 곤경에 처한 사람을 지키고 싶어하는 마음은 성격 형성에도 많은 영향을 끼쳤다. 친구들 사이에서는 주로 조언을 해주는 역할이었고, 일을 할 때도 못하겠다고 말하기보다는 어떻게든 사방팔방 뛰어다니면서 수습하려고 했다. 약한 소리를 할 줄 몰랐고, 다른 사람에게 기댈 줄도 몰랐다. 언니와 똑같이 용돈을 받을 때는 모자라면 더 요구할 수 있는 언니가 신기했다. "오만 원만 더 줄 수 있어?" 그 말을 못해서, 용돈이 떨어지면 2주 동안 식빵 한 줄로 버텼다. 부모님이 그걸 못 줄 만큼 경제적 상황이 안 좋은 것도 아니었는데 말이다. "언니는 가만히 있어도 관심을 받는 사람이고, 엄마 아빠가 언니를 항상 신경쓰고 있다는 걸 느꼈어요. 반면 나는 알아서 해내야만 내 존재 가치가 증명된다는 느낌을 받았던 것 같아요. 성적이 좋았던 것도, '엄마 아빠가 별로 공부 문제에 참견을 안 했는데도 알아서 잘했다'는 게 더 큰 훈장이라고 느꼈고. 지금 여러 가지 일을 하는 것도 너무 인정욕구가 강하고, 가만히 있는 걸 견디지 못해서라고 생각해요. 가만히 있으면 아무도 내 가치를 인정해주지 않을 거야, 이런 생각?"

그게 밑 빠진 독에 물 붓는 행위와 비슷하다는 사실을, 최근에 알았다. 성장 과정에서 가족이 내면에 어떤 상처를 남겼는지, 상담 전에는 전혀 인지하지 못했다. 집안 분위기는 화목하고, 폭력이나 학대도 없었으니까. 그런데 정신과 선생님이 가족 이야기를 할 때마다 곽민지가 "저희 집은 문제가 정말 없어요. 화목해요"라고 덮어버리는 점을 지적했다. 집안의 막내인 곽민지가 가족에 대해서 이야기하는 방식이 보통 막내의 화법과는 달랐다는 것이다. 언제나 아무 문제 없다, 괜찮다, 그렇게 말하면서 덮고 넘어가던 문제를 파고들면서 사실은 자신이 누구에게도 기대지 못한다는 것을 깨달았다.

평소 곽민지는 주변 사람들이 걱정할 정도로 굉장히 의욕적으로 여러 가지 일을 한다. 방송작가로 일하면서 독립출판도 하고, 팟캐스트도 하고, 굿즈도 만들고. 나 역시 곽민지에게 종종 그 많은 일을 어떻게 하냐고 물어볼 정도였다. 그런데 집에만 가면, 혼자 있으면, 곽민지에게 눈사태 같은 무기력이 덮쳐오곤 한단다. 어떨 때는 집에서 택배 상자 하나를 못 뜯고, 코트 입은 채로 소파에 앉아서 몇 시간을 흘려보낼 때도 있다고 했다. "제가 '보는 눈'이 없으면, 다른 사람들의 평가나 요청이 없으면 움직이지 않더라고요." 혼자 있을 때의 무기력이 차녀로서의 인정욕구랑 맞닿아 있었다는 이야기를 들을 때는 솔직히 뜨끔했다. 인정에 목을 매다 자기 자신을 가장 홀대하게 되는 아이러니. 곽민지는 사춘기도 별일 없이 지나갔다. 언니가 사춘기를 좀 격하게 보냈는데, 속으로 '……너만 힘드냐?'라고 생각했단다. 언니 때문에 힘들어하는 엄마를 보니, 차마 자기까지 엄마를 힘들게 할 수 없어서 그냥 감정을 억눌렀다고.

연년생인 언니와의 관계는 어떤가 물었다. 곽민지는 언니와 어릴 때부터 쌍둥이처럼 컸고, 유별나게 사이가 좋았다. 언니는 뽀얗고 예쁜, 어른들이 생각하는 전형적인 딸 같은 모습이었는데 곽민지는 키도 크고 좀 까무잡잡해서 여러모로 비교도 많이 됐다고 한다. 언니를 좋아하고 아끼는 것과 별개로, 차녀의 서러움은 또 삶의 마디마디마다 사무쳐 있었다! "부모님이 내가 좋아하는 음식 기억 못하는 건 기본이고요. 언니가 걸스카우트를 해서 저는 못했어요. 너까지 시켜줄 수는 없다, 그렇게 말했죠. '글사임당'이라는 글쓰기 사교육도 언니만 받았어요. 그게 인원을 맞춰서 조를 짜야 수업이 가능한데, 나는 못 짜서 시켜줄 수 없었다고 하더라고요. 왜겠어요? 엄마의 모든 인적 네트워크가 언니 중심으로 이루어져 있어서 언니 조를 짜는 건 쉬운데 내 친구들 엄마는 하나도 모르니까 그랬지. 지금도 '글사임당의 한을 풀기 위해서 내가 작가가 된 게 아닐까?' 그런 생각을 한다니까요. 그때 글사임당을 시켜줬더라면 글쓰기에 작은 불씨만 좀 쏟아붓고 끝났을지도 모르는데. 엄마가 분명히 말 잘하고 글쓰는 거 좋아하는 딸의 재능을 알아봤을 텐데 그걸 키워주지 않은 게 섭섭해요. 제가 대학에서 일본어를 전공했는데, 하루는 일본 유학을 가겠다고 계획표를 짜서 발표를 했어요. 그런데 언니가 자기도 보내달라고 하는 거예요. 둘이나 보내줄 순 없다고 해서 못 갈 뻔했어요. 아니 나는 일본어과고 언니는 사회학관데, 언니는 내가 못해본 경험도 많이 했는데 왜 나는…… 언니가 못 누린 건 나도 안 돼? 나는 전공자인데? 바이올린도 그래서 못 배웠거든요. 나 시켜주면 언니도 시켜줘야 해서 안 된다고."

곽민지를 작가로 만든 것은 글사임당의 못다 한 꿈이었다는 비하인드 스토리. 그런가 하면, 말하기 또한 차녀였기에 더 치열하게 갈고닦을 수 있었다. 부모님은 갈등 상황이 발생하면 늘 자매에게 동등하게 해명의 기회를 주었는데, 어릴 때는 한 살 차이가 꽤 크다보니 사실 공평하지 않았다. 나이가 어리니까 어휘력이라든가 논리가 부족할 수밖에 없었다. 그런데도 말로 시시비비를 가려야 했으니…… 곽민지는 어떻게든 또박또박 조리 있게 말하려고 노력했던 시간이 쌓여 지금의 자신이 된 게 아닌가, 그 덕에 감정을 언어화하는 데 능해진 것 같다며 웃었다. 차녀는 바로 옆에 있는 경쟁자 덕분에 쑥쑥 큰다.

전둘연 회원으로서 혹시 차녀 레이더가 작동할 때가 있냐고 물었다. "눈치가 빠르고 빠릿빠릿하게 일 잘한다 싶어서 물어보면 차녀인 경우가 많더라고요. A를 시켰을 때 A를 효율적으로 잘하기도 하지만, A를 끝내고 B를 도와주러 뛰어가는 사람들 쪽에 차녀가 많았어요. 그리고 작가들 중에서도 논증용 에피소드를 많이 쓰는, 비유와 설득의 화법을 쓰는 사람들은…… 차녀인 경우가 많더라고요. 그냥 딸기가 먹고 싶어, 라고 말하는 것으로는 욕구를 존중받지 못한 경험이 쌓여서일지도요. 딸기 하나 먹고 싶다고 말하는데도 아스팔트를 왕창 깔면서 굉장히 다면적이고 다층적인 방식으로 욕구를 표현하는 작가들은 대부분 차녀라고 생각해요."

지금의 곽민지가 열 살의 곽민지에게 해주고 싶은 말은 "니 거 해라"다. '자기 것'이 없었던 것 같다고 느끼기 때문이다. 지금의 취향도, 언니를 좋아해 따라 한 것과 언니와 차별화되려고 일부러 반대를 좇다가 만들어진 걸로 이루어져 있다고 생각한다. 언니가 치마를 좋아하니까 바지를 좋아하는 애로 컸나 싶단다. "나는 나대로 살면 되는데 늘 언니를 따라 하거나, 언니와 반대로 했어요. 기준이 언니에 맞춰져 있었어요. 동시에 아들을 연기하기도 했고…… 걔가 그냥 좋아하는 걸 말하고 원하는 걸 요구하는 보통의 어린애로 살았으면 좋겠어요. 아무리 발버둥쳐도 아들이 될 수 없다는 걸 빨리 직시하고. 죽어도 미치지 못하는 아들 대체품 역할을 하느라고 불필요하게 인생을 갈아넣지 않았으면. 그 시간이 너무 아깝거든요."

곽민지는 얼마 전, 오래 앓던 이 같은 제사 문제를 어느 정도 매듭지었다. 아들의 공백을 느끼게 하고 싶지 않아서 그동안 기를 쓰고 제사에 참석했지만, 이것이 엄마를 착취하는 의례다보니 늘 똥 씹은 얼굴을 하고 방어적으로 굴었다는 것이다. 곽민지가 제사에 불참 의사를 밝히면서, 아빠 엄마와도 갈등이 불거졌다. 그러나 이런 차녀의 굴레를 언젠가는 벗어던져야 한다고 생각했기에 지난하지만 꼭 필요한 과정을 낑낑거리며 거쳤다. 나는 그 시간을 옆에서 지켜보며 새가 알에서 깨어나는 장면을 떠올렸다. 마음 졸이며 응원했고, 잘했다고 등을 토닥여주고 싶다. 지금의 곽민지는 누구와도 같지 않은 자기만의 것을 쥐고 있다. 그 따뜻하고 유쾌한 에너지가 봄바람처럼 불어오고 불꽃놀이처럼 터질 때마다, 평범한 순간은 축제가 된다.

4부

집밖의 세계를 일굴 거야

더이상 눈물짓지 않아
차라리 거칠게 짖지

글쓰는 차녀들

모든 차녀가 그런 건 아냐…… 일단 난 차녀긴 한데.

SNS에서 유명한 '제주도 귤나무 이론'이 있다. 너네 집에도 귤나무가 있냐고 물어보는 육지인의 편협함에 지친 제주도민이 대답한다. "제주도민이면 다 집에 귤나무가 있다는 생각은 편견이야. 일단 우리집 뒷마당에도 있긴 한데." 성급한 일반화에 치를 떨면서도, '나' 그리고 '내 주변'은 그렇다는 사실을 확인할 때 새어나오는 묘한 웃음. 한국에서 자라난 우리는 제제처럼 밍기뉴라는 멋진 라임오렌지나무를 가지진 못했지만, 각자의 귤나무 정도는 마음의 뒷마당에 키우고 있을 것이다. 주파수가 비슷한 사람끼리 모여서 놀다보면, 여럿에게 적용 가능한 프레임이 하나 생기곤 하니까.

내 귤나무는 이거다. "글쓰는 사람 중에 차녀가 많은 것 같다." 근거는 다음과 같다. "일단 난 차녀고, 작가인 내 친구들도 차녀야." 물론 작가가 아닌 차녀 친구도 있다. 여러분은 고작 열 손가락 안에 드는 표본집단으로 일반화를 시도하는, 이렇게 허술한 사람의 글을 읽고 있습니다. 하지만 나와 처음 이 책의 출간을 기획했던 편집자님도 그렇게 말했다. "글 다루는 사람 중에는 차녀가 많은 것 같아요. 저희 팀 사람들도 다 차녀입니다." 이 책은 차녀의 렌즈로 세상을 보는 『차녀 힙합』. 모든 인과관계를 '차녀라서'로 몰아가는 극악무도한 프로파간다! 감히 말하겠다. 차녀라는 신분은 글쓰기의 세계와 밀접할 수밖에 없는 운명이라고.

차녀는 일찍이 접한다. 첫째를 위해 마련된 활자의 세계를. 집에 들어오는 최초의 문물은 언제나 첫째의 것이다. 많은 양육자는 우리 애가 천재일지도 모른다는 꿈을 꾸며 각종 전집을 사들인다. 차녀는 자연스럽게, 조금 높은 수준의 독서를 하게 된다. 생일이 빠른 언니와 나는 두 학년 차이가 났다. 내가 여섯 살 때 언니는 초등학교에 입학했다. 글을 읽을 줄도 모르면서 언니의 교과서를 들여다봤다. 어느 날 집에 세계문학전집 한 질이 들어왔다. 아직도 그 딱딱한 양장의 느낌과 촌스러운 폰트, 그리고 각 맞춘 군인처럼 일관적이던 디자인이 눈에 선하다. 나는 이해도 못하면서 책장에 있는 책을 군것질하듯 하나하나 뽑아 읽었다. 언니가 중학생이 되자, 내 독서의 보폭도 '중·고등학생이 꼭 읽어야 할 소설' 시리즈로 껑충 건너뛰었다. 대학 입시에 나오는 현대소설을 모두 중학교 입학 전에 뗐다. 주로 남녀의 성관계가 나오는 부분을 찾느라 그렇게 되었다. 조금 되바라지고 살짝 조숙했거든요, 꺄아~! 언니의 책을 따라 읽으면서 나는 또래보다 빨리 그림이 없는 책으로 이동했다. 그런 독서 경험은 내 키보다 조금 높은 담장 너머의 세계를 훔쳐보는 것 같았다. 한껏 까치발을 하면 내 관절과 목이 쭈욱 늘어나면서…… 보인다, 보여! 그 너머를 한번 보고 나면 다른 것은 다 시시하고 유치하게 느껴졌다. 내 앞에는 언제나 내가 손에 든 것보다 어렵지만 흥미로운 텍스트가 풍성하게 차려져 있었다. 나는 늘 정신적 까치발을 한 상태로 또래보다 어려운 책을 읽었다.

독서 밥상에는 어른이 고른 양질의 책뿐만 아니라, 언니가 직접 '엄선'한 것들도 즐비했다. 나의 우상인 아이돌 오빠들끼리 지지고 볶는 팬픽, 언니가 어느 날 문화사절단처럼 집에 들여온 『파티』나 『윙크』 같은 만화 잡지, 10대 청소년을 겨냥한

틴로맨스 소설, 맞춤법이고 개연성이고 쌈 싸 먹었지만 가슴을 쥐어뜯게 하는 몰입감이 조앤 K. 롤링 빰치는 인터넷 소설, 엄마가 보면 비교육적이라고 비명을 질렀을, 다 죽여버리는 일본 공포 소설…… 먹으면 혀가 빨개지는 막대사탕처럼, 어른들은 해롭다고 하지만 당장 우리 입에서는 살살 녹아내리는 재미의 맛. 언니가 직접 탐색한 텍스트 중 가장 재미있는 것들만이 살아남아 내 차례까지 돌아왔다. 책은 옷이나 인형처럼 낡았다고 해도 전혀 서운할 게 없었다. 그 안에 담긴 이야기는 닳거나 빛바래지 않으니까. 나에게는 새롭기만 한 이야기들이 손때 묻은 책장 속에서 반짝거렸다.

언제나 누군가 나를 알아봐주기를, 너는 특별하며 '제일' 눈에 띈다고 말해주기를 기다리던 아이는 이제 또래보다 한 뼘 정도 풍부한 어휘력과 문해력을 갖게 되었다. 어른들이 이를 칭찬한다. 아이는 흥분한다. '나, 글을 잘 쓰나봐!' 하루는 교내 글짓기 대회에서 상을 탔다. 초등학교 3학년 때였는데, 단상에 올라가서 상을 받았다. 모두가 나를 쳐다보며 박수를 쳤다. 글짓기상은 언니가 받은 적 없었기에 아이는 행복해서 거의 졸도할 지경이다. 가슴이 울렁거린다. 그렇게, 세상의 차녀들은 작가 혹은 편집자 혹은 번역가 같은, 활자의 세계에 줄 없이 번지점프하는 직업에 한 발짝 다가가는 것이다……

물론 이것만으로는 부족하다. 풍부한 독서 경험은 좋은 글을 쓸 수 있는 기반이지만, 읽는 행위에서 쓰는 행위로 이동하려면 결정적인 한끗이 필요하다. 음식맛을 결정짓는 한 꼬집의 소금 같은 그것은 아마도 '결핍'. 무언가를 깊이 사랑하고 그에 연루될 때는 내 안의 어떤 결핍이 응답할 때다. 태어난 이상 우리는 모두 결핍에 시달리고, 그것을 해소하고자 평생 분투한다. 나의 경우엔, 글쓰기가 결핍을 채워주었다. 현재가 만족스럽지 않아 도피하고 싶거나 타개책이 필요할 때, 책과 이야기는 나에게 너른 처마가 되었다. 그런데 이상했다. 그 밑에 서 있어도 자꾸만 어깨 한쪽이, 발등이 축축하게 젖었다. 올려다보니 나에게만 보이는 구멍이 있었다. 그걸 메꾸고 싶었고, 그러려면 직접 연장을 들어야 했다.

나는 집에서 제일 어린 아이였고, 새로울 것 없는 두번째 딸이었다. 순서와 나이를 뒤집을 패가 나에겐 없었다. 똑 부러진다는 소리를 들어봤자 '또래에 비해'였기에 가족 중에서 발언권이 가장 약한 건 당연했다. 일가친척이 모이면 더했다. 나보다 어린 사촌동생이 '장손'이라는 이유로 당연한 듯이 모든 일에서 우선권을 점했다. 나는 되바라진 애거나 시끄럽게 씨불이는 가시나였다. 학교에서도 마찬가지였다. 내가 초등학교 저학년일 때는 한 반 정원이 마흔 명이 넘었다. 선생님이 내 이름을 외우기나 했는지조차 의심스럽다. 저학년일수록 소위 '치맛바람'이라고 하는 학부모의 영향력이 크고, 그때는 더군다나 촌지 문화마저 남아 있었다. 엄마는 그런 데 끼지 않는 성격이었지만, 언니를 키우면서는 교사의 은근한 요구에 못 이겨 봉투를 들고 학교를 방문했다고 훗날 털어놓았다. 처음에는 모든 것이 긴장되고, 잘하고 싶은 의욕이 넘치고, 잘못될까봐 떨리니까. 촌지 사건은 엄마의 자존심에도 깊은 상처를 남겼던 것 같다. 그 후로 엄마는 학부모 모임이나 교사와의 관계에서 완전히 물러났다. 수시로 교무실을 들락거리는 엄마와 그렇지 않은 엄마를 둔 아이들이 경험하는 교실은 완전히 다르다. 손을 들고 있어도 발표 기회가 주어지지 않는 날이 많았다. 내가 그린 그림이 다른 반 반장의 이름으로 복도에 걸렸을 때도, 쭈뼛거리며 교무실에 갔다가 그냥 돌아왔다. 어차피 내 말을 들어주지 않을 거라는 사실을 알았기 때문이다.

글은 달랐다. 글을 쓰는 동안에는 아무도 나를 방해하지 않았다. 나는 하고 싶은 만큼, 만족할 때까지 충분히, 때로는 과하다 싶을 만큼 오랫동안 실컷 쓸 수 있었다. 그래도 아무도 나를 제지하지 않았다. 세상은 연필로 뭔가를 쓰는 어린이를 흐뭇하게 바라보니까. 게다가 일단 써서 내놓으면, 사람들은 그것을 끝까지 읽었다. 받는 순간 읽기를 멈출 수 없는 편지처럼. 글에는 그런 힘이 있었다. 울어버리면 "씁, 뭘 잘했다고 울어!"라는 소리를 듣지만(잘한 게 없으니까 울지, 잘했으면 울겠어요?) 운 일에 대해서 쓰면 아무도 나를 혼내지 않았다.

일기를 열심히 썼다. 방학 때는 많이 밀렸지만, 평소에는 선생님이 검사하지 않아도 일기를 썼다. 그리고 그걸 선생님과 부모님에게 보여주려고 했다. 자발적으로 일기 검사를 받고 싶어 하는 어린이가 있다? 그게 바로 이진송 어린이! 그 무렵 나는 선생님이나 부모님이 일기에 써주는 짧은 코멘트에 목숨을 걸었다. 언니와 싸운 이야기를 구구절절 쓰고, 내가 얼마나 무고한 둘째인지 서럽게 털어놨을 때 선생님은 이렇게 코멘트를 달았다. "진송이는 〈보고 또 보고〉에 나오는 은주 같네." 예쁘고 인기 많은 깍쟁이 금주 언니에게 치이는 둘째 은주. 선생님은 내가 마음속에 은밀하게 품고 있던 생각을 정확하게 꿰뚫어보고 응답해준 것이다. 일기장을 통해서! 글을 쓰면 남이 내 마음을 알아준다는 깨달음. 내 서러움이 '은주'라는 드라마 속 캐릭터와 포개어질 수 있다는 환희. 나는 흥분했다. 때로는 부모님에게 하고 싶은 말을 에둘러 쓴 뒤 아홉시 뉴스를 보고 있는 엄마 아빠에게 일기 검사를 강요했다. 남에게 읽힐 것을 전제하고 쓰는 글은 이미 일기가 아니다. 방학 숙제로 40일 치가 밀렸을 때는 픽션도 적당히 섞었다. 그러니까 일기랍시고 창작을 한 셈이다.

물론 쓰기의 전략이 언제나 성공한 건 아니다. 한번은 엄마가 언니만 좋아하고 나는 미워한다는 내용의 일기를 써서 책상에 펼쳐놓았다. 바로 '일기 트랩'. 모름지기 부모란 자식의 일기를 훔쳐보고 싶어하는 음험한 본능의 소유자니까. 온갖 서글픔을 극적으로 과장한 그 글의 메시지는 결국 "'너를 사랑한다'라는 말이 듣고 싶어요"였다. 하지만 엄마는 자신을 첫째만 편애하는 계모처럼 묘사한 그 일기를 읽은 후 나를 야단치며, 해당 부분을 지우게 했다. 열 살 인생 첫 사상 검열이었다. '역시 엄마는 언니만 좋아해.' 나는 강화되기만 하는 의심에 불타 대리충족의 세계로 뛰어들었다. 그때 내가 그린 만화나 창작한 동화는 대부분 두 자매가 주인공으로 등장하고, 둘째가 활약하는 내용이었다. 나는 상상 속에서나마 가장 사랑받는 중요한 사람이 되어 온갖 문제를 해결하고 위기에 처한 가족을 구했다.

『작은 아씨들』의 주인공이자 네 자매 중 둘째 조는 작가 지망생이다. 털털하고 활기 넘치며 부자인 마치 대고모의 집에서 아르바이트를 하는 생활력을 뽐낸다. 집에 돈이 필요한 일이 생기자 조가 자랑으로 여기던 긴 갈색 머리카락을 잘라 돈을 마련하는 장면에서 나는 촉촉한 눈망울로 허공을 바라봤다. "차녀들은…… 꼭 그런다?" 조는 후일 가족 이야기를 쓴 자전소

설로 작가가 된다. 줄리아 퀸의 소설이자 넷플릭스 드라마로도 만들어진 『브리저튼』의 엘로이즈는 팔 남매 중 다섯째지만 딸로서는 두번째인 차녀다. 글쓰고 책 읽는 것을 좋아하며, 장녀 다프네와 달리 결혼보다 공부를 더 하고 싶어한다. 이렇듯 책과 글쓰기는 자기 서사에 목마른 아이들을 자석처럼 끌어당긴다.

자라면서 이 '둘째'라는 존재에 대한 관심이 점점 확장되기 시작했다. 중심에 서지 못하고, 항상 순서가 밀리고, 누군가 나를 발견하고 편애해주기를 바라지만 차마 대놓고 요구하지는 못하는, 욕구와 의사가 그다지 중요하게 취급된 적이 없기에 생긴 감각 같은 것…… 누군가와 나누지 않아도 되는 온전한 애정을 향한 원초적 갈망과 우선순위에서 끝없이 밀리는 주변부의 경험. 이 모두를 이리저리 뭉쳐 '차녀성'이라고 이름 짓는다. 약자성과 비슷하면서도 조금 다른 단어이자 개념이다. 차별과 억압까지는 아니더라도, 미묘하게 끊임없이 '밀려나며' 생긴 감각을 아우른다. 모든 작가가 차녀, 아니 차녀성을 가진 것은 아니지만, 차녀성을 가진 사람은 누구나 작가가 될 수 있다. 누군가에게는 당연한 일이 누군가에게는 왜 이렇게 아쉬운지, 사람들이 왜 '별것도 아닌 일'로 갑자기 울음을 터뜨리곤 하는지를 절절이 이해하기 때문에.

금쪽같은 나 새끼

스무 살의 어느 날, 언니가 말했다. "엄마 아빠가, 네가 좀 배웠다고 무시한다고 생각해." 이전 세대보다 많이 배운 딸들은 성장 후 심리적 독립으로 가는 과정에서 양육자와 으레 갈등을 빚는다. 일종의 성인식이라고 보면 된다. 나중에는 정치 이야기를 피하고 뉴스 대신 예능을 함께 보는 정도로 타협하지만, 처음에는 불꽃이 팍팍 튄다. 나는 이제 어리지 않고, 그들은 그때만큼 절대자가 아니다. 해볼 만한 게임이다. 성장한 나는 부당함을 알고 표현하며, 엄마 아빠의 뜻을 거역하거나, 그들을 떠날 수도 있다. 갓 성인이 되었고, 내가 겪은 부당함을 사회학적으로 설명할 언어를 찾은 나는 지난주에 데뷔한 신인 아이돌처럼 의욕이 넘쳤다. Hey! 거기 너, 팔의 각도가 조~금 다른데?! 나의 집요한 원투 펀치와 기습 어퍼컷에 지친 부모님이 언니에게 하소연했다는 소식을 듣고, 나는 드디어 때가 왔다고 생각했다. 긴 편지를 쓰기 시작했다.

'최근 들어 내가 내 의견을 내세우기 시작한 것은 부모님을 무시해서가 아니다. 나는 사실 내내 답답했다. 당신들이 아무리 나를 사랑으로 키웠다 해도, 나를 둘러싼 불평등은 사랑으로 해결되는 게 아니었다. 엄마 아빠가 기어이 아들을 낳은 것은 열여섯 살이던 나에게 깊은 상처를 남겼다. 아들을 낳으려고 한 게 아니라는 말은 진실이겠지만 어차피 엄마 아빠의 의도는 별로 중요하지 않았다. 온 세상이 그렇다고 소리질렀으니까. 엄마 아빠의 말을 나는 도저히 믿을 수 없었으니까. 나는 언니와 남동생에게 열등감이 있고, 엄마 아빠가 나를 실패작이라고 생각할까봐 무서웠다. 아들이 태어났으니 더이상 나에겐 아무것도 기대하지 않을 것 같았다. 남동생을 사랑하지만, 내가 왜 상처를 받았는지 제대로 설명할 수 없어 괴로웠다. 동생이 태어나니 좋지 않냐고, 내 앞에서 일부러 떠보며 표정을 살피는 어른들이 나의 자연스러운 부정적 감정을 뭉개버렸다. 남동생이 태어났다는 말을 도저히 입 밖으로 꺼낼 수가 없어 쭈뼛대는 나에게, 엄마는 동생이 태어난 게 싫냐고 물었다. 그리고 울면서 대드는 나를 호되게 나무랐다. 지금은 엄마가 그때 산후우울증을 앓았던 걸 안다. 비로소 그걸 이해할 수 있을 만큼 자랐다. 나에게 일어났던 일과 내가 느낀 감정을 해석할 수 있는 틀을 찾았다. 나는 엄마 아빠를 무시하는 게 아니라, 지금까지 무시당했던 이야기를 하는 법을 배우는 중이다……'

그런 내용을 서너 장에 걸쳐 썼던 기억이 난다. 얼굴 보고 줄 자신이 없어 본가에 갔을 때 식탁 위에 올려놓고 도망쳤다. 그렇게 어색한 상태로 시간이 흘렀다. 몇 달 후, 엄마와 나는 안방 침대에 서로를 등지고 누웠다. 엄마가 먼저 이야기를 꺼냈다. "사람의 마음이라는 게 참…… 어려운 것 같다." 엄마는 내 편지를 읽는 동안 내내 이모를 떠올렸다고 했다. 이모는 2녀 3남 중 둘째 딸이다. 장녀인 엄마를 외가 쪽 가족이 얼마나 좋아하고 예뻐했는지 이모할머니가 우리를 볼 때마다 입이 마르도록 이야기해서 잘 알고 있었다. 이모가 그런 엄마에게 어떤 감정을 갖고 있는지도. 1960년대생 차녀는 나보다 훨씬 더 상처와 차별로 얼룩진 기억을 갖고 있겠지. "이모가 쉰이 넘어서까지 그 상처를 얘기하거든. 치유가 안 되면 그렇게 되나봐. 나도 그렇고. 너희한테는 그러고 싶지 않았는데." 우리는 오랫동안 이야기를 나누었다. 엄마가 사과를 했던가. 기억은 나지 않는다. 선명한 것은 그 말이다. 나의 결핍이 수십 년 후에도 나를 졸졸 따라다니며 괴롭힐 수 있다는 사실. 불길한 예언 같기도 한.

'내재과거아'라는 개념이 있다. 어른이 된 우리 안에 자리잡고 있는, 우리가 한때 거쳐온 어린이의 모습을 말한다. 미국 정신과 의사인 W. 휴 미실다인은 『몸에 밴 어린 시절』이라는 책에서 우리는 누구나 어린아이였으며, 내면의 아이인 내재과거아가 지금도 계속 남아 있다고 말한다. 이 아이는 나의 일부이기에 도려내거나 지워버릴 수 없다. 방치하면 어른이 된 나를 위협할 수도 있다. 성인이 되어 더이상 부모가 곁에서 뭐라고 하지 않더라도, 내재과거아에게는 부모가 여전히 권위를 갖는다. 그러다보니 어린 시절처럼 이에 대응한다. 줄에 묶인 채 길들여진 어린 코끼리에 비유할 수 있다. 어린 시절 말뚝에 묶여서 무력감을 학습한 코끼리는 다 자라서 말뚝을 벗어날 수 있는 힘이 생겨도 그 주변만을 맴돈다. 말하자면 이 어린 코끼리가 나의 내재과거아인 셈이다. 책에서는 문제를 일으키는 부모의 아홉 가지 태도를 '완벽주의' '강압' '유약' '방임' '건강염려증' '응징' '방치' '거부' '성적 자극'으로 나눈다. 어떤 부모든, 아니 부모가 아니라도 누구나 조금씩은 이런 성향을 지니고 있다. 다만 자녀, 특히 아동과의 관계에서 부모는 권력을 가지기에 부정적인 면이 극대화되는 경향이 있다. 각자의 기질도 영향을 끼친다.

흥미로운 사실은, 어른이 된 우리가 자신의 내재과거아에게 부모 역할을 한다는 것이다. 내가 내재과거아를 대하는 태도와 내재과거아의 반응이 충돌할 때 정서적 갈등을 빚기 쉽다고 한다. 아, 정말이지 내 속엔 내가 너무도 많다. 하지만 내가 내 속의 어린아이에게 부모가 되어줄 수 있다는 것은 좀 희망적이다. 내재과거아에게 훌륭한 부모가 되는 가장 좋은 방법은 바로 어린 시절의 감정을 존중하기. 이미 자란 우리는 소위 '어린아이 같은 짓'을 부끄러워하고 멸시하는 데 익숙하다. 또는 그렇게 함으로써 손이 덜 가는 애로, 철이 빨리 든 애로 칭찬받고 인정받으려 한다. 하지만 이런 경우에는 어릴 적에 겪었던 좌절이 반복될 뿐이라 결핍이 해소되지 않는다.

이와 비슷한 현상을 가리키는 개념이 '허구의 독립'이다. 의존적 욕구가 충분히 채워지지 않으면, 겉보기에는 굉장히 의젓해 보이더라도 속으로는 자신에게 중요한 대상이 끊임없이 이 욕구를 채워주길 바란다고 한다. 과도하게 남에게 잘해주거나, 부모님을 지나치게 헌신적으로 봉양하려 드는 것 모두 그 예다. 이때 신뢰할 수 있는 사람과 안정적인 관계를 맺음으로써 '정상적 퇴행'을 경험하는 것이 좋은 자극이 된다고. 예전에는 애인이나 친구에게 혀 짧은 소리를 내며 어리광을 부리는 사람을 도무지 이해할 수 없었다. 그런데 생각해보니, 그건 또래들보다 머리 하나가 더 커서 일찌감치 귀엽기를 포기한 데서 오는 거부감 때문이었다.

예능 프로그램 〈금쪽같은 내 새끼〉를 즐겨 본다. 보다보면 불시에 어린 시절의 나와 맞닥뜨린다. "내가 저랬는데" "아 우리 부모님이랑 똑같네!" 특히 〈금쪽같은 내 새끼〉가 '철든' 아동을 대하는 태도에서 나는 해방감을 느꼈다. 보통 손이 안 가고, 어른을 배려하는 어린이는 칭찬받는다. "쟤처럼 좀 해봐라"에서 "쟤"로 불려 나오기 일쑤다. 그러나 오은영 박사는 이런 어린이의 마음속에 숨어 있는 어려움을 찾아낸다. 어린이가 부모나 형제들에게 부모처럼 행동하도록 강요되는 것을 '부모화'라고 한다. 이 개념을 알고부터 더는 철든 어린이가 대견하지 않다. 어린이는 어린이다웠으면 좋겠다고 생각한다.

〈금쪽같은 내 새끼〉는 양육자에게도 집중한다. 양육자의 어린 시절이 어땠는지 묻고 현재 상황을 관찰한 후 육아 번아웃 같은 진단을 내린다. 친구들과의 교류, 자기만의 시간 확보 등을 처방하거나, 오은영 박사가 양육자의 보호자 역할을 자처하며 통화하기도 한다. 따돌림을 당한 경험을 털어놓거나, 사이가 소원했던 가족과 화해하는 양육자도 있다. 한 번도 받아본 적 없다는 인형을 선물 받고 기뻐하거나, 부모와의 관계를 돌아보며 자기 안의 어린이를 발견하는 양육자의 모습은 짠하기도 하고 뭉클하기도 하다. 실제로 이 프로그램은 2030 비혼, 무자녀 시청자들이 많이 본다고 한다. 어린 시절의 나와, 나의 양육자의 모습을 발견하고 다시 퍼즐을 맞춰보며 스스로 치유하는 것이다. 내재과거아를 돌아보는 과정이라고 할 수 있다.

오은영 박사는 여러 프로그램에서 어른의 내면을 보듬는다. 과거에는 육아 정보도 부족하고, 사회적 감수성도 턱없이 낮았기에 그럴 수 있다고. 아이에게 나쁘게 구는 보호자에게는 여러 원인이 있다. 사랑받아본 적 없어서, 잘 몰라서, 서툴러서, 아니면 그냥 인격적으로 나쁜 사람이어서…… 원인을 파악하고 이해하는 것이 가해를 정당화하지는 않는다. 이유를 알고, 내 언어로 정리하는 과정이 중요하다. 한발 물러서거나, 남이라고 생각하고 어린 시절의 나를 돌아보면 의외로 문제는 단순하고 명료해진다. 그때 채워지지 않은 욕구는 무엇이었으며, 지금 어떻게 채울 것인지를 어른이 된 나는 안다. 선택권이 없던 그때와 달리 폭력적인 양육자와 단절할 수도 있다. 관계가 일방적인 폭력으로 점철되었고, 상처가 깊다면 억지로 그를 용서하거나 이해할 필요 없다. 세상에 나쁜 개는 없지만 나쁜 부모는 있으니까.

오은영 박사가 강조하는 '후천적 안정'은 이 지점에서 빛을 발한다. '획득형 안정형'은 부모가 힘들게 하고 속상하게 한 적이 많아도 왜 그렇게 나를 대했는지를 알아가면서 마음의 안정을 찾는 경우다. 어린 시절이 불행했다고 해서 실패한 게 아니고, 다 자란 뒤에도 이를 만회할 기회가 잔뜩 있다. 나는 이 과정을 비교적 안정적으로 치렀다. 큰 비극이 있었거나 불행한 어린 시절을 보냈다고 할 순 없지만 마음 한 켠이 항상 찌그러져 있었으니까. 어떤 것은 가족과의 대화를 통해 해소하고 어떤 것은 친구들과의 관계를 통해 위로받았다. 나만의 고유한 영역을 만들어가고 능력을 인정받으며 감정적 허기를 채웠다. 운이 좋았고, 주변 사람들의 도움도 컸다.

여전히 어떤 이야기를 할 때면 눈물 콧물을 한 바가지 쏟는다. 하지만 어느 순간 덤덤하게 인정했다. 나에게도 '처음'은 늘 특별한데, 부모에게 첫아이는 오죽했겠냐고. 그때는 몰랐지만 지금의 나는 인간의 가치가 효용과 쓸모에 한정되지 않는다는 것을 안다. 첫번째가 아닌 사랑도 사랑이다. 마음속에 채워지지 않는 구멍이 하나도 없는 사람은 세상에 존재하지 않는다. 나는 가족뿐만 아니라 여러 사람과 소중한 관계를 맺고 있기에 다채롭게 인정받고 입체적으로 사랑한다.

내 안의 어린아이는 언제까지나 나와 함께한다. 어린 시절의 나는 혼자였지만, 지금의 나는 그애를 방치하지 않을 의무가 있다. 이 세상에서 그애를 가장 깊이 이해하고 사랑해줄 수 있는 어른이 바로 지금의 나니까. 내 안의 어린아이를 돌봐주고 위로해주자. 어리광을 받아주고 별것 아닌 성취에도 손뼉 쳐주고, 시답잖은 것들이 해치지 못하도록 보호해주자. 어린 내가 이해할 수 없었던 사건과 상황을 객관적으로 검토하고 편들어주자. 연인이나 친구, 가족처럼 자신을 지지해주는 관계를 형성하는 것도 중요하다. 그러나 마지막 열쇠는 나에게 있다. 타인에게 떠넘기지 말고, 과거를 원망하며 회피하지 말고, 내가 나를 돌봐야 한다. 말처럼 쉽지는 않을 것이다. 내면의 상처는 툭하면 덧나고, 육아는 원래 전쟁이다. 나를 돌보는 육아는 심지어 키워야 하는 대상이 그다지 귀엽지도 사랑스럽지도 않다. 어째서 나 자신을 이렇게 좋아하기 힘든지 모르겠다. 필요하다면 전문적인 도움을 적절하게 받는 것도 좋다.

우리는 아이였음에도 아이였던 시절을 쉽게 잊는다. 오은영 박사는 "양육의 궁극적인 목표는 독립"이라고 강조한다. 살아가는 모든 과정이 결국 나 자신을 잘 양육하여 '금쪽같은 나 새끼'가 되는 길이다. 내 안의 어린이를 보듬어주면 그애는 좀더 넓은 면적을 뛰어다니기 시작한다. 나처럼 연약하고 사랑받고 싫어하는 또다른 어린이를 발견한다. 시야는 확장되고, 과거에 갇히지 않는 상처는 지금의 어린 존재에게 열리는 '틈'이 된다. 작고 어리다는 이유로 무시되는 감정과 권리를 생각하고 존중하며, 아이니까 당연한 서투름에 다정해진다.

장녀다운 게 뭔데?

왕관을 쓰려는 자, 그 무게를 견뎌라.

나도 알고 있다. K-장녀의 왕관은 왕관이라기에는 너무 초라하고, 그런 주제에 무게는 엄청나게 나가서, 정신적 모가지를 똑 부러뜨려놓기 일쑤다. 장녀는 첫째지만 딸이기에, 장남만큼의 지지를 받거나 권력을 가지기 어렵다. 오히려 가장 먼저, 그리고 가장 많이 착취당하는 위치다. 책임감이라는 올가미를 씌우고 기대라는 탈수통에 넣어 탈탈 돌려진다. 한국 사회가 장녀를 어떻게 크레이지 레이디로 만드는지 어느 정도 짐작하고 이해하면서도, 언니에게만은 그 이해의 차양을 거두곤 했다. 가혹하고 치사하게 굴었다.

솔직히 말하면, 오랫동안 언니를 오해했다. 나는 나의 언니가 세상의 다른 모든 장녀와 다르다고 생각했다. 장남과 장녀의 조합인 나의 부모는 평생 첫째의 의무감과 책임감에 시달렸다. 그래서인지 언니에게는 그런 부담을 주지 않으려고 노력했던 것 같다. 싸웠을 때 똑같이 혼나는 건 물론, 연년생인데다 또래보다 발달이 빠르고 조숙한 편이었던 나를 언니가 돌볼 일도 별로 없었다. 오히려 내가 몸 약하고 손이 많이 가는 언니를 답답해했다. 동생인 내가 언니를 돌보는 건 뭔가 이상하다고 생각했다. 소심했던 언니는 나와 싸운 직후에도 기어이 나를 맥도날드로 끌고 가 주문대에 세워놓고 내 뒤로 숨었다. 아픈 언니를 챙기라는 엄마의 말에 도대체 내가 왜 그래야 하냐고 대들다가 냉정하다는 말을 듣고 사전을 뒤져 '냉정하다'의 뜻을 찾아본 적도 있다. 나는 언니가 장녀로서의 특권만 누리고 책임이나 의무는 방기한다고 생각했다. 정확히는 언니가 누릴 수 있었던 것만 내가 기억한 셈이지만.

언니와 내가 싸울 때마다 반복되는 지옥의 패턴이 있었다. 언니가 나의 싸가지 없음을 지적하면, 나는 받아쳤다. "언니가 언니다워야 언니 대접을 해주지." 언니는 주로 "내가 뭘 그렇게 못했는데?!" 하고 억울해했다. 내가 생각하는 언니다운 언니는 나를 잘 챙겨주고, 내 허물도 때로 자신이 감당하는, 그런 존경

할 만한 인물이었다. 장녀닷컴의 황 언니가 딱 그랬다. 언젠가 황 언니 가족과 함께 스키장을 다녀온 빈 언니는 황 언니가 어떻게 그런 사람이 되었는지 알 것 같다고 했다. 황 언니의 엄마가 침대가 한 개뿐인 방을 보자마자 너무나 당연하게 동생에게 침대를 쓰라고 하고 황 언니더러 바닥에서 자라고 말했다는 것이다. 그 집은 그러니까, 서열이 있었다. 첫째에게 압도적인 권력을 주되, 그만큼 동생을 보호하고 양보하는 것이 자연스러운 가풍이었다. 나는 자고로 언니라면 황 언니처럼 책임감 있거나, 빈 언니처럼 포용적이어야 한다고 생각했다. 싸움은 지긋지긋하게 이어졌고 늘 비슷한 패턴으로 흘러갔다. 20대 후반쯤 되었을 때, 평소와 같은 싸움 끝에 언니가 갑자기 이렇게 말했다.
"나도 내가 언니로서 전혀 믿음직하지 못한 거 안다. 아무리 그래도 그렇지."

순간 당황했다. 우리의 싸움은 오랫동안 서로 합을 맞춰온, 프로레슬링 같은 것이었다. 늘 같은 공격을 퍼붓고, 같은 방어를 하고, 시시비비를 가리다가 유치한 감정 싸움으로 번져 질질 울었다. 그런데 내 오랜 비난을 언니가 갑자기 인정하면…… 퍽! 어어어, 이거 왜 이래. 아니라고 해야지. 나를 이렇게 팩트로 사람 패는 나쁜 년 만들 셈이야?! 〈미쓰 홍당무〉의 양미숙처럼, "나도 알아! 내가 별로인 거!"라고 패를 까버린 언니 앞에서 나의 공격은 힘을 잃었다. 본인이 자기 언니로서 별로인 거 안다는데, 내가 거기다 대고 언니는 왜 그러냐는 말을 할 수 있을 리가 없었다. 땡땡땡! 나의 완전한 패배였다. 언니 입에서 기어이 그 말을 듣기까지, 나는 다양한 방법으로 언니의 마음에 스크래치를 냈을 것이다.

언니를 좀 다르게 보게 된 것은 유진과 알고 지내면서다. 유진은 경상도 출신의 장녀다. 우리는 내가 발행하는 독립출판물 『계간홀로』의 발행인과 후원자로 처음 만난 뒤 잊을 만하면 한 번씩 만나서 놀았다. 나의 허술함에 치를 떨곤 하는 유진은 첫 만남에서 가방을 카페에 두고 일어서서 나가는 나를 보고, "우리 친구만 하고 일은 같이하지 맙시다"라고 미리 못박았다. 우리의 대화 주제는 주로 경상도에서 딸로 산다는 것, 그리고 자매 간의 애증이었다. 유진은 장녀로서의 책임감이 어마어마했다. 여동생을 거의 딸처럼 챙기고 걱정했다. 나는 그런 유진이 전형적인 K-장녀 같다고 생각했다. 그런데 유진이 우리 언니도 나에 대해 비슷한 감정을 느낄 거라고 말했다.

"그럴 리 없어."

나는 부정했다. 내 머릿속에서, 언니는 장녀 같은 장녀나 언니다운 언니가 아니었다. 왜냐하면 우리 엄마 아빠가 그런 부담을 주는 사람이 아니니까. 유진이 답답하다는 듯 소리쳤다. 엄마 아빠가 그런 사람이든 아니든, 네 언니는 부담을 가질 수밖에 없다. 왜냐하면 온 세상이 부담을 주니까. 집에서 한 발자국만 걸어나가도, 그런 메시지가 몸에 내리꽂히니까. 개인의 성격이나 집안 분위기와 무관하게. 오로지 장녀라는 이유로.

듣고 보니 그랬다. 아무도 가르쳐주지 않아도 나는 알았다. 내가 둘째 딸이기에 세상이 나를 충분하지 않다고 판단한다는 사실을. 엄마 아빠가 딱히 차별한 적 없는데도, 내가 태어났을 때 집안에서 벌어졌다는 소동과 친척들의 고추 발언을 엮어 서러움으로 늘 으르렁댔으면서, 정작 언니에 대해서는 그렇게 생각하지 못했다. 온 세상에 공기처럼 퍼져 있는 첫째의 역할과 의무. TV만 틀면 나오는, 의젓하고 책임감 있는 장남 장녀가 자신을 희생하는 이야기. 입시든 결혼이든 네가 첫 단추를 잘 꿰어야 한다는 어른들의 부드러운 당부. 그런 것들이, 언니의 마음에 자연스레 스며들었을 테다. 나에게 그랬던 것처럼. 관습과 규범이 그래서 무섭다. 그런데도 나는 나만 억울한 줄 알았다.

너무 가까워서 오히려 보지 못하는 것들이 있다. 언니에게도 언니만의, 한국의 장녀로 살면서 감당해야 하는 무게가 있다. 차녀로서 내가 경험한 것이 장녀보다 '덜' 힘들지 않듯, 언니가 젊어진 것 역시 다른 장녀보다 못하다거나 더하다는 식으로 이야기할 수 없다. 언니가 느끼는 책임감이나 부담감은 내가 상상할 수 없다.

언니는 본가가 있는 창원에서 결혼식을 올렸다. 그때 언니는 이런 말을 했다. "나도 서울에서 하고 싶은데, 그냥…… 이번밖에 기회가 없을지도 모르니까. 엄마 아빠가 원하는 대로 해주려고." 나는 애초에 결혼 생각이 개미 똥구멍만큼도 없고, 동생들은 어리다. 언니는 결혼식을 자신의 것이라기보다 '부모님의 이벤트'라는 관점으로 봤다. 장녀다운, 너무나 장녀다운 발상이었다. 언니가 그렇게 생각하고 행동하기까지 얼마나 많은 메시지와 압박이 있었을까. 하긴 언니는 20대 후반부터 결혼하라는 집요한 잔소리에 시달렸다. 나에게는 쿨한 부모인 척하는 엄마 아빠가 언니에게는 딴판으로 행동했다. 엄마 아빠는 나를 향해서는 "네 맘대로 살아라"라고 말했지만, 돌아서는 순간 아수라 백작처럼 언니에겐 빨리 결혼하라고 닦달했다. 장녀였다면 나의 비혼 상태에 대해 잔소리를 듣지 않는 날이 하루도 없었을 것이다. 비혼으로 살겠다는 결정은 장녀보다 차녀일 때 가족들의 반대가 훨씬 약하다.

언니에게 매번 언니답지 못하다고 쏘아붙였지만, 생각해보면 나 역시 보통의 동생 같은 동생은 아니었다. 언니의 고찰대로,

우리집은 서열이 없다. 아빠라도 말실수를 하면 온 가족이 들고 일어난다. 나는 언니가 불을 끄라거나 라면을 끓여오라고 하면 단 한 번도 그냥 넘어간 적이 없었다. "니가 먹을 거는 니가 끓여." 언니는 나에게 심부름 한 번 제대로 시켜보지 못했다. 물론 나이가 어리다고 복종하거나 심부름을 해야 한다는 법은 없다. 우리가 좀 '일반적'이지 않은 자매 관계였고, 그로 인한 고충이 언니에게도 있었다는 뜻이다. 늦둥이 동생들이 태어나면서 언니는 나에게 못해봤던 왕 노릇(?)을 늦게나마 체험할 수 있었다. "가서 콘칩이랑 너 먹을 거 하나 사 오고, 거스름돈은 너 가져." 이 마법의 주문을 외치면, 우리집의 귀여운 미니미들은 신이 나서 총알같이 튀어나갔다. 만 원 준다고 하면 노래도 부르고 춤도 추고 안마도 하고 다 했다. 지금은 다들 스무 살이 넘어서 단가가 좀 올라갔지만…… 나와 자랄 때는 받는 용돈이 비슷해서 못했던 '플렉스'를 초등학생, 중학생 대상으로 하는 걸 보고 나는 물었다. "좋냐?" 언니가 눈을 반짝이며 대답했다. "완전 개꿀."

몇 년 전 언니가 나에게 연하장을 썼다. 우리 사이에 그런 낯간지러운 게 오고갈 줄은 몰라서 카드를 열면서도 행운의 편지가 아닐까 의심했다. 자신이 힘들 때 묵묵히, 그리고 든든하게 곁에 있어줘서 고맙다고, 나도 너한테 든든한 언니이고 싶은데 잘 안 돼서 미안하다고 쓰여 있었다. 나는 늘 언니가 전형적인 장녀상이나 내가 원하는 언니상에 맞지 않는다고 투덜거렸다. 사실은 언니를 질투해서, 가만히만 있어도 사랑받을 수 있는 언니의 특별함이 부러워서 후려친 거면서.

이제 오랜 비난을 적절하게 수정할 때다. 철없는 아줌마가 되고 싶어하는 언니가, 내 언니다워서 좋다고.

낀 딸 껴 딸

세상에는 많고많은 차녀가 있다. 두번째 딸이라는 의미의 차녀는 조합에 따라 다시 세 갈래로 나뉜다. 서브웨이도 아니고 뭐가 이리 복잡한지! 내가 이야기하는 차녀 서사의 주인공이라 할 수 있는, 딸이 둘 있는 집의 차녀는 차녀이자 막내다. 밑에 여동생이 있는 차녀는 차녀 카테고리에서 다시 중녀로 분류된다. 세 자매 중 둘째는 막내인 차녀보다 애매한 존재라 아래위로 치인다. 내가 좋아하는 정지음 작가는 『젊은 ADHD의 슬픔』에서 중녀인 자신의 위치에 대해서 이렇게 썼다. "열 살 전후의 장녀에게는 앞으로 져야 할 의무만큼의 권리가 먼저 주어지기 마련이었다. 내게는 별게 없었다. 옷도 책도 액세서리도 케이크도 온전하게 내 것이거나 새것인 적이 없었다. 나중엔 그 것들마저 급격히 줄었는데, 동생이 태어났기 때문이다. 잠시 막내이던 나는 동생 덕분에 한층 떨떠름한 위치에 서게 됐다. 둘 다 겪어본 바로는, 둘째이자 막내라는 신분이 그냥 둘째인 것보단 높았다."• 그리고 밑에 남동생이 있는 차녀. 차녀 힙합의 정수를 보여준다. 나는 이 부류를 '낀 딸'이라고 부른다. 아래위로 존재의 당위성을 인정받은 사람 사이에 엉거주춤 끼어 있는 딸. 네, 자기소개 맞습니다. 『안녕 자두야』의 미미, 〈응답하라 1988〉의 덕선이, 그리고 이 책을 쓰는 진송이.

『안녕 자두야』는 1970~1980년대가 배경인 이빈의 만화다. 주인공 최자두는 삼 남매의 장녀로, 엉뚱하고 당찬 매력의 골목대장이다. 자두에게는 미미와 애기라는 동생이 있다. 애기는 너무 귀한 아들이라 이름을 짓는 것조차 오래 걸려서, 오랫동안 애기라고 불린다. 시대가 시대인 만큼 집안의 남녀차별이 제법 매콤하다. 부모님은 애기를 대놓고 편애하며 애기에게만 용돈을 주고, 계집애가 남자애 머리를 넘나들면 복이 나간다느니 하며 호들갑을 떨거나, 어쩌다 들어온 귀한 과일을 몽땅 애기에게 줘서 딸들은 손가락만 빤다. 하지만 자두는 이 만화의 주인

• 정지음, 『젊은 ADHD의 슬픔』, 민음사, 2021, 139쪽.

공이고 첫째 딸이다. 부모와의 특별한 추억과 유대가 있고, 동생들에게는 대장 노릇을 한다. 지금 나의 시선을 잡아끄는 건, 자두의 동생이자 낀 딸인 미미다. 나에게 자두 같은 언니와 애기 같은 남동생 사이에 껴서 1970~1980년대를 살라는 미션을 준다면 나는…… 애기의 입에 손가락을 쑤셔넣어 혼자 먹는 과일을 끄집어냈을 것이다.

미미는 예쁘고 얌전하다. 똑 부러지고 깔끔한 성격이라, 매일 혼나는 자두와 달리 부모님의 사랑을 듬뿍 받는데, 이런 모습이 너무 낀 딸 같아서 조금 눈물이 날 뻔했다. 어른들이 좋아할 법한 모습을 간파하고 그렇게 행동하려고 노력하는 점 말이다. 작품 속에서 미미는 낀 딸의 서러움을 토로한다. “난 맨날 언니 옷 물려 입고, 언니 쓰던 거 물려 쓰고, 애기는 남자라서 맨날 혼자 새거 쓰는데. 난 중간에 끼어서 내 거 한 번 가진 적 없다고.” 그리고 이런 말도 한다. “뭐? 내 옷이 제일 많다고? 그럴 수밖에, 언니한테 물려받은 게 쌓이고 쌓여서.” 낀 딸은 여러 가족 구성원의 약점만 모아놓은 ‘모듬약점정식’ 같다. 아무리 장남이라도 이렇게 구성원이 셋 이상 되면 막내는 장녀의 위엄 앞에서 조금 깨갱하게 된다. 성별 권력과 나이 권력의 체급이 비슷하다. 하지만 낀 딸은? 누구에게나 만만하다. 뭐 가진 게 없으니까. 언니한테는 일단 지고 들어가고, 가진 물건은 죄다 물려받은 중고에, 성별 권력이 나이 권력을 쉽게 앞질러 남동생보다 서열이 낮아진다.

『안녕 자두야』에서 인상깊게 본 장면이 있다. 수술을 받게 된 엄마를 자녀 중 한 명만 볼 수 있다고 하자, 장녀인 자두가 나선다. 그리고 자두는, 애기가 아니라서 실망하는 엄마의 눈빛을 본다. 엄마를 향한 딸의 평생에 걸친 짝사랑을 아프게 드러내 보이는 장면이다. 나는 좀 다른 데 꽂혔다. 엄마를 보러 한 명만 들어갈 수 있다는 말에 곧바로 자기가 가겠다고 나서는 자두가 부러웠다. 자두는 장녀라서 나설 수 있었고, 엄마는 장남이자 막내를 원했다. 미미의 자리는 어디에도 없었다. 우리 남매에게 비슷한 기회가 주어진다면, 나 역시 감히 자원할 수 없을 거라고 확신한다. 중녀인 정지음 작가의 글을 읽으며 공감했다. "내가 부모님의 최우선 과제가 될 때마다, 어쩐지 선을 넘고 있다는 부적절한 느낌이 들기도 했다. 난 당연히 부모님을 첫째로 좋아했지만 아득바득 그들의 첫째가 되길 원하는 건 잘못 같았다."•

〈응답하라 1988〉의 유명한 장면 중 하나는 낀 딸인 덕선이

• 같은 책, 140쪽.

가 생일 파티에서 서러움을 터뜨리는 순간이다. 언니인 보라와 생일이 사흘 차이 나는 덕선은 매번 언니와 생일 파티를 같이 한다. 보라가 당당하게 자신의 생일 선물을 요구하는 동안 덕선이의 소망은 생일 파티를 따로 하는 것뿐이다. 이는 매번 좌절된다. 덕선이는 폭발한다. "왜 맨날 나한테만 그래? 왜 내 말은 안 듣는데? 나는 뭐 아무렇게나 해도 되는 사람이야? 왜 나만 계란 프라이 안 해줘? 맨날 콩자반만 주고. 그리고 왜 노을이만 월드콘 사줘?! 닭다리는 언니랑 노을이한테만 주고. 나만 날개 주고. 나도 닭다리 먹을 줄 알거든!" 덕선이가 쌓였던 감정을 터뜨리고 뛰쳐나가면, 보라가 시큰둥하게 말한다. "왜 저래." 하 진짜 보라의 대사만 아니었어도 덜 슬펐을 텐데. 이미 여러 번 본 장면인데도, 책에 인용하려고 다시 영상을 재생한 밤 11시 15분에 또 눈물 콧물을 주르륵 흘리고 말았다.

보통 낀 딸이 살아남는 방법은 두 가지다. 공부를 잘하거나, 예쁜 짓을 하거나. 이때 예쁜 짓은 딸로서 해야 하는 애교 노동부터 미미처럼 예쁘게 생긴 것까지 포괄한다. 그런데 아뿔싸, 보라가 공부를 너무 잘한다. 장녀인데 공부까지 잘하다니? 이건 승산이 없다. 덕선이는 공부도 시원찮고, 어릴 때 못생겼다고 놀림이나 당하며, 엄마 아빠를 살살 녹이는 애교 스킬도 없다. 그냥 묻힐 팔자다. 띠발. 계란 프라이나 월드콘은 그냥 음식이 아니다. 양육자가 내 취향을 기억하고 챙겨주며 존중한다는 시그널이다. 자원이 부족하면 모두에게 좋은 것을 해주지 못할 수도 있다. 1988년의 시대상도 그렇거니와 덕선이네 집이 그리 넉넉한 편은 아니다. 그렇다면 최소한, 돌아가면서라도 해줘야 하는 거 아니냐고요. 진짜 광화문에 나가서 전둘연 띠 두르고 시위하고 싶어지게 하네. 동일자식~ 동일음식~! (그 성동일 아님.) 덕선아, 내가 계란 프라이랑 닭다리랑 월드콘 사줄게…… 아 나보다 나이가 많구나…… 그래도 사주게 해주라……

나는 막내인 둘째 딸로 살다가, 중학교 2학년 때 중녀가 되었다. 내 밑으로 갑자기 여동생이 태어났다. 그리고 다음해, 예상치도 못한 남동생이 또 태어나면서 3녀 1남의 중녀가 되었다. 셋째와 나는 둘 다 낀 딸이지만, 셋째는 나와 달리 조커를 쥐고 있었다. 셋째 딸이자 늦둥이. 온 가족의 사랑과 관심을 듬뿍 받았고, 장녀와 비슷한 지위를 누렸다. 좋다는 건 다 해봤고 모든 물건이 새것이었다. 남동생은 막내이자 장남이다. 하지만 조금이라도 차별하면 가만두지 않겠다는 기세로 내가 〈반지의 제왕〉에 나오는 사우론처럼 눈을 희번덕거리고 있었기에, 그리고 부모님 또한 공명정대한 스타일이었기에 그다지 드라마틱한 편애나 차별은 없었다. 그럼에도 동생들의 연이은 등장은 나에게 큰 상처를 남겼다. 동생들을 사랑하는 것과 별개로, 둘의 출생은 결국 '언니와 나로는 충분하지 않다'는 뜻이었기 때문이다. 엄마가 아들을 낳았다는 소식을 언니가 문자로 전해줬을 때 나는 안도했다. '드디어 끝났다.' 만약 넷째가 딸이라면, 엄마 아빠가 다섯째를 낳을까봐 무서웠던 것이다. 동시에 괴로웠다. 내가 아들로 태어났다면 엄마가 그 나이 먹고 이 고생 안 해도 될 텐데. 내 탓 같았다.

남동생이 집에 오고, 가족들이 그애의 기저귀 속을 보며 흐뭇해하던 날의 기억이 아직도 생생하다. 우리 가족이 외출하면 사람들은 남동생을 보고 귀한 아들이라고 입을 모았다. 누가 봐도 아들을 낳으려고 애를 넷이나 낳은 집이었으니까. 나는 스무 살이 넘어서까지, 아직 어린이인 남동생에게 남모를 질투심을 불태웠고 그 사실을 무척 수치스러워했다. 남동생을 보면 좋으면서도 눈물이 났다. 걔가 부럽고 미웠다. 내가 가장 사랑했던 할머니의 영정 사진도 장손이라고 남동생이 들었으니까.

언니와 나는 동생들의 탄생 직후 공평하게 부모님을 포기했다. 상대가 신생아와 영아인데 무슨 경쟁이며 양보를 하겠는가. 그냥 줘버려야지. 청소년이니까 그런 걸 서운해하거나 아쉬워하면 안 된다고 생각했다. 자식은 많고 두 사람의 체력과 시간은 제한되어 있으니까. 그러면서 나는 엄마 아빠의 관심과 인정에 목을 매던 시절에서 천천히 졸업했다. 대신 매일 밤을 새워 소설을 썼다. 유리병에 편지를 담아 바다에 띄워보내는 심정으로 우체국에 가서 아무 공모전에나 글을 보냈다. 기차를 타고 서울까지 가서 백일장에 참가했다. 뭐라도 쓰지 않으면 아무도 나라는 사람이 있다는 걸 알아채지 못할 것 같았다.

낀 딸이지만 함께 자라지는 않았기에 동생들은 형제라기보다 자식에 가깝게 느껴진다. 동생들이 태어난 지 얼마 되지 않아 고등학생이 되어 아침 7시부터 새벽 2시까지 학교와 독서실에 있었고, 스무 살부터는 서울에 살았기에 함께한 시간이 길지 않다. 스무 살인 내가 다섯 살, 여섯 살인 동생들을 데리고 다니면 다들 내가 엄마인 줄 알았다. 비슷한 시기에 태어나 함께 자랐다면 나의 서러움이 더 진한 엑기스로 농축되었을까? 아니면 자의식이 생기기 전에 남동생이 태어나 그렇게까지 충격을 받지 않았을까? 이제는 이런 가정이 아무 의미 없다는 걸 안다. 그냥 어른으로서, 그애들의 언니와 누나로서, 잘 보호하고 돌봐주고 싶다는 마음뿐이다.

산아제한 시기에 창궐했던 낀 딸은 조만간 역사 속으로 사라질 예정이다. 요즘에는 아이를 셋 이상 낳는 경우가 흔치 않으니까. 물론 아직도 어딘가에서 낀 딸이 태어나긴 할 것이다.

특히 지방은 서울에 비해 아이를 많이 낳기 때문이다. 하지만 결국에는, 낀 딸의 존재를 라떼 마시며 듣는 옛날 이야기에서나 발견할 날이 머지 않았다. 그래서 더 이야기하고, 기록하고, 경험을 나누고 싶었다. 낀 딸도 나름대로 시대의 격랑(?)에 휩쓸린 고유한 정체성이라는 것을.

내 마음속 상처에서 철철 흐르던 피가 멈추고, 마음의 폭풍이 가라앉을 때까지 많은 일들이 있었다. 시간도 한참 흘렀다. 어떤 건 대충 봉합만 해두어서 건드리면 또 아프다. 어떤 건 며느리로서 엄마가 느꼈을 중압감을 이해할 만큼 머리가 굵어진 내가 툭툭 털어버렸다. 어떤 건 꽤 깊었는데 이제 희미한 흉터만 남기고 아물었다. 여러 도움을 받았고 스스로 이겨내기도 했지만 어떨 때는 아직도 진다. 그래도 이 낀 딸은 피해의식에 아주 짓눌리지만은 않으면서, 나의 형제자매를 사랑하고, 서러움을 농담으로 승화한다. 아래위로 치이며 평생 내 자리를 찾아 서성댄 이 땅의 모든 낀 딸에게 안부를 묻고 싶다. 낀 딸, 껴딸?

딸들의 세계

나의 서운함에 이름을 붙여주고 다른 차녀의 이야기를 모을 때마다 후련함과 함께 혼란스러움이 피어올랐다. 그래서, 나는 어쩌고 싶은 거지? 이런 이야기를 해서 어쩌자는 거지? 사과받고 싶은가? 이제 늙고 약해진 그들에게? 사과를 받으면 후련해질까? 사과는 뭘까? 용서는 어떤 의미가 있을까? 솔직히 말하면, 잘 모르겠다.

영화 〈세자매〉에서 깨진 유리 조각 같은 세 자매는 가족이라는 끈적한 접착액에 뒤엉겨 아슬하게 붙어 있다. 등장인물 소개는 다음과 같다. '모든 것이 자기 탓인 첫째 희숙과 정상가족에 집착하는 이중적인 둘째 미연, 술독에 빠져 사는 철없는 셋째 미옥.' 이승원 감독이 시나리오를 쓰고 찍었고, 문소리가 둘째를 연기하는 동시에 공동 제작자로 참여했다. 라인업만 봐도 심장이 뛰는데 세 자매 소재? 참을 수 없다. 당장 달려갔다. 묻지도 따지지도 않고 미연에게 이입할 준비를 마친 채로.

영화는 둘째 미연의 관점에서 전개된다. 미연은 겉보기에 더할 나위 없이 좋아 보인다. 교수인 남편과 고급 아파트에 살고, 교회에서는 두루 신뢰받으며 성가대 지휘를 맡고 있다. 그런데 미묘하다. 둘째인 딸에게 식전 기도를 강요하며, 딸이 기도할 때까지 모두가 식사를 시작할 수 없도록 압박한다. 남편의 불륜 사실을 안 뒤에는 불륜 상대인 성가대원에게 이불을 뒤집어 씌우고 얼굴을 때린다. 맞아서 멍든 성가대원이 소프라노 솔로를 할 때, 앞에서 우아하게 지휘하는 미연의 모습은 어딘가 섬뜩하기까지 하다.

미연은 미옥과 밥을 먹으면서 언니에 대한 은근한 불만을 드러낸다. "그 언니 시집갈 때 혼수 다 백화점에서 해 간 거 알지. 나는 다 아웃렛이었는데." 백화점과 아웃렛. 내가 어느 날 쇼핑몰 리뷰에서 마주친 가습기 후기처럼 상징적인 비교다. 미연은 언니 희숙에게 양가적이고 일그러진 애정을 품고 있다. 쪼들리며 사는 희숙이 안쓰러우면서도, 언니라서 자기보다 더 가져간 것을 곁눈질한다. 차라리 희숙이 보란듯이 잘살았다면 마음껏 미워하기라도 했을까? 알 수 없는 일이다. 그럴 때는 또 그럴 때만 열리는 미연만의 지옥이 있겠지. 그래도 미연이 언니를 함부로 동정하지 않고, 여전히 질투의 불씨를 꺼뜨리지 않아서 좋았다.

둘째 딸인 미연은 아슬아슬하게 콩가루인 가족 사이를 중재하고 조율한다. 아버지 생일에 집에 가지 않겠다는 미옥을 달래고, 큰돈을 들여 식당을 예약하고, 직접 운전해서 희숙의 가족을 태우러 간다. 깨진 유리 조각을 손아귀에 꽉 붙들어쥐고 억지로 붙여놓으려는 듯한 미연의 안간힘은 어딘가 익숙하다. 가족의 중간 다리 역할을 하느라, 아래 위 옆 뒤 눈치를 다 보면서 엉망이 된 분위기를 수습하느라, 미연의 속은 고요히 곪아갔지 않을까? 힘줄이 팽팽하게 일어선 그 손등에 내 손을 포개고 묻고 싶어진다. 괜찮냐고. 그리고 대신 소리질러주고 싶다. 나한테 어쩌라고, 내가 뭘 더 얼마나 해야 하냐고, 왜 나한테만 그러냐고.

첫째 희숙은 조잡하고 불길한 꽃집 주인이다. 처음 보는 손님에게도 자신이 암이라는 이야기를 털어놓아 달아나게 만든다. 남편의 빚 때문에 쪼들리면서도, 살쪘다고 배를 꼬집고 모멸감을 주는 남편 앞에서 웃기만 한다. 마요네즈를 주식처럼 짜 먹는 고스족 딸은 시종일관 삐딱하고, 집이 지긋지긋하다고 소리 지른다. 매사에 자기 잘못이라고 자책하던 희숙은 마침내 암 투병 사실을 털어놓으며 딸에게 묻는다. “어떻게 하면 사람들이 엄마 좋아할까?” 희숙의 이러한 태도는 나중에 밝혀지는 가족사로 인해 좀더 구체적인 표정을 입는다. 희숙은 아버지가 전처와의 사이에서 낳은 배다른 딸이다. 그래서 어린 시절 아버지의 폭력을 고스란히 받아내야 하는 처지였다.

막내 미옥은 장윤주가 연기했다. 장윤주는 실제로 세 자매다. 딸 셋이 살다보면 첫째는 첫째대로 둘째는 둘째대로 막내는 막내대로 각자의 아픔과 사연이 있다고 말했다. 영화에서는 셋째인 미옥을 맡아 자기 감정을 곧잘 터뜨리지만, 실제로는 가족 사이를 조율하는 둘째 미연에 가깝다고 한다. 미옥은 극본을 쓰면서 연극판을 전전하지만 영 기회가 오지 않는다. 점점 피해의식에만 찌들어 아무한테나 너희가 예술을 아냐고 소리 지르는 알코올중독자다. 순정적인 남편 상준과, 남편이 전처와의 사이에서 낳은 아들과 함께 산다. 미옥은 늘 술에 취해 미연에게 전화를 걸어 쓸데없는 이야기를 늘어놓는다. 대화의 주제는 주로 조각조각난 어린 시절의 기억이다. 그런데 이 이야기는, 나중에 조합해보면 세 자매가 통과해야 했던 폭력의 터널을 가리킨다.

세 자매는 흑백의 회상 장면에서 나란히 서서 춤추고 노래한다. 한껏 재롱을 부리는 중이다. 어느 정도 나이가 찬 희숙과 미연은 하기 싫은 티가 역력하고, 아직 어린 미옥만이 신이 나서 노래를 부르고 까분다. 아버지는 남동생을 무릎에 앉힌 채 세 딸의 재롱을 감상한다. 부모를 기쁘게 하는 데에 딸의 '실용성'이 있다는 사실을 부정하기는 힘들다. 엄마에게는 친구 같은 딸, 아빠에게는 세상 모든 남자를 경계하게 만들 만큼 사랑스러운 딸이 되어야 한다. 여기에는 각기 다른 결의 감정 노동이 필요하다. 엄마의 고충을 들어주고 다정하게 챙기면서 아빠를 웃게 만들고 기를 살려줘야 한다. 세 자매는 기쁨조가 되어서 춤과 노래를 선보이지만, 아들은 무릎에 앉아 있는 것으로 제 역할을 다한다.

물론 이 영화에서는 막내아들이자 장남인 진섭 역시 피해자다. 서로 교류하는 누나들과 달리 셋으로부터 고립되어 있고, 아직 원가족과 함께 산다. 아버지의 생일을 맞아 누나들이 집에 찾아와도 방문을 굳게 걸어 잠그고 나오지 않는다. 그러다 결정적인 순간 아버지의 생일상에 오줌을 갈긴다. 그가 정신적으로 어려움을 겪고 있음을 추측할 수 있는데, 이는 어린 시절

당한 학대 때문이다. 아버지는 가정폭력범으로, 희숙과 진섭을 상습적으로 때렸다. 어느 겨울밤, 미연과 미옥은 내복만 입고 맨발로 미친듯이 동네 슈퍼까지 뛰어간다. 어렸던 미옥은 돌아오는 길에 아이스크림을 먹은 것만 기억하고, 술에 취할 때마다 미연에게 "우리가 왜 그랬지?" 하고 반복해서 묻는다. 미연은 어제 일처럼 생생하게 기억한다. 동네 주민들은 자매에게 아버지가 또 엄마를 때리냐고 묻고, 어린 미옥은 천진하게 대답한다. "이제 엄마는 안 때려요, 언니랑 남동생만 때려요." 동네 주민은 배다른 자식인 희숙 때문에 엄마한테 미안해서 그러는 것 같다고 넘긴다. 미연은 망설이다가 신고해주면 안 되냐고 묻지만 되려 야단을 들을 뿐이다. 그러면 아버지는 경찰서에 가게 된다고 자매에게 겁을 주고는 아이스크림을 하나씩 사주며 돌아가라고 손을 내젓는다. 아이스크림을 먹으며 돌아오던 미연과 미옥은, 한밤중에 길바닥으로 쫓겨난 희숙과 진섭을 본다. 희숙은 벗은 등에 학대의 흔적이 역력한 막내를 꼭 끌어안고 있다. 그렇게나 어린데, 벌써부터 언제나 내가 미안하다고 말할 준비가 되어 있는 첫째의 눈빛으로.

세 자매의 부모는 때리는 아버지와, 피해자이자 방관자인 어머니다. 어린 자매를 보호해주는 사람은 아무도 없었다. 사과하라고 매섭게 몰아붙이는 다 큰 딸 앞에서 어머니는 "느그 아부지 요새 안 그런다"라며 아버지를 두둔한다. 생일잔치에 목사를 부를 만큼 독실한 기독교 신자로, 교회에 다니면서 (아마도) 회개했을 아버지는 그 아수라장 한복판에서도 목사의 눈치만 본다. 미연이 오줌을 갈긴 진섭을 때리자 희숙은 어린 시절처럼 진섭을 감싼다. 그러다 마침내 미연은 아버지에게 소리지른다. 사과하라고. 오랫동안 꾹꾹 억눌렀던 감정이 폭발하는 순간, 희숙은 어떻게든 이 분위기를 수습해보려고 생일상에 앉는다. 비싼 돈을 내고 예약했는데 식사라도 하고 가라고, 이쪽에는 오줌 안 튀었다고, 내가 먹는 거 보라며 잡채를 꾸역꾸역 입에 밀어넣는다. 언제나 상대의 기분을 살펴 눈에 거슬리지 않으려고 애써온 희숙의 모습이 그 자리에서도 고스란히 드러난다.

어린이는 부모에게 수없이 사과하고 잘못을 빈다. 아이가 저지를 수 있는 잘못의 규모는 부모의 것과 비교가 안 되게 작은데도 그렇다. 반면 부모는 사과하지 않는다. 기껏해야 '사랑의 매질'을 한 다음 피 맺힌 종아리를 남몰래 쓸며 눈물 흘리는 것 정도가 애끓는 사랑으로 포장되었을 뿐이다. '요즘 육아'는 부모에게 사과하는 법을 가르친다. 하지만 여전히 어른이 아이에게 사과하는 일은, 혹은 어른이 된 자녀에게 양육자가 과거에 저지른 잘못을 사과하는 일은 잘 일어나지 않는다. 사과받지 못한 상처, 상처로 인정받지 못한 상처는 어느 순간 벌건 속살을 드러내며 터진다. 남편이 아들을 때리는 순간 폭발하는 미옥처럼. "왜 애를 때려!" 미옥은 자신에게만은 순정적인 남편 위에 올라타 마구잡이로 그를 두들겨패며 고함을 지른다. "왜 애를 때리냐고!" 눈앞에서 아이가 맞는 모습을 본 순간 미옥의 트라우마가 건드려진 것이다. 희숙의 딸인 보미는 소리지른다. "왜 어른들이 사과를 안 하냐고 씨발!" 그러게, 왜 어른들이 사과를 안 할까. 어른이라서 사과를 안 하는 걸까. 그래도 되니까. 일방적인 폭력에 속수무책이었던 세 자매는 한참 늦게서야, 아버지에게 사과하라고 요구한다. 그러나 아버지는 끝까지 비겁하게 회피한다.

사과를 받지 못하면 상처는 영영 낫지 않는 것일까? 어딘가 망가진 채, 어린 시절을 원망할 수밖에 없는 걸까? 희숙을 연기한 김선영은 『씨네21』 인터뷰에서 이렇게 말했다. "아픔과 상처는 누구에게나 있으니까요. 이 주인공들의 순간순간이 우리 모두에게 파편적으로 존재한다고 생각해요. 그렇기 때문에 나만 풀리지 않는 숙제가 있고, 나만 삶이 버겁고, 나만 외롭고 그런 게 아니라 우리 모두가 그렇게 살아가고 있구나, 라는 공감을 던지는 영화가 될 수 있다고 생각해요. 우리 모두는 가족 안에서 사랑받지 못한 순간이 있고, 보호받지 못한 순간이 있어요. 그래서 다 응어리가 있겠죠. 사람마다 크고 작을 뿐."

사과받지 못한 세 자매는 함께 차를 타고 달려, 언젠가 밥을 같이 먹었던 식당에 찾아간다. 식당은 낡고 오래되어 문을 닫았다. 폐가 같은 식당을 들여다보던 세 자매는 바다를 배경으로 얼굴을 맞대고 환하게 웃으며 사진을 찍는다. 희숙은, 미연은, 미옥은, 아버지를 용서했을까? 사과받지 못한 마음을 끌어안고도 환하게 웃고 싶다면 어떻게 해야 할까? 김선영은 이 영화가 "색깔이 다른 용서와 사랑에 대한 이야기"라고 말했다. 각자 용서의 지점은 다르겠지만, 이해, 받아들임, 연민, 각각의 방향으로 세 자매는 나아간다고.

한 가정에서 자랐지만 세 자매가 경험한 폭력이나 수행해야 하는 가족 내 역할은 각기 다르다. 딸들의 세계는 녹록지 않다. 첫째에게는 첫째의 무게가, 둘째에게는 둘째의 서러움이, 막내에게는 막내의 고충이 있다. 각자 조금씩 자기가 짓눌린 방향과 모양대로 일그러져 있으니 고통의 크기를 따지거나 서열을 매길 문제가 아니다. 모두가 같은 방식으로 용서하고 받아들일 필요도 없다. 함께 사진을 찍으며 환하게 웃는 세 자매처럼, 다정하게 뺨을 맞대고 나의 결정을 지지해주는 누군가가 있다면 우리는 견뎌낼 수 있다. 그 누군가가 꼭 혈연이 아니어도 좋다. 딸로 자라온 우리에게는 또다른 딸을 뜨뜻하게 안아줄 재능이 열매처럼 맺혀 있으니까.

오랜 시간이 지나도 지워지지 않는 기억들에 목이 죄어드는 나의 희숙에게,

나의 미연에게,

그리고 나의 미옥에게.

미워해도 괜찮고, 싫어해도 괜찮고, 용서하지 않아도 괜찮다고 말해주고 싶다.

가족관계 새로고침

어느 날 친척 중 한 명이 오랜만에 나를 보고 대뜸 이렇게 말했다. "살이 왜 이리 많이 빠졌노." 옆에 있던 아빠가 끼어들었다. "애한테는 그런 말 하면 큰일납니다. 이번에 낸 책이 그런 말 하지 말라는 얘긴데." 페미니즘 에세이 『하지 않아도 나는 여자입니다』를 낸 직후였다. 그래 놓고 아빠는 중학생인 셋째 딸 앞에서, 행인에 대해 "저 여자는 여자가 무슨 키가 저렇게 크노"라고 속삭거렸다가 맹공격을 당했다. "나 아빠랑 의절했어." 2002년생인 셋째는 1953년생인 아빠의 시대착오적인 발언을 참을 수 없다며 심심하면 의절한다. 2003년생인 넷째는 아빠에게 가족끼리라도 사과하라고 조언한다. 나는 매주 금요

일 라디오 프로그램 〈정용실의 뉴스브런치〉의 한 코너인 '주간 똑똑똑'에 패널로 출연한다. 청년 여성의 눈으로 세상을 본다는 게 코너의 의의다. 엄마 아빠는, 나와 함께 출연하는 청소년 페미니스트네트워크 위티의 양지혜 활동가를 '사장'으로 생각하고 '밑에 직원'이 몇 명이냐고 물을 만큼 사회활동에 대해서는 잘 모르지만 매주 방송을 챙겨 듣는다. 대부분 이해하지 못하거나 공감하지 않는 내용이겠지만 꼭 한 줄씩 코멘트를 보낸다. 그럴 때면 매일매일 새로운 것을 배워가는 나만큼이나, 사람들이 쉽게 노년층이라고 매도하는 연령층의 세계도 입체적이고 꿈틀꿈틀 변화한다는 사실을 체감한다.

나는 곽민지 작가가 『엘르』(2021년 5월호)에 기고한 글을 좋아한다. 제목은 '엄마가 장례식 날 플레어스커트를 입어달라 한 이유는'. 어릴 때부터 유난히 엉덩이가 커서, 엉덩이보다는 '방뎅이'라고 표현해야 규모감이 제대로 표현된다는 곽민지는 반도의 많은 딸들이 그러하듯 가족들로부터 보디 셰이밍Body Shaming을 당했다. 곽민지의 엄마 쏘냐는 딸을 사랑하면서도 몸에 대한 평가를 멈추진 못하는 50년대생이라, 장례식장에서 딸이 검정색 '후레아 치마'를 입었으면 좋겠다고 말한다. "민지는 그런 걸 입어야 체형이 커버되거든." 이 부분에서 나는 정말 내

방뎅이를 치면서 깔깔 웃었다. "너는 옛날에 태어났으면 좋았을 텐데…… 엄마 젊을 때는 그런 옷이 유행했거든. 어깨에 이따만한 뽕 넣은." 태백산맥 같은 내 어깨를 보며 엄마가 연민인 듯, 아니면 레트로 체형이라는 위로를 하고 싶었던 듯 건넸던 말이 머리를 스쳐지나갔다. 정말이지 엄마들끼리 어디서 무슨 학원이라도 다녀오시냐고요.

그 글이 좋았던 이유는 가족이 서로 배우면서 달라진다는 점을 짚었기 때문이다. 곽민지 작가는 몸매 지적을 멈출 수 없는 엄마와, 그걸 툭하면 글로 써서 대중에게 일러바치는 막내딸이 서로를 끌어안고 '함께 모험하며 진화'하고 있다고 표현했다. "우리 계속 이 모양으로, 고유한 결함들을 어찌저찌 끌어안고 잘 지내보기로 해요. 한 꼬집이라도 나아진 점에 경주마처럼 집중하면서. 그런 게 사랑이니까." 차녀의 서러움을 외치겠다고 쓴 책이지만, 이거야말로 진화와 업데이트가 가능한 가족 안에 있기에 가능한 작업이다. 더이상 어릴 때 겪었던 부당한 일이 나를 공격하지 않고, 과거의 기억과 감정을 고백했을 때 어느 정도 받아들여졌으며, 마지막에는 웃으면서 툭툭 털어버리는 경험이 나를 구했다. 엄마 아빠는 내가 어렸을 때보다 성장한 지금 훨씬 좋은 부모다. 미루는 사람들을 위한 에세이 『미루리 미루리라』에서 나는 미루는 성향을 두고 내 인생을 '1기진송'과 '2기 진송'으로 구별했는데, 나의 부모 역시 기수제로 나뉜다. 2기의 엄마 아빠는 과거의 자신들이 서툴렀음을 인정하고, 우리가 자신과 다른 개별적 인격이라는 것을 받아들이고자 노력한다.

우리 가족 여섯 명은 저마다 성격도, 가치관도 다르다. 나이 차이도 웬만한 가정보다 많이 난다. 그로 인한 갈등도 수시로 불거졌다. 어느 날, 다 함께 남해에 놀러갔을 때 아빠가 당시 10대 청소년이던 셋째와 넷째의 태도에 대해서 잔소리를 했다. 꼰대 경보, 꼰대 경보! 들어보니 아빠로서는 이해 안 되고 불만스러울 수 있는 부분이었다. 동생들과 아빠 사이에는 거의 50년이라는 시간 차가 있으니까. 나는 중간에 낀 30대고. 셋째와 넷째는 입술을 내민 채 폰만 보고 있었다. 이런 레퍼토리에 질린 듯했다. 나는 말했다. "아빠한테 자식이 언니랑 나만 있으면, 그냥 그러려니 할 수 있다. 왜냐하면 우리는 다 커서 아빠랑 우리 사이에 세대 차이가 있다는 걸 받아들일 수 있고, 어른 대 어른으로서 이해할 역량도 있으니까. 하지만 재네는 다르다. 아직 어리고, 재네가 아빠의 기준을 충족하는 건 불가능할 뿐 아니라 괴상한 일이다. 아빠는 똥지게 지고 학교 다녔지만 재네는 인생 첫 핸드폰이 스마트폰이잖아. 이해가 안 되더라도 요즘 애들은 저렇구나 생각해야지, 그렇게 못마땅해하고 잔소리하려고 하면 안 된다. 아빠는 뭐 증조할아버지 보기에 요즘 애들 아니었는 줄 아느냐." 다행히 아빠가 내 말을 끊거나 화를 내지 않고 끝까지 들어주어서, 하려던 말을 다 할 수 있었다. 여전히 티격태격하지만, 한창 때의 갈등보다는 상황이 나아졌다. 이제 막둥이들도 어른이 되었다. 나의 부모는 성인 자녀와 합이 더 잘 맞으니, 그들의 관계도 또 한번 업데이트될 예정이다.

어릴 때는 부모가 나의 모든 것을 책임졌지만 시간이 흐르면서 이 관계는 역전된다. 변화에 즉각적으로 따라오지 못하는 이들을 내버려두고 앞으로 성큼성큼 걸어가버리는 기술 발전 때문에 나의 부모는 간단한 앱 하나를 제대로 못 다루기도 하고, 때로는 원하는 물건을 대신 주문해달라고 부탁하기도 한다. 이렇듯 성인이 된 나에게 여러모로 의지하면서도 한편으로는 '미혼'이기 때문에 늦둥이들과 함께 묶어 생각하는 듯하다. 서른 넘은 나에게 가전제품 수리기사가 집에 올 건데 혼자 있을 수 있겠냐고 묻거나, 정수기의 빨간 표시를 눌러야 뜨거운 물이 나온다고 알려준다. 나는 적당히 어리광을 부리기도 하고 충돌할 때는 의견을 내세우기도 하면서 관계의 밀도를 새로 맞추는 중이다.

부모와 자식 간의 관계만 바뀌는 게 아니다. 시간이 흐르면서 형제자매 사이도 새로고침된다. 어릴 때 야무지고 똘똘한 편이었던 나는 자라면서 숨쉬듯 실수하는 '새는 바가지'가 되었다. 언니에게는 항상 어설픈 실수를 해서 언니의 속을 뒤집어놓던 직장 동료가 있었는데, 어느 날 내가 그 동료와 별반 다르지 않다는 것을 깨달았던 모양이다. 여기서는 그 동료를 영희라고 부르겠다. 언니는 충격에 빠진 눈으로 나를 보며 말했다. "너…… 영희야? 내 동생이…… 영희라니?" 그때부터 언니가 녹초가 되어 귀가하면, 나는 언니에게 물었다. "오늘도 영희가 한 건 했어?" 언니는 버럭 소리를 지르곤 했다. "그래! 니 친구!" 그리고 자신의 신세를 한탄했다. "왜 회사에는 진송이가 있고 집에는 영희가 있냐……" 언니는 내가 언제나 기세등등하고 자기를 아래로 보는 듯해서 재수없어했는데, 언젠가부터 나를 못 말리는 막내 취급한다. 언니와 함께 밥을 먹는 자리에 옷을 거꾸로 입고 나갔을 때부터였을까?

언니가 결혼한 후, 언니와 나는 탄생 이래 가장 어른스러운 휴전기를 보내는 중이다. 언니는 어느 날 꿈을 꿨다며 나에게 연락했다. 꿈속에서 내가 낯선 남자와 엘리베이터에 타는 걸 보고 알 수 없는 위기감을 느껴 비명을 지르면서 나를 끌어냈단다. 함께 살 때는 누가 누구를 돌보는 관계가 아니었는데, 결혼한 언니는 이제 혼자 사는 나를 걱정하고 신경쓴다. 우리의 관계가 다시 한번 새로고침된 것이다. 그런가 하면 나는 엄마로서의 언니를 새로 발견하고, 언니는 아기를 낳은 후 서울 하늘 아래 당장 달려올 수 있는 자신의 편이 있다는 사실에 갑자기 뭉클한 자매애를 느낀 듯하다. 왜 종전이 아니라 휴전기인가 하니, 서로의 못난 점을 끌어내는 미친 재능은 고양이의 손톱처럼 잠깐 숨겨졌을 뿐이라는 걸 알기 때문이다. 그런 면까지 포함한 게 언니고 또 나니까 받아들여야지 뭐. 그래도 한반도 휴전기가 70년째 이어지고 있으니, 우리의 휴전기도 그쯤 지속되길 바라고 있다.

내가 '꼬마딱지' '뽀시래기'라고 불렀던 동생들도 무럭무럭 자랐다. 그애들을 생각하면 언제나 책임감으로 숨이 막혔다. 내가 보호자 역할을 제대로 할 수 있을까? 동생들에게 이런 감정을 느낀다는 것 자체가, 아들로 태어나지 못해 엄마가 노산을 감행했다고 믿는 내 부채의식의 발로이긴 하다. 엄마를 육아에서 해방시키고 싶다는 마음이 동생들의 보호자 역할을 해야 한다는 책임감과 긴밀하게 연동된다. 불행한 일이라고 생각하진 않는다. 터울이 큰 동생들이 태어나고 자라는 걸 볼 수 있는 경험은 드문 것이고, 그 과정에서 배운 많은 것들이 소중하고 특별하다. 가운데 낀 딸로서 나를 많이 투영했던 셋째는 온 가족이

자기를 제일 사랑한다고 믿는 자존감 대통령으로 자랐고, 내가 열등감을 느꼈던 넷째는 배려심 깊고 다정한 어른이 되었다. 나는 넷째를 미워했다기보다는 넷째의 지위를 질투하고 시기했는데, 이런 내 감정이 그애에게 상처가 되지 않기를 바란다. 나의 탄생이 누군가에게 상처를 줬다는 건 역시 듣기에 즐거운 말이 아니니까. 알량한 용돈으로나마 속죄하겠다. 이제 나도 막둥이즈를 대하는 태도를 업데이트할 때다. 내 기억 속 어리고 귀여웠던 모습은 추억으로 접어두고, 어른 대 어른으로 그들의 선택과 욕망을 존중하면서 소통하는 법을 배워야 한다.

두 명 이상의 구성원이 모이면 갈등은 필연적이다. 서로가 서로를 아무리 사랑해도 갈등은 생긴다. 각자가 사랑하는 방식이 다르기 때문이다. 심지어 가정은, 부모와 자식 간이나 형제자매 간은, 내가 선택해서 꾸린 조합이 아니다. 성격이 안 맞거나 취향이 다른 것도 당연하다. 왜, 친구끼리 모여서 가족 얘기하면 꼭 그런 농담하지 않는가. "우리 언니…… 같은 반이었다면 학기 끝날 때까지 말 한 번 안 섞어봤을 스타일이야. 내가 제일 싫어하는 스타일." 가족 중 누군가는 꼭 내 속을 뒤집는다. 내 기준으로 이해할 수 없는 행동과 선택을 한다. 가치관과 정치관이 충돌하고, 가끔은 생각만 해도 진절머리가 난다. 하지만 타인이 커스텀한 스타벅스 커피처럼 내 입에 꼭 맞을 리 없고, 상대도 나를 어느 정도 견디고 있다고 생각하면 관용의 눈금이 조금 더 올라갈 것 같다. 저마다 불완전하고 우스운 꼴로 엉켜서 주춤주춤 함께 걸어가도 되지 않을까.

당연하게도 가정폭력 같은 경우는 제외다. 일방적인 폭력은 갈등이 아니다. 뒤도 돌아보지 말고 도망치자. 무작정 집을 떠나라는 게 아니라, 자신의 보호를 최우선으로 하라는 의미다. 개선의 가능성이 없는 가족에게 목매고 애정을 구걸하기에는 내가 너무 귀하다. 새로고침이 불가능한 관계 바깥으로 나가서, 존중과 애정을 보여주는 존재에게 가자. 그 존재는 타인이 아니라 나 자신일 수도 있다. 엄밀히 말하면 나의 가장 가까운 가족은 나 자신이다. 편들어주고 사랑해주자. 내가 나와 맺는 관계를 업데이트하자. 당신은, 우리는, 그럴 힘이 있고 그 편애를 누릴 자격이 있다.

증명하지 않을 자유

『계간홀로: 연애하지 않을 자유』라는 독립잡지를 9년째 발간하고 있다. 독립잡지라고 하니 좀 거창해 보이는데, 쉽게 말하면 출판사가 아니라 개인이 출판하는 잡지다. 우리 사회가 특정 형태의 연애를 정상으로 설정하고, 그것을 하도록 끊임없이 강요한다는 문제의식이 주제다. 우리 사회에서 권장하는 연애는 '비장애인끼리의, 성애 중심적인 이성애'에 한정된다. 연애는 좋은 것이니 당연히 해야 하고, 안 하면 패배자거나 불쌍한 사람, 어딘가 하자 있는 사람이라는 인식이 사람들의 머릿속에 깊이 뿌리박혀 있다. 미디어에서도 이러한 욕망과 불안을 부추긴다. 연애는 청춘의 특권이고, 여러 관계 중 가장 내밀하고 의미 있다는 믿음을 주입시킨다.

20대 중반이었던 나는 그런 분위기에 의문을 품었다. 어째서 사지 멀쩡한 비장애인 여성이라는 이유로 언제나 '왜 연애를 하지 않는가'라는 심판대에 올라야 하지? 단지 연애를 하지 않는다는 이유로, 내 삶을 패배나 잉여로 규정할 수 있을까? 나는 연애를 하지 않아서 불행한가? 부러우면 지는 거라는데, 연애하면 이기는 건가? 무엇에? 누구에게?

정상성에 기반한 연애 압박이 어떤 의미인지 살펴보고, 우리 사회의 연애 담론을 비판적으로 검토하는 작업을 하고 싶었다. 단순히 나의 피해의식이 아니며, 사회적으로 확장할 수 있는 이슈라는 강한 확신이 왔다. 친구들아 모여봐! 이거 나만 빡친 거 아니지? 가만히 있으니까 가마닌 줄 아는데, 꿈틀은 해보자고! 당시 학생이었던 나는 내 생각을 발표할 지면을 얻을 수 없었다. 직접 잡지를 창간해 지면을 확보하기로 했다. '하지 않을 자유'가 없는 '할 자유'는, '해야 한다'는 강요에 불과하다는 이야기를 하고 싶었다. 넓게 보면, 이 '꿈틀쇼'는 결국 내가 평생 목맨 인정욕구와 연결된다. 세상은 종종 어떤 존재 자체를 결핍으로 번역한다. 둘째 딸인 내가 부모의 아들 낳기 실패작으로 축약되었듯, 이성애를 하지 않는 20대 여성인 나는 '안 생겨요' '웃프다' '불쌍한 모태솔로'로 읽혔다. 그 폭력적인 필터링을 박살내고 싶었다. 나만의 플로우와 랩으로. 데뷔 앨범(?)은 초라했다. 창간호 삼백 부의 제작비는 아르바이트로 모은 육십만 원. 여러 필진이 (어쩌면 당연하게도) 이 정체불명 잡지의 청탁을 거절하면서, 창간호는 나에게 원고를 갈취당한 친구들과 13인의 이진송이 쓴 글로 채워졌다.

솔직히 말하면, 그때의 나는 패기 넘치게 잡지를 창간해놓고 여전히 불안했다. 여성이라면 피해갈 수 없는 외모 평가가 나의 메시지를 훼손할까봐. 연애 권하는 세상에서, 연애하지 않는 사람은 끊임없는 '증명'의 압박을 받는다. '하지 않는 것'도 선택임을 인정받으려면 '못 하는 게 아님'을 증명해야 하는 것이다. 누가 봐도 연애 시장에서 상품성이 없는 여성으로 보여서, 사람들이 '그럼 그렇지' 하고 내 말을 듣지 않으면 어떡하지? 실제로 잡지를 낸 뒤 "그런 자유 되게 많아 보이는데" 같은 악플도 많이 받았다. 사람들은 자발적인 비연애 상태를 믿지 않는다. "그럴 리가 없어. 분명히 너에게는 하자가 있을 거야." 의심하고 심문한다.

처음에는 1차원적 딜레마에 빠졌다. 보편적인 연애 담론을 거부하는 여자는 선머슴 같을 것이라는 편견에 갇히기 싫어 인터뷰할 때면 진하게 화장하고 다이어트에 매달렸던 것이다. 하지만 이제는 안다. 내가 얼굴로 십만 부를 파는 미인이었다고 해도, 들을 생각이 없는 사람은 여전히 연애를 '하는 것 또는 못 하는 것'이라는 이분법에 갇혀 나를 평가하고 재단했을 거라는 사실을. 내가 뭘 어떻게 증명하든 또다른 구실을 찾아냈을 거라는 것도. 내가 추구하는 가치와 메시지를 전달하려고 할 때, 내가 연애를 못 하는 게 아니라는 사실을 증명할 필요는 전혀 없다. 차녀가 아들보다 낫다는 사실을 증명할 의무가 없는 것처럼. 여전히 부담스러울 때는 있다. 사진이 웃기게 찍힌 날에는 몇 분 정도 우울하다. 어떻게 사회적인 인식이나 사람들의 평가에서 완전히 자유로운 채 살겠냐고요. 나는 평범하고 때때로 옹졸한 생각도 하는 그냥 사람인데. 다만 더는 인정받으려고 꾸미거나 연출하지 않는다.

잡지를 9년 동안 내면서 나도 나이를 먹었다. 나이에 따른 생애주기별 과업이 뚜렷한 사회다보니 이제 연애뿐 아니라 결혼과 비혼에 대해서도 말하게 되었다. 그러자 또다른, 그러나 앞서 느꼈던 것과 비슷한 압박이 다가왔다. 발밑에서부터 스멀스멀 올라오는 이 검은 그림자는 바로바로! '화려한 싱글' '당당한 비혼'. 한때 '골드 미스'라는 단어도 있었다. 임정희의 〈Golden Lady〉라는 노래를 들으면 이 단어가 어떻게 쓰이는지 느낌이 올 것이다. "이 집도 내가 산 거야. 이 차도 내가 산 거야. 난 이런 여자야~!" 멋있는 가사긴 한데, 그런 여자가 될 수 없으면 어떡하죠?

어릴 때부터 내가 결혼 생각이 없다고 하면, 시대착오적인 말은 하기 싫었는지 부모님이 이렇게 말했다. "그래, 여자도 능력 있으면 혼자 살 수 있다. 당당하고 멋있게 살아라." 그나마 비혼에 관대한 태도이자 보편적인 인식이다. 하지만 아니다. 여자 혼자 살아가기 힘든 임금격차나 유리천장 같은 사회구조적 요소를 지우고, 비혼하려면 충분한 능력을 갖추어야 한다는 자기계발성 파이팅에 불과하다. '연애하지 않을 자유'를 인정받으려면 '자발적인 비연애 의지', 즉 충분한 매력을 입증해야 하는 것처럼, 비혼은 결혼 없이도 완벽한 삶을 살아야만 그나마 인정받는다. 결혼한 사람도 독거노인이 되거나 고독사할 수 있다. 인생은 변수의 연속이니까. 그러나 결혼하지 않은 사람이 비참하게 살거나 고독사하면 비혼 상태가 주 원인으로 꼽힌다. 단지 결혼을 선택하지 않았을 뿐인데 결혼 없이도 잘살 수 있다는 것을 내 삶으로 '증명'해야 한다. 트위터 야구팬 최고의 아웃풋 쌍딸이 쓴 야구 에세이의 제목은 『죽어야 끝나는 야구 환장 라이프』다. 눈물과 애환에 젖은 제목이다. 우리 모두의 삶도 사실은 '죽어야 끝나는 증명 환장 라이프'일지도 모르겠다.

사실 화려한 싱글로 살라는 말은, 결국 초라하게 살면서 결혼하지 않은 것을 후회하는 모습을 보고 싶어하는 욕망과 맞닿아 있다. '감히 결혼을 하지 않고 자기 혼자 잘살겠다고 나대는 저 이기적인 여자가 행복해서는 안 된다!'라는 준엄한 꾸짖음. 행복하고 싶으면 남들보다 배로 똑똑하고 특별한 인간이 되라는, 조언을 빙자한 폭력. 킁킁. 익숙한 냄새가 난다. 1980년대 후반에 태어나, 최초의 여성부 장관이 나왔니 '알파걸'이 남학생의 기를 죽이니 호들갑을 떨던 2000년대 초반에 학창시절을 보냈다. 그때는 나도 깜빡 속았다. 내가 남자보다 똑똑하면, 여자들이 잘하면, 성차별이 없어지고 나의 가치를 인정받을 줄 알았으니까.

헛된 희망은 금세 박살났다. 어른이 되자마자 나는 발효식품과의 전쟁에 내던져졌다. 내가 스무 살이 되던 2007년은 '된장녀'라는 혐오 표현이 한창 유행하던 때였다. 나는 세 개의 이미지에 맞서 '나는 그런 여자가 아님'을 입증해야 했다. '이대생' '된장녀' '꼴페미'. 이 도식화된 편견은 아주 촘촘하게 언행을 제약하고, 부당한 평가를 덮어씌운다. 나는 원래 미적 감각이 없고 좀 무던한 구석이 있다. 사람들은 그런 나를 보고 내가 아주 대단한 시험을 통과한 양 칭찬했다. "넌 참 이대생 같지 않아" "수수하고 검소해서 좋다". 그런 말을 들으면 내가 어떤 편견, 정형화된 이미지를 부수는 데 일조했다고 착각하기도 했다. 하지만 이런 시험대는 끝없이 나타났다. 마흔여덟 개의 문제를 맞히고도 하나를 틀리면 결국 "친구들아 미안해!"를 외치고 떨어져야 하는 골든벨보다 더했다. 골든벨은 패자부활전이라도 있지……

된장녀가 한물가니 '김치녀'의 시대가 열렸다. 뭐만 해도 김치란다. 김치볶음밥에 김치 얹어 먹는 민족 주제에~! 글쓰고 말하는 활동을 시작하자 '페미니스트의 자격'이 또 추가되었다. 세상은 툭하면 '그건 진정한 페미니즘이 아니다'라며 훈수를 뒀다. 아 내가 알아서 할게 좀! 나는 화장을 해서, 남자랑 연애해서, 북토크에 레이스가 달린 옷을 입고 와서 비난받았다. 내가 자신의 입맛에 맞을 필요가 없고, 내겐 그럴 의무가 없다는 것을 모르는 사람이 미세먼지처럼 많았다. 만약 내가 페미니스트가 아니고 비혼으로 살지 않으면, 그러니까 결혼을 하고 아기를 낳으며 우리 사회가 권장하는 생애주기별 과업을 이룬다면 이 증명의 굴레는 끝날까? 세상은 그렇게 호락호락하지 않다. 다른 삶에는 다른 역경을 맞춤형으로 준비해놓으니까. 결혼한 친구들은 이제 자신이 '맘충'이 아님을, '집에서 편하게 노는 여자'가 아님을, 가부장제에 부역해서 남편한테 잡혀 사는 아내가 아님을 증명하라는 압박에 시달린다. 혹은 나쁜 엄마, 이기적인 며느리, 아이 때문에 일의 능률이 떨어지는 워킹맘이 아니라는 것을 증명해야 한다. 결국 '증명'은 평생 우리를 옥죈다.

증명의 압박은 상대적 약자에게 더 가혹하다. 중년 남성은 자신이 개저씨가 아님을 증명하고자 애쓰지 않는다. 아들은 자신이 딸보다 낫다는 것을 증명할 필요가 없다. 아들 둘을 기르는 양육자는, 딸 둘을 기르는 양육자보다 자신이 행복하다고 증명하지 않아도 된다. '아들 바보'라는 우비를 입을 필요가 없다. 심지어 아들 키우는 어려움이 훨씬 더 쉽게 많은 공감을 얻고 동정받는다.

누가 누구를 인정할 권력은 어디서 나오는 걸까? 왜 우리는 타인과 그의 삶을 내가 생각하는 서사와 프레임에 가두려고 할까? 나의 인정 여부가 중요할까? 내가 뭔데? 반대로 누군가 나에게 증명을 요구할 때도 이 말을 돌려줄 수 있다. 니가 뭔데? 제시는 일찍이 〈언프리티 랩스타〉에서 일갈했다. "니들이 뭔데 날 평가해?"

내가 아무리 고군분투해도 누군가에게는 아들 대신 뽑은 꽝이었다. 된장녀이자 꼴페미였다. 그리고 못생겨서 연애 못 하는 루저고. 결혼 시장에서 패배한 노처녀거나 이기적인 요즘 것들일 수도 있겠지, 뭐. 그러세요. 예. 지나가십시오. 그리고 귀를 연다. 나의 상식이나 인정과 무관하게, 누군가가 자신에 대해서 이야기할 때 그렇구나, 하고 수용하는 연습을 한다. 쉽진 않다.

한국인의 DNA에 새겨진 사자성어 '아니근데'가 있으니까. 자꾸 토를 달고, 반박하고 싶다. 그래도 해본다. 내가 나로 존재하듯이, 타인은 타인으로 존재하기에. 나의 인정보다 상대의 존재가 우선하기에.

오늘은 맑고 내일은 비가 온다. 오전에는 천둥이 치다가 저녁에는 눈이 온다. 사람도 그럴 수 있다. 나는 꽝이기도 하고, 1등이기도 하고, 경품 당첨처럼 소소한 기쁨이기도 하고, 기타 등등 다양한 무언가다. 나는 타인의 인정을 거절할 권리가 있고, 평가와 무관하게 존재할 자유가 있다. 둘째 딸로서, 연애하지 않는 여성으로서, 페미니스트로서, 비혼인으로서, 나는 아무것도 증명하지 않을 것이다. 누구의 인정도 갈구하지 않을 것이다. 모두 그랬으면 좋겠다.

에필로그

가족들의 입장

어린이는 항상 기다렸다. 참관수업 내내 뒤를 힐끔거렸다. 낯선 얼굴들이 비슷한 표정을 하고 교실 뒤편에 주르르 서 있었다. 각자의 아이에게로 흩어지는 자랑스럽고 조금은 설레는 표정들. 어차피 우리 엄마는 없다는 걸 알고 있었다. 왜냐하면 오늘은 같은 학교에 다니는 언니의 참관수업 날이기도 하니까. 참관수업이 끝나면, 엄마는 일구회 친구들과 함께 차를 마시러 갈 터였다. 일구회는 언니의 초등학교 1학년 반 학부모 모임이고, 이후 약 20년간 이어질 엄마의 친목 모임이다. 언니는 1학년 9반이었고, 엄마는 그걸 평생 잊지 못할 것이다. 내가 1학년 때 몇 반이었는지는 기억할까? 고작 1년 차이로 연달아 치러야 했던 자녀의 초등학교 입학이 별로 특별하지 않았으리라는 걸 지금은 이해하지만, 그때는 참 서운했다……

안녕하세요? 〈차녀가 빛나는 밤에〉 DJ 진송입니다. 오늘도 서러움에 눈물지은 우리 '또 딸'들, 이리 오세요. 여기는 우리가 마음껏 뒹굴고 코를 풀어도 되는 차녀들의 섬입니다. 오늘의 초대석에는 저희 가족을 모셨는데요. 딸이자 동생이 이렇게 차녀의 서러움을 토로하는 책을 써서 어찌 보면 본인들을 저격하게 되었으니 당사자들도 할말이 많지 않을까요? 이건 어디까지나 제가 풀어낸 저의 서사니까요. 억울할 수 있는 그들의 이야기를 한번 들어보겠습니다.

부모의 변

"아니 우리는…… 어디 가서나 당당하게 말할 수 있다. 딸이라고 차별하고 뭐 그런 거 전혀 없었다."

네, 그 점은 저도 인정합니다. 오빠나 남동생이 있었다면 모르겠지만 제가 자랄 때 적어도 딸이라는 이유로 뭘 못하게 하진 않았죠. 늘 감사하게 생각하고 있고, 한편으로는 그것이 제 안의 죄책감으로 작용하기도 합니다. '나는 그렇게까지 큰 차별은 안 당했는데……' 싶으니까요. 1990년대에 양육을 한 부모, 딱 그 평균치만큼 팼고, 그보다 훨씬 더 사랑해주었습니다. 남매 구성으로 태어난 동생들에게도, 막내라고 장남이라고 더 잘해주고 이런 것 없이 공평하게 대해주셨죠. 하지만! 여기는 『차녀 힙합』! 언니와 나에게 다르게 대한 것을 묻고 있지 않습니까!

"그거는, 니가 둘째라서는 아니다. 물론 태어났을 때 실망하긴 했지. 근데 그거는 위에 딸이 있으니까…… 아빠가 장남이기도 하고. 태몽이 또 아들 같았고. 그렇다고 해서 니가 싫고 그랬던 거는 전혀 아니다. 근데 그런 건 있었지. 아무래도 느그 언니는, 빠른 생일이고 어릴 때 워낙 순했잖아. 초등학교 입학을 시켜놓고 보니까 세상에 덩치는 작지, 맹하지, 하필 담임도 질 나쁜 인간이 걸려서. 애가 좀 느리다고 어찌나 구박을 하고 눈치를 주는지. 엄마가 심장이 떨려가지고…… 첫째기도 하고. 그러니까 학교도 쫓아다니고, 친구들도 누구 사귀는지 다 검사하고 그랬다. 근데 니는 입학식 때 보니까 이미 다른 애들보다 머리 하나는 더 있지, 집에 오면 조잘조잘 그날 하루 있었던 일을 다 털어놓지. 아, 걱정할 거 없겠다 싶었지. 니 1학년 담임도 진짜 별로였다. 내 아직 이름도 기억한다. 김정미. 부모님이 절에 다니는 사람 손 들어보라 그래서, 니가 손을 발딱 드니까, 너네 부모님은 우상숭배하는 우매한 인간들이다, 그런 소리나 하고. 조회 시간에 하느님한테 기도시키고. 그런 걸 니가 다 말해주니까. 나는 뭐, 우리 딸이 똑똑하니까 내가 기죽고 전전긍긍할 필요 없다고 생각했다."

(하지만 아무리 똑똑하다 해봐야 40대 어른과 여덟 살 아이가 상대가 될 리가 있나요……) 어떻게 보면 나는 엄마가 언니한테 하는 걸 보면서 배운 거죠. 내가 좀 영악했잖아요. 소위 말하는 '노는' 친구들하고 어울리면 엄마가 전화를 돌리며 마크한다는 걸 아니까 조용하고 얌전한 애들하고만 놀았고. 학교에 다녀오면 언니를 붙잡고 그날 있었던 일을 캐묻길래 나는 줄줄이 이야기하면서 칭찬을 기다렸는데, 오히려 '손 안 가는 애'가 되어서 나한테 상대적으로 관심을 덜 기울이게 했다는 게 아이러니해요. 내가 뭐든지 알아서 잘하고, 기특하게 행동하고, 엄마 아빠가 알면 실망할 일을 감추면 나를 더 좋아해줄 줄 알았는데. 그래서 언니한테 더 피해의식과 억하심정이 생긴 것 같기도 해요.

"니를 키울 때는 우리도 여유가 생겨서 예쁜 줄도 귀여운 줄도 알겠더라고. 근데 느그 언니는 우리도 처음이어가지고, 얼마나 진을 뺐는지 모른다. 태교고 뭐고 그런 게 어디 있었노. 맨날 쩔쩔매다가 울리고. 그러다보니까 그냥 나는 느그 언니만 보면 그렇게 미안하고 안쓰럽고 그랬다. 애가 또 어릴 때부터 밥도 잘 안 먹고 가냘파가지고…… 동생은 또 빨리 봤지, 니 낳을 때 할머니 집에 맡겨놨는데 내가 얼마나 마음이 아팠는지 모른다. 니랑 놀다가 싸움이 붙어도, 니가 언니한테 다다다 쏘아붙이면 언니는 어버버하고 있거든. 그러면 솔직히 나도 니가 밉대(웃음). 이길 방법이 없으니까 언니는 그냥 콱 쥐어박고. 우리는 클 때 밑에 형제들이 대들거나 이런 거 모르고 컸는데 니는 어릴 때부터 진짜 많이 덤비고 많이 싸웠다."

아무래도 엄마 아빠가 장남 장녀라서 언니 편을 더 들어주는 것 같다고 느낀 적도 많았어요. 솔직히 둘째의 마음 같은 건 살면서 헤아려줄 필요 한 번도 없었지?

"우리가 둘 다 첫째잖아. 맺힌 게 많았다. 밑에 줄줄이 딸린 형제들 다 책임지고…… 엄마 결혼 전에 타지에 취직했을 때 밑에 삼촌들 줄줄이 데리고 있으면서 도시락까지 싸준 거 다

알제? 아빠도 결혼한 뒤에 할머니 모시고 살고, 삼촌들 휴가 나오면 우리집에 와 있고. 엄마는 농촌에서 첫째다보니까 일 제일 많이 하고, 맨날 동생들 제대로 안 챙긴다고 혼났고. 나는 첫째라서 늘 손해만 봤다고 생각했는데."

이봐, 이봐. 자기가 가진 건 하나도 모른다니까. 장남 장녀 힘든 거 누가 모르냐고요. 근데 그만큼 가진 것도 있는데, 가진 자다보니까 그건 절대 모르더라고요. 누가 뭘 가졌는지는 없는 사람만 알아. 이모할머니가 엄마 태어났을 때 가족들이 얼마나 예뻐했는지, 온 가족이 공주처럼 싸고돌면서 항상 엄마만 몰래 데리고 놀러 다녔다는 얘기 나한테 다 해줬거든. 돌아가시기 전까지도 엄마 어릴 때 맛있는 거 사 먹이고 "이거 비밀이다" 하면, 집에 가서 엄마가 입 탈탈 털면서 "우리 아무것도 안 먹었다!" 한 거 귀엽다는 듯이 말했다고. 장남 장녀 압박감 때문에 내가 제일 힘들다는 생각은 해도, 삼촌이나 이모가 가진 것 없는 중간 아이로서 힘들었겠다는 생각은 해본 적 없죠?

"그런가? 하긴 느그 이모나 삼촌도 일을 안 한 건 아니지. 느그 이모가 진짜 불쌍했다. 그래도 나는 아무도 못 때렸는데, 느그 이모는 오빠한테 쥐어박히고, 욕심 많다고 혼나고. 엄마는 몸이 약해서 집안일만 했는데 이모는 체격이 좋다보니까 남자 애들하고 똑같이 험한 일 다 했다, 리어카 끌고 다니면서. 아빠도, 옛날에는 삼촌들이 '행님은 좋은 거 혼자 다 누렸다'라고 말할 때는 전혀 동의 못했는데, 느그 낳고 생각해보니까 자기가 부모님한테는 거의 방치당했지만 할머니가 장손이라고 옆에 딱 끼고 폭발적인 사랑을 줬다더라. 진짜 그 왕할머니가 장손한테만 그랬단 말야. 집이 그렇게 가난해도 호주머니에 용돈 마를 날 없고, 세상에 고등학생한테도 담배 사서 넣어주면서 조금씩 피우라고 그랬다대. 지금도 그래서 자존감 억수로 높다이가. 근데 또 베풀 줄은 몰라서, 아빠 형제들이 맨날 찔러도 피 한 방울 안 나오는 놈이라고 욕했다. 엄마 아니었으면 진작 콩가루 됐지 뭐. 요새는 아빠도 형제들하고 사이좋다."

아니 엄마 있어도 적당히 콩가루긴 했는데요…… 어쨌든 어릴 때 인형도 맨날 언니한테 먼저 고르라고 하고 남은 거 나 주고. 옷 세트로 사면 언니는 분홍색 주고 나는 파랑색 입히고. 나만 사진 많이 안 찍어준 거 인정합니까?

"와 니는 어찌 그런 걸 다 기억하노? 그랬나?"

앨범을 봐!(광분)

"근데 그거는…… 느그 언니 백일 사진도 아빠 아는 사람이 사진관 해서 찍은 거다. 그때는 뭐 그럴 형편이 됐나, 우리가. 물건 먼저 고르게 한 것도 첫째니까 당연히……"

네…… 그래요. 참, 아빠가 자연스럽게 언니에게 자기를 이입하고 있다는 것도 인상적이었어요. 둘은 기질이 너무 달라서 아빠는 언니를 이해하지 못하기 일쑤였는데 어느 날 나한테 그런 얘기를 하더라고. "재가 서른까지, 노력하는 거에 비해서 일이 참 안 풀리는 게 딱 나 같다. 완전히 옛날 내랑 똑같다. 재도 서른 넘으면 좀 괜찮아질 거다." 아빠는 그래도 나를 더 좋아한다고 생각하고 있었는데, 내가 아니라 언니한테 이입한다는 점이 신기했달까. 아무래도 첫 자식이니까 그렇겠죠?

"어쩔 수 없다. 느그 언니 낳기 전에는 아빠도 그냥 인생에 내뿐이었고, 노는 게 제일 좋고 그랬거든. 근데 태어나서 눈이 새카만 게 날 쳐다보고 있는데 이야, 이거 큰일났다 싶대. 내 자식이 생겼다고 생각하니까 갑자기 앞이 깜깜하면서 이렇게 살면 안 되겠다고 정신이 번쩍 들었다."

그래, 그게 첫째의 마법이지. 모든 게 너무너무 특별한. 나 태어난 건 기억도 안 나지?

"느그 아부지 내 병원에 내려놓고 출근했다. 내가 병원에서 혼자 접수하면서 아기 낳으러 왔다고 하니까 간호사가 어이가 없어서 웃더라."

그땐 주 7일제로 일했으니까 병원 안 온 건 면죄부 줄게요. 그래도 셋째랑 넷째 낳을 때는 옆에 있어줬으니까. 아빠한테 만회할 기회는 있었네요. 나는 그나마 동생들이 있어서 다른 사람들보다 상황이 낫다고 생각은 해요. 늦둥이들 키우면서 엄마 아빠가 〈우리 아이가 달라졌어요〉 같은 것도 보고 2000년대 육아를 배우니까, 우리가 어렸을 때 부당하다고 느꼈던 걸 얘기하면 그래도 들어주고 반성도 하잖아요. 나도 막 사과하라고 떠밀기 쑥스럽달까?

"니가 너무 순했다. 진짜 눕혀놓으면 하루종일 꼼짝도 안 하고 있어서, 엄마가 그때 할머니도 모셔야 했고 집에 손님도 많아서 너무 힘들었는데 니가 엄마 마음 아나 싶었다. 하루는 옆에 누워서 보니까 눕혀놓은 대로 뒤통수가 살짝 비뚤어져 있는데 아이고, 이걸 어쩌나 싶더라고. 계속 머리를 바꿔주면서 울었던 기억이 난다. 그리고 늦둥이들 키우다보니까 알겠더라. 니가 그렇게 싹싹하게, 어린애가 입안의 혀처럼 굴었던 게 정상은 아니었다는 거. 크게 떼도 안 쓰고 어찌 그리 듣고 싶은 말을 쏙쏙 골라서 해주는지. 니가 불안해서, 사랑받고 싶어서 그랬다는 걸 뒤늦게 알고 마음이 너무 아프더라. 니가 믿을지는 모르겠지만 아들 낳을라고 넷까지 낳은 건 아니다. 진짜 그냥 그렇게 됐다. 그리고 나도 내가 아무리 노력해도 안 되던 게, 아들 낳으니까 한순간에 바뀌는 게 참 허탈하기도 하고 그렇더라."

아들 낳으려고 넷까지 낳은 게 아니라는 말을 사실 믿을 순 없을 것 같아요. 내가 아들이었으면 갑자기 십몇 년 만에 늦둥이 하나를 낳을 순 있어도 그뒤에 연달아 또하나를 낳진 않았을 테니까. 딸들의 가슴에 대못을 박으면서까지. 하지만 이제 와서 어쩌겠어요? 엄마에게는 엄마가 생각하는 며느리의 도리가 있었고, 동생들은 태어났고, 나는 걔네를 징글징글하게 예뻐했고 또 사랑하는데. 지금 늦둥이들이 언니의 아기를 귀여워하는 것의 열두 배쯤.

어렸을 때 일어난 일은 나에게 선택권이 없지만, 그뒤의 재건

축을 어떻게 할지는 내가 결정할 수 있어요. 나는 동생을 미워하고 가족과 멀어질 수도, 마음의 문을 닫아버릴 수도 있었겠죠. 하지만 그러진 못했어요. 내가 뭐 특별히 강해서는 아니고. 그저 각자의 자리에서 자기가 최선이라고 믿는 것을 행했고 그것이 다행히 서로에게 최악으로 작용하진 않았기에 우리는 여전히 이렇게 서로에게 엮여 있네요. 운이 좋았어요.

"돌잔치 지금이라도 할래?"

됐습니다요. 금반지는 주면 받겠지만.
마지막으로 이 책에 대해서 한마디하자면?

"이번 책은 내가 사람들한테 사서 돌리지 말자고 했다. 내가 펜치로 느그 이빨 뽑아버린다고 한 얘기 이런 거 다 나오는데 남사스러워서 원……"

과연 엄마 아빠의 『차녀 힙합』 책 은폐엄폐는 성공할 것인지?! 지켜보겠습니다. 혹시 이천욱, 서경자 씨의 지인이 이 책을 본다면 안 본 척해주시기 바라고요. 잠시 노래 듣고 오겠습니다. 천상지희 다나&선데이의 〈나 좀 봐줘〉.

언니와의 카카오톡 대화

—동생으로서의 너랑…… 우리의 관계? 카톡으로 말하기엔 너무 긴 얘기다. 근데 너는…… 차녀라기보다는, 그냥 니 캐릭터가 존나 셌어. 너의 모든 건 '차녀라서'라기보다 그냥 '이진송이라서'가 맞아. 그걸 꼭 잊지 말길.

어땠는데?

—존나 뭔 말을 못해. 지금은 아니지만. 말이 입에서 떨어져서 바닥에 닿기도 전에 지랄지랄. ㅋㅋㅋㅋ '진송아 물 좀 떠줘'를 예로 들면, '진송아 거기 물 좀 ㄸ……'까지 말하는 순간 '내가 왜! 내가 왜!!₩3@/₩-9&언니는!!!&*#9@$*(@*!!111잖아!!!!!!!'

그때 언니가 내가 하는 모든 말을 저런 식으로 인지했다거나, 내가 개같이 짖었다는 것을 알 수 있구먼. 하지만 전국의 차녀들은 알걸? 장녀들은 '물 좀 떠줘'라고 말하지 않아! '야. 물 떠 와'라고 말하지. 언니의 기억이 미화되었다고 강력하게 주장한다. (그리고 이 책의 편집자이신 장녀는 다시 '장녀는 뭐 시킬 때만 상냥하게 부탁하기에 언니의 기억이 맞다고 의견을 냈다. 이 지독한 세계관……)

—그리고 넌 의도하지 않았겠지만 늘 내려다보는 것 같은 자세랑 태도가 있었어. 약간 뭐 하나 걸리기만 해봐, 하는 것처럼. 뭐든 그냥 넘어가는 법이 없었지…… 도사견 느낌이었어. 아르르 아르르.

그건 나도 인정한다. 왜냐하면 항상 언니의 자리를 탐냈고 피해의식 때문에 일그러져 있었으니까. 언니보다 뭔가를 '잘하면' 그만큼 애정을 더 받을 수 있을 거라고 생각했으니 얼마나 곤두서 있었겠어. 생각해보면 웃긴다. 자식이 뭔가를 더 잘한다고 주는 게 사랑일 리가 없는데. 뭔가를 성취해냈을 때 언니를 무시하거나 짓밟고 싶었던 마음이 있었던 것도 인정한다. 지금은 미안하게 생각하고. 언니도 만만찮은 동생 언니 하느라 고생 많았다.

—장난 아니었지. 지금은 아니지만.

자기 세계를 만들고 그 안에서 위로받고 사랑받는 게 얼마나 중요한지, 곤두서 있던 내가 어떻게 변했는지 돌아보면서 새삼 깨달았다. 그래도 언니가 엄마 아빠의 첫사랑이라는 건 느끼지?

—솔직히 잘 모르겠다. 엄마는 워낙에 감정이 풍부하니까 모두한테 진심이고…… 외갓집에 가면 많이 느꼈던 듯. 나로서는 엄마 아빠가 딱히 니랑 나를 다르게 대해서 니가 서운해할 부분은 없었다고 생각한다, 지금도. 뭐 그런 건 있었지. 아무래도 너에 비해서 내가 일이 잘 안 풀렸잖아. 대학이나 직장이나 이런 게. 그래서 아픈 손가락 비스무리하지 않았나 싶다. 첫째라서라기보단. 뭐 첫째니까 더 잘됐으면 하는 마음도 있었겠지만. 니는 칠렐레팔렐레해도 운좋게 뚱땅뚱땅 넘어가는데 나는 용을 쓰고 기를 써도 잘 안 되니까. 근데 결혼하면서, 가족이 생기고 부모님한테서 독립하면서 지금까지의 관계가 좀 역전된 듯. 이제 나한테는 마음놓았고, 니가 엄마 아빠한테 아픈 손가락…… 아니, 신경이 더 쓰이는 자식이 된 거 같아.

아무래도 그런 건 있지. 결혼하면 어른이 됐다고 생각하고, 언니한테는 새로운 가족이 생겼는데 난 원가족이랑 계속 살아야 하니까. 근데 내가 동생들을 책임져야 해서 그만큼 나한테 더 신경써주는 것도 있다고 봐. 내가 자처한 거지만……

—솔직히 전에는 잘 몰랐는데, 이제 니가 좀 불쌍할 때도 있다. 결

혼 안 했다는 이유로, 니 자식도 아닌데 동생들 다 책임지려고 하고 책임져야 되고 그런 게.

우리 언니도 철들었네. 그럼 마지막으로, 사 남매의 장녀로서 억울했던 점이나 『차녀 힙합』을 쓰고 있는 동생에게 해주고 싶은 말이 있다면?

—거참 35년 동안 울궈먹고 있네…… 나도 그냥 태어났을 뿐이야.

맞는 말이다. 우리 모두는 그냥 태어났을 뿐인데, 이놈의 출생 순서가 뭔지 사람을 이렇게 치사하게 만든다. 언니라고 장녀가 하고 싶었겠어. 하지만 35년이나 울궈먹는데도 나름의 이유가 있다. 언니야 귀에 딱지가 앉게 들었겠지만 차녀 이야기는 이제 막 세상에 나온 참이니, 견디시라.

어느 비 오는 날, 어린이는 빗속으로 뛰어들어갔다. 언니는 아파서 집에 있었고 집과 학교는 그리 멀지 않았기에 엄마는 당연히 우산을 가져오지 않았다. 하지만 어릴 적부터 미디어를 탐닉하며 자란 어린이가 생각하기론, 비 오는 날 엄마가 데리러 오지 않는 아이는 불쌍한 애였다. 친구와 함께 우산을 쓰거나 좀 기다렸다가 집에 가는 선택지가 있었지만 빗속을 돌아다니며 옷이 흠뻑 젖을 때까지 기다렸다. 어린이는 감히 꿈꿨던 것이다. 엄마가 죄책감에 미안해하기를, 자신을 안쓰러워하며 안아주기를. 그런데 집에는 예의 그 일구회 사람들이 와 있었고, 나는 관심 한 자락도 받지 못한 채 알아서 씻으러 들어갔다. 그리고 깨달았다. 이거, 나만 손해인데? 괜히 청승을 떨며 자기 자신을 슬픔 속에 던져봤자 별로 이득 될 게 없었고 타인은 내가 원하는 대로 조종할 수 없었다. 일종의 자기연민 예방주사였던 셈이다. 지금 생각해보면, 엄마가 고작 우산을 가져다주지 않은 일로 미안해하지 않아서 정말 다행이다. 비 좀 맞는다고 큰일이 생기지 않으며 TV의 호들갑만큼 서럽지도 않다는 것을 내가 직접 깨달은 것도.

〈차녀가 빛나는 밤에〉 오늘의 초대석이었습니다. 가족마다 분위기도 가치관도 역사도 다르기에 저마다 다른 이야기를 할 수밖에 없겠지요. 터놓고 이야기를 하는 것 같지만, 아직도 가끔은 해결되지 않은 가족 문제로 가슴앓이를 합니다. 솔직하게 이야기하면 그들을 상처 입히게 될까봐 걱정하면서요. 다 그런 것 아니겠어요. 어떻게 하고 싶은 말 다 하고 사나요. 그들도 저에게 참고 견디는 부분이 있겠지요. 앗, 또 중립 기어를 넣고 말았는데요.

결국 저는 이런 말을 하고 싶었던 것 같습니다. 어떤 어린 시절을 보냈든 우리는 다 자랐고, 여기서부터의 삶은 '내가' 결정하고 바꿀 수 있다고요. 나로는 충분하지 않을까봐 마음 졸였던 모든 딸들이 이제 자기 자신을 더 좋은 곳으로 데려가길. 이쯤에서 마지막 곡으로 마무리하겠습니다. 박보람의 〈애쓰지 마요〉.

차녀 힙합

1판 1쇄 2022년 5월 30일
1판 2쇄 2023년 9월 13일

지은이 이진송

기획 정현경 | 책임편집 김수현 | 편집 이자영
디자인 최윤미 이정민 | 저작권 박지영 형소진 최은진 서연주 오서영
마케팅 정민호 서지화 한민아 이민경 안남영 김수현 왕지경 황승현 김혜원 김하연
브랜딩 함유지 함근아 고보미 박민재 김희숙 정승민 배진성
제작 강신은 김동욱 이순호 | 제작처 영신사

펴낸곳 ㈜문학동네 | 펴낸이 김소영
출판등록 1993년 10월 22일 제2003-000045호
주소 10881 경기도 파주시 회동길 210
전자우편 editor@munhak.com | 대표전화 031) 955-8888 | 팩스 031) 955-8855
문의전화 031) 955-3579(마케팅) 031) 955-1905(편집)
문학동네카페 http://cafe.naver.com/mhdn | 트위터 @munhakdongne
북클럽문학동네 http://bookclubmunhak.com

ISBN 978-89-546-8658-7 03810

www.munhak.com